ENTRE
A
LUZ
E A
ESCURIDÃO

Também de Ana Beatriz Brandão

O GAROTO DO CACHECOL VERMELHO

A GAROTA DAS SAPATILHAS BRANCAS

SOB A LUZ DA ESCURIDÃO

ANA BEATRIZ BRANDÃO

ENTRE A LUZ E A ESCURIDÃO

1ª edição
Rio de Janeiro-RJ / Campinas-SP, 2019

VERUS EDITORA

Editora executiva
Raïssa Castro

Coordenação editorial
Ana Paula Gomes

Copidesque
Lígia Alves

Revisão
Cleide Salme

Projeto gráfico
André S. Tavares da Silva

Diagramação
Juliana Brandt

Imagens da capa
@SugaBom86/Shutterstock (prédios em ruínas)
@BassKwong/Shutterstock (Xangai)
@lukas_zb/Shutterstock (homem)
@faestock/Shutterstock (mulher)

ISBN: 978-85-7686-778-4

Copyright © Verus Editora, 2019
Direitos reservados em língua portuguesa, no Brasil, por Verus Editora. Nenhuma parte desta obra pode ser reproduzida ou transmitida por qualquer forma e/ou quaisquer meios (eletrônico ou mecânico, incluindo fotocópia e gravação) ou arquivada em qualquer sistema ou banco de dados sem permissão escrita da editora.

Verus Editora Ltda.
Rua Benedicto Aristides Ribeiro, 41, Jd. Santa Genebra II, Campinas/SP, 13084-753
Fone/Fax: (19) 3249-0001 | www.veruseditora.com.br

CIP-BRASIL. CATALOGAÇÃO NA FONTE
SINDICATO NACIONAL DOS EDITORES DE LIVROS, RJ

B817e

Brandão, Ana Beatriz
    Entre a luz e a escuridão / Ana Beatriz Brandão. – 1. ed.
– Campinas, SP : Verus, 2019.
    23 cm.

    ISBN 978-85-7686-778-4

    1. Ficção brasileira. 2. Distopias na literatura. I. Título.

19-57611
          CDD: 869.3
          CDU: 82-3(81)

Leandra Felix da Cruz – Bibliotecária – CRB-7/6135

Revisado conforme o novo acordo ortográfico

Seja um leitor preferencial Record.
Cadastre-se no site www.record.com.br e receba
informações sobre nossos lançamentos e nossas promoções.

Atendimento e venda direta ao leitor:
sac@record.com.br

Todo ato de criação é, antes de tudo, um ato de destruição.

— PABLO PICASSO

Para meus leitores:
Vocês sempre serão a melhor parte dessa minha jornada!

SUMÁRIO

Silêncio	11
Conto de fadas	17
A verdade	24
Fundo do poço	26
A verdade	37
Missão	48
Eles	55
Como uma armadura	62
Contrato	69
Sem destino	74
Fim do ciclo	84
Feita sob medida	113
Batalha naval	130
Única saída	135
Posta a prêmio	153
Promessas	166
Prova de fogo	182
Faróis vermelhos	198
Abstinência	211
O Inferno	223
Presa	236
Portões	243
Agradecimentos	251

SILÊNCIO

ELA

— EU POSSO TE OUVIR — UMA VOZ AO LONGE DISSE.

Abri os olhos. Não consegui identificar em um primeiro momento onde estava, pois a intensidade da luz praticamente me cegou. Pisquei algumas vezes, tentando tornar minha visão mais nítida. Estava deitada no chão de uma sala toda branca, com paredes, chão e teto feitos do mesmo material brilhante e liso como vidro.

— Eu posso te ouvir — a voz repetiu, e dessa vez consegui identificar de onde vinha o som.

Ela estava ao meu lado, mas do outro lado da parede. Eu sabia que era uma garota. Olhei para meu corpo e vi que estava usando um macacão laranja feito de um tecido grosso, desconfortável, áspero, mas maleável. Coloquei as mãos no rosto, me certificando se eu realmente existia e estava ali. Ou talvez verificando algo mais simples: se eu tinha cabelo. Tinha sim, e estava molhado. Consegui perceber que era verde-escuro e não passava da altura do pescoço.

— Eu posso te ouvir — a voz repetiu, e me levantei.

Estava descalça e vi que o chão era impecavelmente limpo.

Onde eu estava? Quem eu era? Será que aquilo era um sonho? Fui na direção de onde vinha a voz, colocando as mãos e o ouvido contra a parede, para tentar escutar melhor.

— Você deve ser alguém importante, se apagaram a sua memória — a pessoa disse, depois de alguns segundos.

— Quem é você? Onde nós estamos? E como sabe disso? — perguntei, de repente me sentindo surpresa por ouvir minha própria voz pela primeira vez.

— Para falar a verdade, acho que nem eu, que estou aqui há muito tempo, sei onde nós estamos. Como eu sei que apagaram a sua memória? Porque não é a primeira garota que aparece por aqui e fica em choque por alguns segundos, em silêncio, enquanto tenta ter certeza se tudo é real ou não. — A voz fez uma pausa; juntei um pouco as sobrancelhas, confusa por ela ter simplesmente ignorado minha primeira pergunta. — Agora me diga: o que tem na sua cela?

Olhei em volta. Era para ter alguma coisa? Provavelmente. Acho que, pelo meu silêncio, ela pôde entender a resposta. Quase consegui ouvi-la rir do outro lado. Então ela disse:

— Você realmente não tem sorte. Nem um vaso sanitário?

— Não — respondi.

— Interessante. Se eles pensaram que você podia usar uma privada para sair daqui, então você deve ser mesmo perigosa. Consegue pensar numa forma útil de usá-lo para fugir?

— Assim que eu lembrar o meu nome, começo a pensar em vaso sanitário.

— Talvez você precise de um banheiro antes disso.

Ri e me afastei da parede. Conseguiria ouvi-la mesmo estando do outro lado do cômodo. Um. Dois. Três... Seis passos de largura. Sete de comprimento. Era essa a medida. Não poderia nem correr nas manhãs para me exercitar! Que terrível. Como podiam ser cruéis a ponto de me deixar em um quarto tão pequeno? Estava muito longe de ser um hotel cinco estrelas.

Suspirei, cruzando os braços ao encarar o teto, absorvendo pela primeira vez o silêncio em meio àquilo tudo. Sentia até mesmo uma pressão estranha nos ouvidos. Mal tinha se passado um segundo e já sentia falta da voz da minha nova amiga.

— Aqui é sempre silencioso assim?

— Mais ou menos. Você é a minha vizinha de cela mais silenciosa até agora. E a menina ao seu lado costuma chorar às vezes, quando a trazem de volta dos experimentos. Dá pra ouvir daqui — ela respondeu. — Se bem que faz algumas semanas que não a ouço...

— Menina? — perguntei.

— Sim. Geralmente não trazem mulheres mais velhas. São sempre jovens.

— Trazer para quê? Por quê?

A resposta para essa segunda pergunta demorou um pouco mais, o que me deu certo tempo para pensar. Será que eu devia mesmo confiar naquela voz que vinha do nada? Não a conhecia, e nem mesmo sabia onde estava. E se ela estivesse só me enchendo de mentiras, tentando me levar à loucura? Bem... era a única pessoa que existia naquele momento, e o que me restava era torcer para ser mesmo tão legal quanto parecia.

— Ainda é muito cedo pra isso. Se for pra entrar em pânico e ficar louca, prefiro poupar você da história longa e terrível por trás deste lugar por enquanto. Primeiro, nós precisamos nos concentrar em fazer você se lembrar de quem é. Sabe pelo menos o seu nome?

Balancei a cabeça, como se ela pudesse mesmo me ver, depois de pensar por algum tempo, fazendo um esforço de verdade para tentar lembrar. Nada.

— Então nós temos que arranjar um, né? — ela disse, provavelmente interpretando meu silêncio como um "não", o que estava correto. — Talvez não um nome de verdade, mas um nome de que você goste.

— Tipo... Queen Bee? Ou Honey Moon? — brinquei, tentando realmente pensar em algo legal.

Bom... eu podia pensar em qualquer nome no mundo. Havia uma infinidade deles, que parecia cada vez maior a cada segundo, e eu simplesmente não conseguia pensar em um só. Pense. Pense. *Do que você gosta?* Como eu podia saber?! Não me lembrava de nada! Talvez gostasse de algo que não podia ver. Olhei para cima... O céu. Como era o céu? Como devia estar o céu naquele momento? Céu.

— Que tal Cellestia? — perguntei, fazendo uma careta e esperando que ela não achasse muito feio.

— Como celestial? — ela questionou.

— Sim, mas se pronuncia "Celéstia" — expliquei.

Cellestia. Mesmo que não fosse meu nome de verdade, era a única informação que eu tinha sobre minha identidade, por enquanto.

Cellestia. Simples e previsível, mas ao mesmo tempo imprevisível também. Certo. Então seria aquele o meu novo nome, até que me lembrasse do verdadeiro.

— E o que tem de legal pra fazer aqui? — perguntei.

— Sentar e esperar o tempo passar bem rápido.

— Até...?

— Até você morrer. Se morrer. Reze para não ter nenhum poder que a torne imortal, como eu.

Franzi o cenho. Poder? Imortalidade? Essas coisas realmente existiam? Uau. Realmente tinham apagado a minha memória. Como eu podia ter um nome e não me lembrar dele? Mas, espere... *imortal?*

— Surpresa! — exclamou, o que me fez sorrir. — Não é tão legal quanto parece.

— E há quanto tempo você está aqui? — perguntei.

— O suficiente para encher todas as paredes de marcas que contam os dias.

— Você conta? Como?

Quase pude vê-la dando de ombros. Me perguntei se estava encostada à parede, ou simplesmente andando de um lado para o outro de braços cruzados, como eu. Como seria seu rosto? Sua cela? E seu nome? Não parecia muito disposta a contar, mas eu a entendia. Nos conhecíamos há apenas alguns minutos, portanto ela não se abriria para mim como se fôssemos melhores amigas, ainda mais sabendo que ela era imortal e que devia ter conhecido várias garotas antes. Isso se essa história toda fosse mesmo verdade.

— Digamos que o meu poder não seja forte o suficiente para eu ser considerada um risco para todo mundo, nem para me privar de ter um vaso sanitário.

— E você tem? — brinquei, sorrindo. — Porque, se a situação ficar realmente complicada deste lado, eu posso ir até aí usar.

— Nada disso. É só para hóspedes VIP, que estejam hospedados há mais de dois mil anos.

Dois mil anos?! Eu não me imaginava presa ali por nem mais meia hora! Como algo assim era possível? Aliás, por que raios tinham nos prendido ali? E a que horas chegava a comida? Ouvi meu estômago roncar e coloquei as mãos sobre ele. Em seguida, ouvi minha mais nova amiga rir alto da outra cela:

— Está com fome, novata?

— Isso é algum tipo de crime por aqui?

— Não, é só que... Bom. Você não chegou num bom dia. Geralmente nós recebemos comida a cada três dias. Vai ter que aguentar mais dois.

Arregalei os olhos. O quê?! Como assim? Não podiam nos deixar assim, sem comida, por tanto tempo! Aquilo era monstruoso! Como se nos prender ali sem termos feito nada, à força, também não fosse. Mas... por quê?

— Você vai se acostumar em algum momento — disse. — E, se tem alguma intenção de fugir, acho melhor desistir antes mesmo de começar a bolar o seu plano. É perda de tempo.

— Já tentou? — perguntei.

— O que você acha?

A resposta era sim, claro, e não tive dúvidas de que a fizeram pagar por isso. Bufei, andando de um lado para o outro com as mãos na cabeça, em desespero. Não, eu não ia ficar a vida inteira presa naquele lugar. Eu não era como ela, imortal, sem "prazo de validade". Eu ia ficar velha e morrer um dia!

— Não, não pode ser. Eles não podem... — murmurei.

— Celli, respire fundo — disse minha nova amiga, de repente parecendo preocupada.

— Não! — gritei. — Eu não quero ficar aqui! Não fiz nada de errado! Por que querem nos prender?!

— Celli, você precisa se acalmar.

Minha respiração havia acelerado, como se uma espécie de botão dentro da minha cabeça tivesse sido apertado e liberado toda a raiva. Podia senti-la pulsar nas veias, sendo bombeada pelo coração para o restante do corpo, correndo com o sangue.

Lágrimas encheram meus olhos, como se a "ficha" finalmente estivesse caindo. Eu tinha perdido tudo, até mesmo minha identidade, e agora estava presa em um lugar sem nem saber por quê.

Caí de joelhos, entrelaçando os dedos nos cabelos. Minha cabeça girava, e senti toda a minha energia sendo sugada por alguma coisa, levada direto para o crânio, fazendo uma pressão absurda contra minha cabeça.

— Cellestia! — gritou ela. — Você precisa se acalmar!

— Não! Não! Não! Não! — eu sussurrava, balançando o tronco para a frente e para trás.

Não era possível que aquilo estivesse acontecendo. Eu tinha alguém para quem voltar, não tinha? Será que estavam sentindo minha falta em algum lugar? E o que fariam comigo? O que queriam de mim?

— Escute aqui. — Ouvi aquela voz dizer, bem próxima à parede. — Se continuar fazendo isso, vai estourar os próprios miolos e nunca mais vai conseguir sair daqui. Juro que vou te ajudar a passar por isso, mas você precisa estar viva. Então, tem que se controlar e se acalmar agora.

Como ela podia prometer algo assim se estava ali há um milênio sem conseguir escapar? E como sabia o que eu estava fazendo, já que existia uma parede entre nós?

— Não posso dizer mais nada. Eles podem estar nos ouvindo. Só respire fundo e confie em mim, está bem?

Será que eu tinha alguma escolha? Acho que não. Fiz o que a voz pediu, fechando os olhos e prendendo a respiração depois de puxar o máximo de ar que conseguia, e toda a pressão diminuiu, deixando para trás apenas uma tontura forte.

Coloquei as mãos na frente do rosto, apertando os olhos e esperando que o mundo parasse de girar. Sentia algo parecido com plástico grudado à pele logo abaixo do olho direito. Desci os dedos para o nariz. Havia um tipo de argola na parte de baixo dele, como um piercing no septo. Eu sentia a mesma coisa em ambas as orelhas. Fiquei em silêncio por mais algum tempo, tentando identificar quais eram aquelas formas em meu rosto, criando uma imagem minha na imaginação que eu esperava que estivesse correta.

— Agora que eu já pirei, pode me explicar que lugar é este?

Enquanto esperava uma resposta, continuei analisando a mim mesma, tentando me habituar com a nova aparência. Olhei para minhas mãos. Eram pequenas e pálidas, e os dedos delicados tinham algumas tatuagens aleatórias, como anéis. As unhas eram compridas e estavam pintadas de preto.

— O nome deste lugar é Instituto. Aqui eles aprisionam pessoas cientificamente chamadas de metacromos e as usam como cobaias para ganhar dinheiro. Cada um de nós possui uma habilidade específica, que fica bloqueada por uma substância que colocam no ar — contou. — Se tentamos usá-la, sentimos essa pressão que você sentiu na cabeça, e, quanto mais forçamos, maior é o perigo de o nosso cérebro explodir. Não me pergunte como isso funciona. Não tenho ideia.

— E como é que eles usam a gente pra ganhar dinheiro? — perguntei.

Ela se manteve em silêncio, e algo me disse que eu não ia gostar muito da resposta.

CONTO DE FADAS

🔥JÉSSICA🔥

TRÊS SEMANAS ANTES

A PASSAGEM DE EVAN PELO CLÃ FOI RÁPIDA. ELE VEIO E FOI EMBORA NA MESMA noite. Não acordou Sam e nem sequer pisou dentro de casa; simplesmente partiu poucas horas depois. Lolli nunca nos contou sobre o que conversaram naquela noite, e só o que sobrou da visita do vampiro foi Chris.

Por mais surpreendente que fosse, descobri depois que Evan e Chris tinham vindo juntos. Mais especificamente, foi o vampiro quem trouxe nosso velho amigo de volta, depois de encontrá-lo vagando em uma estrada. Era óbvio que ele sabia quem Chris era, mas isso não parecia... incomodá-lo? Pelo menos foi o que Lolli nos disse.

A primeira coisa que senti ao vê-lo foi felicidade. O homem que eu considerava quase um pai havia voltado, ressurgido dos mortos, e agora ele poderia cuidar de nós mais uma vez. O segundo sentimento foi confusão. O que havia acontecido? Como ele podia estar vivo? E por que Evan o trouxe para a Área 4? A terceira coisa, que me atingiu em cheio logo depois de ele dar a maior desculpa do mundo para explicar o acontecido, e que se instalou bem no fundo da minha mente, foi a desconfiança.

Eu não duvidava de quem ele era, muito menos da forma como olhava para Lollipop, como se ela fosse a pessoa mais incrível do mundo; só não acreditava nem um pouco na história que ele tinha nos contado. É claro que a desconfiança era quase um órgão no meu corpo, mas precisávamos admitir que havia algo de muito estranho naquilo.

A visita de Evan, mesmo que rápida, mudou completamente o rumo da história da Área 4. Ele disse alguma coisa para Lollipop que deu forças a ela e a motivou. Nos meses seguintes, com o apoio de Chris, que era muito experiente no comando, eles pareciam capazes de conquistar o mundo. Nos tornamos uma comunidade melhor. Funcionávamos como uma máquina com as engrenagens perfeitamente encaixadas, e a cada dia novas melhorias eram realizadas.

Sam e eu observávamos tudo de longe, como se víssemos um pintor criar sua obra de arte, com medo de interferir e estragar o trabalho. Se tornou quase um hábito para nós apenas concordar, de certa forma maravilhados, com cada um dos planos que os dois criavam juntos.

Chris foi surpreendentemente bem-aceito pelo nosso clã. Soube como chegar, como se enturmar e como se meter nos nossos planos. Fez tudo isso aos poucos, em doses homeopáticas, para que se acostumassem à sua presença, e, como a maioria dos chegados da antiga Área 5 gostava de Lolli, assim como boa parte do nosso próprio grupo, decidiram confiar nela com relação à escolha de seu braço direito.

Mas o que realmente fez o nosso clã confiar nele aconteceu pouco depois de seu retorno.

Lolli já havia assumido a liderança da Área 5, depois da primeira partida de Evan, logo após o casamento, quando o líder deles achou que o fato de o vampiro não estar mais presente significava caminho livre para tomar posse não só da Área 4 como também de sua líder. Durante uma reunião para negociar a troca de mercadorias, ele tentou agarrá-la. Não demorou muito para o babaca descobrir que Lollipop era muito mais perigosa do que o próprio Evan. Ela perdeu o controle e ele a cabeça, literalmente.

Como prescrito pela lei do Instituto, as Áreas passavam sempre a ser administradas por aqueles que matassem seus líderes, uma regra arcaica que servia para que todos decidissem matar uns aos outros, tornando impossível confiar em alguém. A desconfiança dos líderes alimentava o medo de que algum dos seus amigos mais leais acabasse cortando sua garganta durante a noite só para tomar seu lugar.

No caso de Lolli, mesmo que não tenha sido de propósito, deu certo. E assim ela passou a ser líder de duas áreas em menos de um mês. Com certeza foi útil, mas não podemos dizer que tomar conta de tudo aquilo tenha sido tarefa fácil para uma novata em liderança.

Com a volta de Chris, seis meses mais tarde, depois daquela noite de neve, tudo ficou mais fácil. Ele sabia liderar e sempre foi um dos seguidores mais fiéis de Lolli. Foi instintivo ajudá-la. Quando ele voltou e a ajudou a organizar tudo, não faltaram mais casas para os integrantes novos, não faltou comida e, por muito tempo, não ocorreram mais conflitos.

Houve até uma ocasião em que, durante uma das missões de conquista de uma Área, enquanto Lolli participava sozinha do duelo com o líder, um dos membros do que seria nosso novo clã decidiu se intrometer. Isso era completamente fora da lei, e o tal homem queria atacar minha amiga por trás para impedi-la de vencer e, assim, assumir o controle sobre a Área nova. Foi Chris quem a salvou naquela ocasião. Ele entrou na frente da faca, como nos velhos filmes que Sam me mostrava, e quase deu a vida por ela. Por sorte, a faca apenas o atingiu no ombro, e Lolli acabou matando o líder e membro traidor por isso. Infelizmente, não vivíamos no tempo mais higiênico do mundo, e aquela faca improvisada estava toda enferrujada. Chris quase morreu por isso, de um mal que os antigos chamavam de "tétano", e nós, de "doença do ferro". Ninguém sabe como ele se recuperou. Foi um milagre. E assim ele provou a todos nós que não estava ali para nos trair nem nos prejudicar. Chris veio ajudar e daria sua vida se necessário para proteger Lolli.

Depois que se recuperou, Chris a ajudou a instalar um sistema de leis para nossas áreas, e uma rotina de trabalho para aqueles que estivessem interessados em ajudar na evolução do clã. Foi como se tivéssemos nos tornado uma pequena cidade, organizada e crescendo cada vez mais. Um ano passou tão rápido que mal pudemos acompanhar. E ali estava o primeiro dia de neve mais uma vez. Lollipop esperou do lado de fora da casa desde o início da manhã. Não que ela não soubesse que o vampiro só chegaria ao anoitecer, mas nunca tinham ficado um ano inteiro separados. Da última vez, foi metade desse tempo. Sam ficou com ela, pois queria ver Evan mais que tudo e naquela semana não falou em outra coisa.

O sol nasceu, cruzou o céu e se pôs. A neve cobriu o chão e os telhados das casas, e eu olhei pela janela, para eles, durante todo aquele tempo. Passaram-se horas até que decidi me juntar aos dois. Estava vendo o desespero tomar conta dos dois enquanto Evan não dava sinal de vida. Chris me acompanhou. "Ele está só atrasado", era o que eu tentava dizer, convencida de que talvez Evan fosse aparecer quando amanhecesse, ou até mesmo ao longo daquela semana. Mas depois de um tempo ficou difícil esconder a esperança desaparecendo nos olhos de todos nós.

Quando o sol começou a nascer mais uma vez, e seu primeiro raio surgiu no horizonte, Lollipop caiu de joelhos no chão. Me lembro daquela cena tão bem como se tivesse sido ontem. Ela tinha segurado as lágrimas durante horas, mas todo o seu esforço desapareceu quando viu aquele ponto de luz por trás das árvores. Sam correu para casa, trancando-se em seu quarto, e ficou lá por três dias inteiros. Lolli não pronunciou uma só palavra por uma semana. Mas quando decidiu pronunciar... foi uma loucura.

A primeira coisa que Lolli fez foi mandar o máximo possível de equipes de busca para procurar Evan. Ela não estava dando a mínima se era perigoso ou não, e ninguém podia segurá-la. Nós procuramos por dias por qualquer sinal que houvesse da passagem de Evan por ali, ou apenas da presença dele. Reviramos galhos, folhas, e procuramos até dentro de um lago.

Por muito tempo, não encontramos nada.

Até que um dia, depois de um mês inteiro, um dos grupos acabou encontrando a picape de Evan abandonada no meio da estrada, ainda com a porta aberta, como se ele tivesse saído dela às pressas ou tivesse sido arrancado de dentro do carro à força. A lataria estava cheia de tiros por todos os lados. Uma arma de alto calibre. Quando Lolli soube, correu para o local. Ela não queria acreditar que o carro pertencia mesmo ao vampiro. Infelizmente, não precisou olhar duas vezes para reconhecê-lo. Até o cheiro dele ela sentiu dentro da cabine. E depois a procura foi por outra coisa. Não objetos que podiam pertencer a Evan, ou algo do tipo. Não. Ela queria saber se havia cinzas.

Quando um vampiro morre, sua aparência assume a idade que teria se não fosse imortal. Se ele tivesse acabado de ser criado, e fosse morto logo depois, então haveria um corpo nada diferente do que ele apresentava. Se fosse um vampiro transformado havia dez anos, o corpo morto aparentaria estar dez anos mais velho. No caso de Evan, um vampiro com algumas centenas de anos, não sobraria nada mais que cinzas.

Chris, que a acompanhou até o local onde tinham encontrado o carro, disse que seria difícil ter certeza do que aconteceu. O carro estava abandonado em uma estrada, com a porta aberta, e, pelas condições que foi encontrado, já fazia algum tempo que estava ali. Mas havia um pequeno amontoado de algo parecido com pó em cima do tapete, do lado do motorista, que foi o suficiente para destruir por completo toda a esperança que ainda existia no coração de Lolli.

Vou precisar de muitos anos para conseguir esquecer o momento exato em que ela caiu de joelhos no chão, as mãos na frente da boca, tentando conter o grito abafado de dor que explodiu vindo direto do peito. É algo que pessoas como nós, que nunca nos permitimos demonstrar fraqueza na frente dos outros, não esquecemos. Aquele grito abafado, o choro desesperado que veio em seguida e depois o completo silêncio durante todo o caminho que percorremos de volta à Área 4 mudaram completamente a mulher que nós conhecíamos. Lollipop amadureceu, ou melhor, endureceu.

Eu ainda nutria alguma esperança de que Evan não estivesse morto. Talvez pudesse estar preso em algum lugar, ou quem sabe tivesse conseguido escapar do ataque que sofreu e estivesse escondido. Mas, para Lollipop, o vampiro tinha quebrado sua promessa, e a única explicação que ela tinha para isso era a de que ele estava morto.

Ao contrário do que imaginei que aconteceria, a aproximação entre Chris e Lolli não passou da zona da amizade. Por um momento eu realmente pensei que, por estarem cada vez mais próximos, algo mais rolaria entre eles, mas tudo o que existia era uma cumplicidade que ia além de algo físico. Ele se tornou o braço direito dela, o único que era capaz que mantê-la equilibrada e com os pés no chão.

O desaparecimento de Evan transformou Lolli em uma muralha de frieza e distanciamento, mas eu sabia que ela sofria em silêncio, se permitindo chorar apenas quando não havia ninguém por perto. Para todos da Área 4, ela se tornou uma pessoa inalcançável, destemida e firme, uma líder de pulso forte. Parecia até a imagem feminina de Evan. Ela era um pouco mais dura, mas sempre justa e determinada a fazer o melhor pelo bem comum do clã. Uma resposta atravessada ali, um julgamento um pouco mais duro aqui... Punições, prisões, execuções. A Lolli que eu conhecia nunca teria permitido esse tipo de coisa. Mas esta, mesmo que fosse justa, era mais do que a favor de tudo isso.

Algo que refletiu a mudança foi a forma como ela passou a invadir áreas com seu grupo de Guerrilheiros cada vez maior, matando líderes cruéis sem piedade alguma, anexando cada um daqueles clãs ao nosso território. Crescíamos a cada dia, e foi inacreditável a maneira como nos tornamos a Área mais forte do território em apenas alguns meses.

Mais um dia de neve chegou, e, mesmo Lollipop dizendo que tinha certeza de que Evan estava morto, ela se juntou a Sam em sua espera do lado de fora, com Chris a seu lado. Eu preferi ficar do lado de dentro de casa, não por falta de esperança de que quem sabe o vampiro pudesse aparecer milagrosamente depois de dois anos sem dar sinal de vida, mas sim pelo fato de Sam e Lolli precisarem mais da calma e da tranquilidade de Chris do que de mais alguém preocupado e ansioso ao lado deles. Quando aquele dia finalmente terminou, e Evan não apareceu mais uma vez, a esperança desapareceu por completo.

Evan estava morto, e agora Lollipop era a única líder da Área 4.

— Eu não estou pedindo, seu merda — Lolli rosnou para um idiota que estava tentando criar confusão em nosso mercado e foi pego roubando algumas frutas de uma barraca. — Você vai devolver o que pegou agora, ou eu mesma corto cada um dos dedos das suas mãos, para que você não consiga mais segurar nem seu pinto quando for mijar.

Embora fosse centímetros mais baixa que o homem, sua postura e tom de voz a faziam parecer maior que qualquer um do nosso clã, e aquele cara se sentiu intimidado, largando tudo no chão no mesmo instante. Isso fez um sorriso irônico surgir no rosto dela antes de acertá-lo com um soco bem no meio do rosto e mandar que o levassem para nossa prisão.

Agora nós tínhamos tudo o que uma cidade poderia ter para funcionar bem, mas a feira no meio da praça principal, construída havia pouco tempo, era minha parte preferida, até porque era geralmente lá que aconteciam as confusões.

Nossos Guerrilheiros foram divididos em grupos: um mantinha a ordem na cidade, outro acompanhava Lollipop nas negociações pelas áreas, e o último deles receptava contêineres. Havíamos conquistado mais de dez novas áreas. Todos eram fiéis a Lolli e dariam a vida para salvá-la. Era uma coisa inexplicável o que havia nela, uma força hipnótica que, como um ímã, atraía cada um deles, fazendo tudo se curvar em sua direção quando passava.

— Mais uma para a sua lista de frases de efeito — brinquei, enquanto ela se aproximava de mim com o mesmo sorriso de antes.

— Estou me sentindo criativa hoje — ela respondeu, passando por uma banca e pegando uma garrafa de uma coisa qualquer, fazendo um gesto para o dono, que sorriu para ela.

Revirei os olhos. Não era só seu jeito que havia mudado. Seus hábitos e a própria aparência também. Agora, bebia até cair quase todas as noites. Se trancava no quarto até meio-dia e havia até mesmo começado a falar palavrões.

Emily tinha cortado todo o cabelo dela, deixando-o na altura do queixo. A franja reta de antes havia sumido e se igualado ao comprimento do cabelo. Todas as ondas tinham ganhado mais volume e quase formavam cachos na altura das maçãs do rosto. Eu precisava admitir que aquele corte combinava mais com ela, só que tinha levado embora, com o comprimento, toda a cara de boa moça que Lolli tinha antes. Agora ela usava uma das tintas de Emily nos lábios, colorindo-os com um vermelho-vivo ou um quase preto, dependendo do humor. As únicas coisas que nunca mudaram foram a gargantilha de couro e os coturnos velhos e surrados.

— E o Chris? Para onde você o mandou desta vez? — questionei, vendo-a abrir a garrafa com o dedão, fazendo a tampa voar longe e voltar às mãos dela quase imediatamente com o poder da telecinese.

— Você fala como se eu fosse dona dele — murmurou. — Para lugar nenhum. Ele está resolvendo o problema com a negociação das peças para o novo gerador com a Área 9. — Chris, aquele pobre homem, o único que aguentava os ataques dela todas as noites, meio que havia se transformado numa espécie de vice-líder do clã. Depois de um tempo, ele acabou participando da maioria das reuniões no lugar dela, e era ele quem resolvia os assuntos mais chatos. A parte burocrática, normalmente. Enquanto Lolli gostava mais de botar a mão na massa. De brigar. Era ela quem ia com o grupo de Guerrilheiros interceptar os contêineres, geralmente; e era ela também quem saía em missões de reconhecimento ou conquista de novas áreas.

— Qual foi a última reunião de verdade de que você participou? — perguntei, e ela fez uma careta.

— Esse troço é muito chato... por que eu preciso ir se o Chris faz o trabalho tão bem sem mim?

Balancei a cabeça negativamente enquanto olhava para a frente, para o caminho que estávamos seguindo em direção à nossa grande casa.

— Porque você é a nossa líder? — Meu tom foi irônico.

— A única coisa que esta líder quer e merece agora são uns goles bem grandes de tequila e um dia sem ter um monte de gente enchendo o saco.

Aquela resposta havia se tornado um padrão, assim como minha pergunta. Sorri ao ver Sam ao longe, mas durou apenas um segundo, quando Lolli resmungou ao meu lado. Eu sabia que ela continuava gostando do garoto, só que não suportava mais discutir com ele por causa de toda aquela história de irresponsabilidade.

Surpreendentemente ou não, as relações estavam ficando um pouco difíceis com Lolli. Sam já não aguentava mais ter a mesma conversa com ela sobre o fato de Evan ter deixado a área para *ela*, e não para Chris. E eu? Não aguentava mais tentar fazer os dois pararem de discutir.

— Eu vou me mandar agora — Lolli anunciou, com a boca um pouco cheia por causa do gole que havia dado em sua bebida, já se afastando antes mesmo que eu tivesse a chance de impedi-la.

Observei-a enquanto se distanciava, vendo-a sumir em meio à multidão que também a acompanhava com o olhar, cumprimentando-a com gestos de cabeça e acenos. Balancei a cabeça também, me perguntando se algum dia ela voltaria a ser a garota de antes. Provavelmente não, e eu não gostava nem um pouco disso.

A VERDADE

☙ CELLESTIA ☙

— CHEGOU A HORA, NOVATA! — OUVI A VOZ DE UM HOMEM DO LADO DE FORA da sala, o que me fez despertar do devaneio no qual tinha mergulhado, tentando me lembrar de quem eu era.

Quando me levantei do chão, senti a respiração acelerar. Hora do quê?!

Uma das paredes começou a subir, revelando uma cabine de metal no meio do que parecia apenas uma extensão da minha cela. Fui até ela e entrei, como a voz mandou em seguida.

Quando o chão dentro da cabine começou a subir como um elevador, um tipo de duto de ar lançou uma fumaça rosada para seu interior. Comecei a entrar em pânico, pensando que queriam me matar, e prendi a respiração tanto quanto podia, batendo contra as paredes e pedindo que me deixassem sair. Até que não aguentei mais a falta de ar e desisti de tentar me manter viva, respirando a tal fumaça que pensei que fosse tóxica. No fim, tudo o que ela fez foi me deixar grogue, sem conseguir fazer nada além de me manter em pé.

A cabine parou de subir, e a mesma porta pela qual eu havia entrado se abriu. Fui puxada para o lado de fora por uma mulher, que me guiou por uma sala cheia de pessoas com o rosto meio embaçado. Ela me fez sentar em um tipo de cadeira metálica, prendendo meus braços e pés e enfiando agulhas em minhas veias enquanto tudo o que eu podia fazer era olhar ao redor.

— Cellestia foi o nome que ela escolheu desta vez — alguém falou atrás de mim.

Desta vez? Como assim? Um deles se aproximou com uma luz e a direcionou para meus olhos depois de virar meu rosto para seu lado à força.

— Não apresenta nenhuma sequela pelo uso do Dionoprol. Boa cicatrização. O peso se manteve equilibrado mesmo com o consumo do soro — ele disse.

— Aspectos físicos e biológicos? — o outro perguntou.

— Um metro e sessenta e cinco de altura, cinquenta e três quilos. Tipo sanguíneo AB negativo. Alergia a frutos do mar e amêndoas e...

Aí começaram a listar um milhão de detalhes sobre minha vida que eu não sabia, e foi bem útil ouvi-los falar como se eu nem estivesse ali. Descobri que tinham feito várias tatuagens pelo meu corpo e que a cor do meu cabelo não era verde. Mas o que mais me chocou foi o fato de terem colocado silicone nos meus peitos. Não que eu não tivesse o suficiente antes, pelo que disseram, mas agora tudo tinha alcançado um tamanho considerável. O porquê de terem feito aquilo não foi comentado, já que tudo o que disseram depois de fazer vários exames em mim foi que *era a hora*. Do quê? Eu não fazia ideia.

Era estranho como não lembrar nada influenciava minha personalidade. Eu ainda não tinha uma forma de agir e não sabia no que acreditar. Não sabia o que era certo ou errado, nem tinha vergonha de nada. Era como estar no modo automático até que acionassem algo em minha mente que me fizesse adquirir um comportamento específico.

Para minha surpresa, a cadeira na qual eu estava sentada tinha rodas. Eles me empurraram para fora da sala por um longo corredor cheio de portas e me levaram até a última. Ninguém pronunciou uma palavra durante o percurso, muito menos quando me deixaram do lado de dentro. Tudo o que havia naquela sala era uma tela enorme e um espaço vazio, com paredes e chão pretos. Não havia nada em que se concentrar ali.

Assim que fecharam a porta me deixando sozinha, a tela irrompeu em estática.

— *Bem-vinda ao Instituto, Cellestia.* — disse uma voz ao fundo.

Foi como se toda a minha atenção fosse puxada feito um ímã para a tela, e na hora, de alguma forma, eu soube que tudo o que aquela voz me dissesse e mostrasse seria a verdade, eu acreditaria naquilo e faria o que eles quisessem, sem questionar. Eles eram bons. Nunca mentiriam ou fariam algo para me prejudicar. Se queriam me mostrar alguma coisa, aquilo seria para o meu bem e para que eu soubesse como agir naquele mundo novo para mim.

FUNDO DO POÇO

◆LOLLIPOP◆

DUAS SEMANAS ANTES

ACHO QUE TODOS PENSAVAM QUE, QUANDO EU NÃO ESTAVA NA RUA OU NA frente de alguém, ficava fazendo coisas épicas, trabalhando vinte e quatro horas por dia, esvaziando várias garrafas de tequila e me preocupando com a Área 4 e seus problemas. Na verdade, tudo o que eu fazia era me trancar no banheiro e ficar sentada dentro da banheira, segurando uma garrafa de bebida, encarando o nada e me perguntando como tinha chegado àquele ponto. Talvez em algum momento entre Evan não aparecer no primeiro dia de neve e eu descobrir o efeito da bebida sobre mim, ou logo depois disso.

Tomei um longo gole da garrafa de champanhe. Emily pediu que eu o provasse para que pudéssemos usar na festa de confraternização que faríamos em breve, me perguntando se achava que os convidados iriam gostar. Na minha opinião, era ótimo. Perfeito. Quase tanto quanto a minha vida de bosta. Haha. Ela me mataria se soubesse que eu estava usando o vestido do meu casamento com Evan, de dois anos e meio atrás, enquanto me embebedava sozinha. Era quase um consolo e me fazia sentir como se fosse a Lollipop de antes.

A tal festa foi ideia de Chris e de mais alguém. Talvez de Sam? Ou de Jazz. Tanto faz. Disseram que era para "ajudar os membros da última área que conquistamos a interagir melhor com o nosso clã", fortalecer os laços de união, ou alguma merda do gênero. De qualquer forma, não era eu quem estava organizando o evento e não me importava nem um pouco com aquelas coisas.

— Lollilup? Está aí dentro? — Chris chamou, batendo na porta do banheiro com delicadeza e me fazendo dar um sobressalto.

Gritei que esperasse um minuto e me levantei da banheira. Corri até a pia, escovei os dentes da forma mais porca possível, apenas para que ele não sentisse o cheiro do álcool enquanto eu enfiava uma calça jeans e uma camiseta após jogar o vestido que estava usando na banheira. Enquanto isso, respondi:

— Sim! Estou sim!

Abri a porta, ajeitando o cabelo e abrindo o maior sorriso que consegui depois de colocar a escova de volta no lugar. Ele retribuiu. Tirando algumas marcas de expressão que sinalizavam que Chris havia envelhecido um pouco mais desde que vivíamos na academia, sua aparência não tinha mudado muito. Mantinha o cabelo castanho-escuro cortado bem curto, a barba rala, pele cor de canela, um porte físico bem forte e uma postura de líder nato sustentada por seu um metro e oitenta. Era totalmente o oposto de Evan, e era aparentemente nove anos mais velho que o vampiro, mas ainda assim tinha seu charme.

— Ela deu um jeito no seu cabelo mesmo! — falei, passando distraidamente a mão pelo cabelo de Chris. Ele tinha acabado de voltar da casa de Emily, que havia prometido fazer um belo corte ali para a tal festa. — Pena que não te convenceu sobre a barba.

— Eu sei que você não gosta, mas me dá uma cara de vice-líder mais experiente — retrucou, com um sorriso de lado, passando a mão pela barba rala.

— Te dá uma cara de ressaca e de quem ficou com preguiça de fazer a barba — corrigi, com uma risadinha, lançando um olhar discreto para a banheira, onde tinha deixado o vestido e a garrafa de champanhe.

— Você não tinha outra reunião agora com o Peter? Ele me disse que precisava de ajuda para tentar rastrear o próximo contêiner. Pedi para ele falar com você — disse, cruzando os braços enquanto o encarava.

— Você não vai nessa também? — Chris perguntou, como um pai olhando para uma criança que faz algo de errado.

— Ahh... Você sabe que eu odeio esse tipo de coisa. — Fiz biquinho, porque sabia que minha cara de filhote abandonado sempre funcionava para convencê-lo.

Ele revirou os olhos, assentindo com a cabeça e murmurando algo como "sim, senhora" antes de me dar as costas, saindo do quarto e fechando a porta atrás de si. Sorri sozinha, com certa satisfação por ter me livrado daquela merda entediante de rastreamento, e corri para a banheira, abrindo o box e resistindo ao impulso de gritar quando vi que todo o champanhe tinha derramado em cima do vestido.

— Ah, por favor... — sussurrei, pegando-o e analisando o estrago. — Não acredito nisso. Eu sou uma idiota mesmo.

Dobrei a peça com delicadeza, pensando no que poderia fazer para lavá-lo sem que ninguém percebesse que eu andava mexendo nas lembranças do meu casamento com Evan. Emily não entenderia, afinal ela sempre tentava me convencer a dar uma chance para Chris, dizendo que eu precisava seguir minha vida, me relacionar com alguém, e que ele era o cara perfeito para mim, porque era dono de uma paciência sem limites e era o único capaz de suportar minha instabilidade emocional sem arrancar minha cabeça.

Acho que no fundo todos pensavam que nós tínhamos algo mais do que uma relação de amizade. Confesso que cheguei a pensar nisso uma única vez, logo após o segundo ano que Evan não apareceu. Chris estava ao meu lado quando enchi a cara tentando esquecer a dor que dilacerava meu coração. Foi um segundo, quando nossos olhos se encontraram depois que ele se afastou do abraço que me dava para me consolar. Mas ele hesitou, e o momento passou. No dia seguinte ele disse que jamais se aproveitaria de mim, ou de qualquer outra mulher, nas condições em que eu estava. E que sabia que eu me arrependeria se alguma coisa tivesse acontecido. Ele tinha razão, como sempre. Eu ainda amava Evan, e, se tivesse acontecido algo mais entre nós, seria apenas para tentar esquecer a dor de não o ter ao meu lado. Eu estaria usando Chris, e ele não merecia isso.

Voltei a atenção para o vestido em minhas mãos. Precisava dar um jeito naquilo.

Decidi que era uma ótima oportunidade para treinar mais um pouco o poder que eu tinha descoberto no dia do ataque do Instituto à Área 4. Voltar no tempo é algo que exige muito de mim, dói pra cacete e requer uma grande dose de energia, o que me deixa extremamente cansada, mas eu precisava treinar, estar preparada caso precisasse usá-lo novamente para mudar algo muito relevante, como salvar as pessoas mais importantes da minha vida.

Descobri com o treinamento que minhas cicatrizes não sumiam se o tempo fosse curto e se eu não mudasse algo que afetasse o futuro. Isso me ajudou a entender como o tempo funcionava e os gatilhos que eu poderia usar para voltar.

Quando Jazz foi atingida por aquela flecha, eu estava sendo guiada por meus sentimentos e pela vontade insana de conseguir mudar o rumo daquele objeto maldito. Não pensei em mais nada, fui sugada pelo poder de tal forma que todas as minhas forças foram exauridas, e isso me rendeu alguns dias em coma no hospital.

Com o treino descobri que minha vontade de voltar a determinado momento precisa estar ligada ao meu lado racional. O controle do poder está na capacidade de visualizar todos os acontecimentos, como se fosse um filme daquelas fitas que Evan guardava no porão, sendo rebobinado e parando no exato momento em que eu queria estar.

Eu havia prometido a Evan que nunca voltaria no tempo para consertar tudo o que o Instituto causara ao mundo e reparar as coisas relacionadas aos acontecimentos que o fizeram perder todas as minhas "versões" anteriores.

No início eu não entendia, afinal tínhamos a chance de reverter tudo o que havia acontecido, mas a limitação da quantidade de vezes que eu poderia usar esse poder, além de não saber o que aconteceria quando a última marca sumisse, era algo que o amedrontava. E quem poderia garantir que qualquer mudança que eu provocasse tentando impedir o apocalipse não seria muito pior do que o que nos aconteceu? Impossível saber, então era muito mais fácil lidar com o que já conhecíamos do que com um futuro incerto.

Respirei fundo, encarando o vestido manchado. Tudo o que precisei fazer foi querer reverter o que tinha acontecido, me concentrando no exato momento em que cometi o erro e imaginando tudo o que havia se passado depois disso como se estivesse passando em um vídeo reverso. E então, quando abri os olhos, Chris estava batendo na porta mais uma vez, e eu estava dentro da banheira.

Desta vez fiz questão de deixar a garrafa de champanhe atrás da porta, bem distante do vestido. Nossa conversa transcorreu exatamente como antes, desde Chris me chamando de Lollilup até o momento em que me livrei dele para que fosse no meu lugar naquela reunião chata. Assim que fechei a porta, levantei a camiseta para verificar se ainda tinha 46 cicatrizes. Sim. Respirei aliviada. Saí do banheiro de fininho, guardando o vestido na última gaveta do meu armário e a trancando, segurando a garrafa com a mão livre. É claro que eu já estava me sentindo tonta, mas, desde que não precisasse mais sair de casa naquele dia, estava tudo bem.

Parei no meio do quarto, em frente à cômoda, e peguei uma pequena caixa de madeira de cima do móvel. Estava fechada e só seria destrancada com uma chave que eu usava como colar, por baixo da roupa, com as fichas militares que Evan havia me dado, para que devolvesse a ele quando voltasse para ficar.

Abri a caixa, me sentando na cama para ver o que tinha dentro pela milésima vez desde o primeiro dia de neve em que Evan não voltou para casa. Eram as minhas alianças, tanto a oficial quanto a de noivado. Ainda serviam perfeitamente, mesmo depois de dois anos e meio.

Eu me sentia mais nostálgica do que nunca nesses dias que antecediam o "grande evento do ano". Apesar do tempo que havia passado desde que encontramos o carro do Evan abandonado naquela estrada, nada no mundo conseguia me fazer esquecer tudo o que tínhamos vivido. O que eu sentia por ele talvez tivesse mudado, mas... as lembranças eram as mesmas. E, para falar a verdade, elas eram as únicas coisas que eu tinha que eram iguais a antes. Nem minha relação com meus amigos era mais a mesma. Talvez fosse pela pessoa que eu havia me tornado. Não sabia ao certo. Quem se afastou primeiro foi Sam, a quem eu considerava um irmão, e agora nem mesmo Jazz parecia tão próxima de mim quanto antes.

Eu não podia culpá-los. Se pudesse, também me deixaria e nem olharia para trás. Tudo o que podia fazer para compensar meus erros era tentar ser ao menos uma líder justa, mesmo que não fosse tão presente. E era o que eu estava tentando fazer.

— O seu interesse pela nossa área é realmente contagioso, Lolli. Parabéns — Emily murmurou, balançando um pouco a cabeça enquanto tirava minhas medidas para fazer uma nova jaqueta de couro com os tecidos interceptados no último contêiner.

— Ah, não enche. Eu nunca fui a favor dessa festa. É só uma desculpa pra gastar suprimentos e usar som alto pra fazer todo mundo saber da nossa localização — comentei, em tom mais ríspido do que eu queria, enquanto fazia o possível para me manter parada e não atrapalhar em seu trabalho.

— O que deu nela hoje, hein? Tá de TPM? — vi, pelo canto do olho, Emily perguntar a Jazz, sentada na cama um pouco atrás de nós.

— Essa daí está todo dia de TPM — Jazz disse, com um sorriso debochado, só para me provocar.

— Eu não gosto desse tipo de coisa. Só isso. Não é difícil entender — tentei explicar para as duas. — Não gosto de ser observada. E muito menos das conversas que esse tipo de evento provoca. Já até sei que a primeira coisa que vão me perguntar é quais são os planos para o próximo verão — falei, com um suspiro, olhando para minhas unhas. — Relaxa. Toma um sol, vai nadar no lago... Não tem plano nenhum, cara. Pra que ficar perguntando?

— Pois devia ter! — Jazz se pronunciou, falando um pouco mais alto, como se aquilo fosse óbvio. — Você é a líder, Lolli. Não o Chris. E, com certeza, não mais o Evan — falou, e ouvir aquele nome fez meu coração parar por um segundo. — Você estava se saindo tão bem no início... Mas parece que, depois que o Chris chegou, você esqueceu as responsabilidades e jogou tudo em cima dele. Não é justo. Não foi com o Chris que o Evan se casou pra deixar a área. Foi com você! E...

— Jazz! — interrompi, um pouco mais alto do que pretendia. — Já chega, tudo bem? Tá bom! Eu entendi! Eu já tive essa conversa com o seu namorado um milhão de vezes e não quero ter com você também. Eu faço o que eu quiser. A área é minha, e não tem nada pegando fogo por aí ainda, então acho que estou me saindo bem no meu papel de líder.

— Bom, não é você quem vai apagar o fogo se acontecer um incêndio, e nós duas sabemos disso — Jazz retrucou, cruzando os braços, com as sobrancelhas vincadas.

Enquanto isso, Emily só ouvia a tudo segurando a fita métrica, com um sorriso nervoso e sem graça por causa da discussão entre minha melhor amiga e eu. Olhei para ela, tentando procurar algum apoio ou alguém que estivesse do meu lado. E é óbvio que não encontrei.

Suspirei alto, pegando minhas coisas e começando a andar em direção à porta de saída, puxando minha velha jaqueta de cima da cômoda enquanto passava por ela. Então falei sem olhar muito para qualquer uma das duas:

— Espero que a discussão tenha acabado aqui. Eu não aguento mais essas cobranças, então não quero mais ouvir nenhuma palavra sobre a forma como eu devo ou não liderar essa Área.

Logo depois, passei pela porta e a fechei com força usando a telecinese, não me dando o trabalho de estender as mãos, já que minha cabeça estava cheia demais para controlar algo em meu corpo que não fossem minhas pernas me tirando daquele lugar. Mal tinha pisado do lado de fora do prédio onde Emily morava quando alguém me chamou pelo rádio, solicitando minha presença no tribunal. Não era uma coisa elaborada. Apenas um lugar com um palco no qual era decidido o destino dos criminosos em frente a um júri de pessoas escolhidas por mim. Tínhamos apenas três tipos de sentença: prisão perpétua para crimes graves como assassinatos, estupros ou crimes praticados contra crianças; pena leve de até um ano de prisão para crimes como roubo ou vandalismo; liberdade, caso se provasse a inocência do acusado.

Esses tipos de crimes não eram comuns em nosso clã, afinal todo mundo conhecia todo mundo, mas aconteciam muito nas áreas que tínhamos acabado de conquistar. Geralmente porque estavam acostumados a viver sem regras ou simplesmente por não aceitarem a nova liderança do clã. Assim, acabavam sendo os que mais cometiam crimes.

O comércio também era realizado por um sistema de trocas. Não tínhamos moeda, então trocávamos objetos que achávamos que valiam o que queríamos. Algumas maçãs por sementes de laranjeira, uma cadeira por um vaso de cerâmica... Qualquer coisa por qualquer coisa, desde que ambas as partes estivessem de acordo.

Todos me acompanharam com o olhar enquanto eu me aproximava, sem muita paciência por causa da minha discussão com Jéssica, olhando de braços cruzados para o palco de madeira onde estava a mulher que seria julgada e o júri, esperando que dissessem a razão de terem me chamado. As mãos e os pés da mulher estavam amarrados, e ela estava de joelhos no chão, virada para as pessoas que assistiam ao julgamento.

— Esta mulher está sendo julgada por espancar outra mulher até a morte. Ela disse que, se deveria ser presa por matar uma pessoa do seu clã, você também devia ser por ter matado o líder dela — um dos jurados disse, o que me fez rir.

Eu me juntei a eles em cima do palco, afastando o carcereiro da mulher e segurando-a na minha altura pela frente do macacão bege, que era o uniforme usado pelos presidiários. É, eu tinha mesmo matado um líder na semana passada para pegar mais uma área. Devia ter sido desse cara que ela estava falando. Na verdade, eu nem entendia o motivo daquilo tudo. Quando cheguei àquela área, estavam todos morrendo de fome e sendo escravizados pelo tal líder. Falei, analisando seu rosto com a postura mais superior que conseguia:

— Você acha que está em posição de determinar o meu destino?

— O que nos diferencia é apenas um título roubado, pelo que eu sei. Não é muito a se levar em conta — ela replicou em um tom rosnado, quase desafiador.

— É essa a questão. Você quer o seu líder de volta ou só quer que eu vá embora e as coisas voltem a ser o que eram?

A mulher sorriu, com seus dentes podres e expressão desgastada. Eles não vinham de uma área rica, e seu desgosto ao melhorar de vida me surpreendia muito. Ninguém precisava pagar para ter uma casa e alimentos, todos trabalhavam se quisessem e não tinham obrigações. Qual era o problema no meu comando? O fato de não poder roubar por diversão?

— Ter os dois seria bem satisfatório — respondeu, finalmente, o que me fez sorrir.

Eu a coloquei de joelhos no chão sem gentileza, tirando a arma que o carcereiro carregava em seu coldre e encostando o cano do revólver em uma de suas têmporas. Com isso, arranquei suspiros surpresos da multidão que nos observava. Então falei, fazendo com que apenas ela me ouvisse:

— Eu poderia ser boa e estourar os seus miolos na frente de toda essa gente, pra fazer você voltar para o seu líder no Inferno e nunca mais ter que olhar para a minha cara, resolvendo os dois problemas. — Fiz uma pausa, vendo-a suar frio, rezando em silêncio para que eu não apertasse o gatilho. — Mas eu não sou uma líder boa e não quero estragar os meus coturnos com o seu sangue nojento de traidora ingrata, então você vai ficar na prisão pelo resto da vida, até que o seu corpo finalmente se torne útil como alimento para os vermes.

Afastei a arma de sua cabeça, vendo a madeira embaixo de seu corpo começar a ficar úmida enquanto ela molhava as calças, com medo de morrer. Me aproximei do júri depois de devolver o revólver para o carcereiro e ordenei:

— Levem esta mulher para a prisão e a deixem lá por um ano. Vamos fazer outro julgamento, e, se ela molhar as calças mais uma vez, podem libertá-la.

Lancei um sorriso irônico para a condenada enquanto descia do palco. Jéssica esperava por mim no último degrau, tão surpresa quanto os outros. Não era sempre que eu era requisitada em um julgamento, já que quase todos tinham medo de se meter comigo, então sempre se surpreendiam com a forma como eu podia ser dura e fria com alguém. Não era algo que a Lollipop de antigamente faria. Mas eu não era mais a mesma. Não desde que *ele* se foi para sempre.

Agora eu era a líder do clã, precisava impor respeito e mostrar que era capaz de manter a ordem, nem que para isso tivesse que ser fria e cruel. Eu não queria agir daquela forma, nunca quis me tornar líder ou ter que carregar toda essa responsabilidade, que agora parece pesar uma tonelada nas minhas costas. Se tivesse chance, voltaria a me comportar como a garota boa e inocente de antes, mas isso nunca mais aconteceria, e eu tinha que continuar agindo como se fosse "o Evan com uma coisa a menos entre as pernas".

— Você pegou pesado — a garota comentou.

— Eu sei. Sempre pego pesado na sua opinião.

Daquela vez eu sabia que apontar uma arma para a cabeça da mulher tinha sido um pouco de exagero, mas precisava saber se ela tinha medo de morrer. Caso contrário, a melhor opção seria mesmo acabar com a vida dela ali, naquele momento, em cima do palco e na frente de toda a multidão. Só que se ela ainda queria viver, então que vivesse. Tinha uma sorte maior que a minha só de ter essa vontade, porque nem isso eu tinha mais, e fazia muito tempo.

— Vou treinar um pouco — anunciei para Jazz. — Avise ao Chris que não tenho hora para voltar.

Não esperei por uma confirmação. Apenas dei as costas para ela, indo em direção ao ginásio no final da rua principal e pegando meu arco e minha aljava no armário dentro da sala que havia atrás de uma das portas de lá. Já fazia algum tempo que não praticava, mas, como me ajudava a pensar, eu achava que aquela seria a melhor opção no momento, antes que batesse a cabeça na parede até o crânio explodir e eu finalmente ter um descanso daquela vida.

Certo, sem tanto drama.

♨JÉSSICA♨

Lollipop atirava as flechas com tanta força no ginásio que podíamos ouvi-las atingindo o alvo do lado de fora. Suspirei. Era visível para todos que ela estava estressada, mas acho que o fato de não admitir isso nem para si mesma evitava que fizesse qualquer tipo de coisa para melhorar sua situação.

— Jazz! — ouvi alguém dizer, surgindo ao meu lado, e sorri ao ver que era Kyle.

— E aí, cara? — cumprimentei-o. — Faz séculos que você não dá sinal de vida!

— Eu estava em uma missão de reconhecimento em uma área. A Lollipop me pediu para ir pessoalmente verificar se seria vantajoso para o nosso clã assumi-la — contou. — E como está o Sam?

— Vem se dedicando bastante no gerenciamento do hospital. Está bem empolgado com a ideia de se tornar médico.

E era verdade. Fazia algum tempo que Samuel falava sobre a vontade de ajudar os outros, e eu pensei que talvez trabalhar no hospital fazendo o que amava seria o melhor passatempo para ele. Infelizmente, ficava o dia todo com enfermeiras que o devoravam com os olhos, e eu até tinha me metido em uma briga com uma delas algumas semanas antes. Agora ela era uma das pacientes da área de queimaduras dele. Eu não me orgulhava de ter feito aquilo. Mentira, gostei muito de ter mostrado a ela quem era a dona do coração daquele heterocromático esquentadinho.

— E quanto ao treinamento das crianças? Como você está se saindo?

Ah, também havia isso. Lollipop mandou que os Guerrilheiros mais pacientes — e eu — ajudassem no treinamento de combate das crianças. Não era para que fossem guerreiras, mas sim para que soubessem se defender em caso de ataque. Eu as ensinava a manejar facas. Exigia muita paciência (algo que eu não tinha), mas, como peguei a turma mais velha, de doze anos, não era tão difícil assim. Pobre Dean, que ajudava a turma mais nova, de oito anos. Aquelas crianças eram umas pestinhas.

— Eles são bons. Têm bastante talento, mas... às vezes eu preciso dar uns sermões compridos.

— Nada muito diferente do seu dia a dia, certo? Dizem que a Lolli está especialmente estressada nestas últimas semanas.

— Sabe como é. Nada diferente do que a gente já está acostumado.— comentei.

— Do que vocês estão falando? — Chris perguntou, surgindo do nada atrás de nós. Dei o maior pulo do mundo.

— Nada de mais. A Jéssica estava me contando sobre as mudanças que estão acontecendo por aqui — Kyle respondeu.

— Espero que vocês tenham gostado das mudanças — disse. — A Lollipop sempre se preocupou muito com a opinião de cada uma das pessoas do clã, e todas as decisões dela exigiram bastante reflexão. — Fez uma pausa, olhando em volta. — Nós estamos parecendo uma cidade de verdade... O que me surpreende é o fato de o Instituto não ter vindo verificar isso ainda.

Não era do simples ato de "conhecer" que Chris estava falando, mas sim de "destruir" e "atacar". Eles nunca deixavam que uma área crescesse até chegar à total independência. Tudo era uma questão de controle do Instituto sobre o que restou da população mundial. Davam apenas o suficiente para manter a sobrevivência dos menos favorecidos. Mas, quando uma área conseguia se reerguer e eles julgavam que ela era uma ameaça, invadiam, destruíam e matavam a população inteira. Era assim que mantinham o poder sobre tudo e todos. Poder conquistado pelo medo.

Não era só Chris que não entendia o motivo de o Instituto ainda não ter nos feito uma visita. A Área 4 tinha crescido muito, evoluído, e estava quase independente. Lollipop tinha assumido o controle sobre mais áreas do que qualquer outro líder conhecido. Estava mais forte, poderosa e tinha conquistado o respeito de quase todos os clãs do nosso continente. Uma visitinha dos Eles era questão de tempo.

— Tem razão... — murmurei, antes de me virar para Kyle, me lembrando de perguntar a ele algo que martelava quase todos os dias em minha cabeça, mas nunca tive a chance de fazê-lo. — Será que nós podemos conversar em particular um minuto?

O garoto concordou, e Chris se despediu de nós, indo em direção ao ginásio para se encontrar com Lollipop. Caminhamos por alguns metros, ganhando distância antes de eu finalmente me sentir segura para perguntar:

— Kyle, por que, durante todo esse tempo, você nunca rastreou o Evan para saber onde ele estava?

— Não consigo rastrear os mortos, Jazz — ele falou, e pude identificar um certo resquício de raiva em seu tom, sem hesitar por um segundo sequer, como se já tivesse se decepcionado ao tentar fazê-lo antes.

— Então é verdade — sussurrei para mim mesma, baixando o olhar.

Algo dentro de mim se quebrou naquele momento. O último pedaço de esperança que restava se tornou pó. Não era como se não tivesse pensado nisso antes e assumido a morte de Evan como verdade, principalmente depois de termos encontrado o carro dele cravejado de furos de bala , mas no fundo ainda esperava por um milagre..

— Sinto muito — disse, me puxando para um abraço, e eu me permiti retribuir.

Eu não iria chorar. Minha relação com o vampiro não era como a de Sam e Lolli, mas éramos amigos, e ele tinha nos ajudado quando precisamos. Era a pessoa com quem minha melhor amiga tinha se casado. Não tinha como eu não me sentir tão mal assim.

Quando nos afastamos, falei que precisava voltar para casa, pois Sam estava me esperando, e saí andando antes que ele tivesse a chance de dizer mais alguma coisa. Não queria que me vissem abalada daquele jeito, e a coisa mais útil que poderia fazer era me trancar em meu quarto e esperar a onda de sentimentalismo passar logo.

A VERDADE

♉ CELLESTIA ♉

UMA SEMANA DEPOIS

PELAS MINHAS CONTAS, HAVIA SE PASSADO UMA SEMANA DESDE QUE FUI TIRADA DA minha cela. Foram longas 168 horas vendo imagens naquela merda de televisão. Pelo menos me familiarizei um pouco com relação a tudo o que acontecia e recebi alimentos.

Para resumir, me contaram toda a história sobre Leonard Travis Goyle e como ele foi bom para a humanidade.

O Instituto LTG era o lugar onde realizavam pesquisas que nos ajudariam a atingir a perfeição. Eles nos transformariam em uma raça pura, que não teria doenças, diferenças raciais. Mais ainda: nos tornaríamos imortais. Também eram responsáveis por alimentar e sustentar os impuros e os humanos que insistiam em causar problemas para todos, atacando e destruindo instalações do LTG. Aqueles que não aceitavam que a humanidade precisava evoluir. Seria muito mais fácil dizimar todos, mas não era isso que o presidente do Instituto desejava. Ele questionava sobre o que seria dos anjos sem os pecadores para invejá-los? Ou dos reis sem os servos para servi-los? Fazia muito sentido, apesar de algo dentro de mim achar que seria muito mais fácil cortar o mal pela raiz.

Tudo isso gerava um custo altíssimo, e os recursos financeiros vinham de patrocinadores que apoiavam todas as ideologias que compunham a missão do Instituto e, é claro, todos os benefícios que essa parceria proporcionava para eles.

Foi nesse ponto que minha importância ficou clara para mim. Havia um local muito exclusivo, onde só as pessoas mais ricas do mundo e que apoiavam a nossa causa podiam frequentar. E eu seria uma das responsáveis pelo entretenimento deles, com o objetivo de os deixar felizes e satisfeitos a ponto de fazerem generosas doações em prol da nossa causa.

Tudo o que eu tinha visto nos vídeos de treinamento parecia muito nojento, e algo dentro de mim achava que aquilo não era certo, mas parecia muito melhor que ficar presa em uma cela, sem comida e tendo como única companhia uma garota que eu nem sequer conseguia ver ou saber como era. E me disseram que lá tinha uma coisa chamada "bebida alcoólica", que nos deixa com a sensação de felicidade e torna tudo mais fácil, seja lá o que isso quer dizer.

Quando voltei à minha cela, tive uma surpresa agradável: havia ganhado uma cama e utensílios básicos para higiene.

— Finalmente! — ouvi minha vizinha de cela dizer. — Pensei que nunca te trariam de volta.

Sorri. Quase havia me esquecido do som da voz dela. De acordo com as informações que me passaram, todos os pacientes do Instituto com "aparência agradável" tinham o mesmo serviço. Eu me perguntava se ela seria minha companheira de trabalho também, já que nunca tinha visto seu rosto.

— Tenho certeza que você estava comemorando — brinquei, me aproximando da parede de onde vinha sua voz.

— Vejo que já te mostraram os vídeos — ela disse. — A sua voz está mais grave e mais decidida. Me deixe adivinhar: cenas de prostituição, orgias e festas. Correto?

Surpreendentemente, tinham me mostrado exatamente isso nas imagens, dando bastante ênfase ao quanto isso era comum quando o mundo ainda não tinha Leonard Travis Goyle para trazer de volta a pureza à Terra. E ela continuou:

— Fizeram você se sentir suja, mas feliz por isso, porque, graças ao seu trabalho, o Instituto conseguirá os recursos necessários para tornar o mundo um lugar muito melhor para todos.

— Você é boa nisso. — Eu estava realmente impressionada com a habilidade de adivinhação dela.

— Se ter convivido por mais de duzentos anos com pessoas que passaram por isso é o que você chama de "boa", então, sim, sou *muito* boa nisso — retrucou, o que me fez rir. — E amanhã você vai ter a sua primeira missão.

— Correto — afirmei.

Enquanto conversávamos, tudo o que eu fazia era andar pela sala, dando voltas e mais voltas sem tirar os olhos do chão de acrílico branco totalmente entediante. Por mais que fosse horrível, estava ansiosa para finalmente poder ir para a tal casa de festas.

— Não vai demorar muito para a gente se conhecer — complementou.

— Então você é uma das pacientes com aparência agradável aos olhos aqui? Estou surpresa que tenha continuado assim durante as duas centenas de anos que passou nessa droga de cela.

— Apesar de ainda ter o rosto de uma garota — contou —, não é por isso que eu vou ter a mesma função que você. O meu poder não é o de viver pra sempre. É uma coisa mais complicada. Tudo o que precisa saber é que eu me limito a realizar atividades que envolvam menos contato.

Então ela não precisava interagir com os tais clientes? Sorte a dela.

Me deitei na cama, feliz por fazê-lo pela primeira vez desde que... desde que me lembrava, me enrolando até a cabeça no edredom branco.

— Ah, Celli. Só mais uma coisa — ela chamou. — Pode me chamar de Allana se quiser.

Sorri. Allana. Esse era o nome dela, então. A primeira pessoa que eu havia conhecido, e o primeiro nome que podia ligar a alguém. Era estranha a sensação de saber quem ela era, mesmo que eu nem mesmo me lembrasse do meu próprio nome. Confuso. Quase tanto quanto minha mente.

— Hora de acordar, meninas — ouvi a voz de um homem do lado de fora. O mesmo que tinha anunciado, na semana anterior, que a "hora havia chegado".

Eu me levantei, sentindo como se tivesse levado uma surra por causa do colchão extremamente duro, e cambaleei até a parede, que começava a subir, mostrando uma câmara de metal. Era a mesma na qual já tinha entrado.

Não houve novidades. Entrei nela, que começou a subir poucos segundos depois, lançando um gás rosado para que eu ficasse totalmente desorientada. A porta se abriu em algum momento, e fui puxada para o lado de fora, sendo guiada pelo mesmo corredor. Desta vez passei por uma porta um pouco mais à frente e não pude deixar de me sentir surpresa ao ver que a sala na qual tinha entrado era exageradamente colorida.

O chão era cinza-escuro, e as paredes, que tinham um tom de laranja suave, estavam cobertas com quadros em molduras estranhas. Havia várias garotas lá. Cada uma estava em pé em um altar, diante de enormes espelhos com luzes nas bordas, sendo analisadas por pessoas mascaradas em roupas totalmente exageradas e brilhantes.

Atrás dos altares, que ficavam de frente para a parede à direita da porta de entrada, ficavam diversas estantes cheias de cosméticos e araras com roupas. Eu nunca tinha imaginado algo assim em toda a minha vida.

Fui levada até o último dos altares, no qual me fizeram subir, e pela primeira vez pude ver como realmente era minha aparência. Juntei um pouco as sobrancelhas, me inclinando para a frente a fim de me analisar melhor quando me deixaram sozinha, pedindo que eu esperasse até que meu "estilista" chegasse.

O cabelo liso, na altura do pescoço, era mesmo verde-escuro, mas as sobrancelhas eram negras. Havia uma falha na esquerda, por causa de uma cicatriz. Minha pele era pálida, mas as bochechas e o nariz eram cobertos de sardas claras. Os olhos eram grandes e ferinos, de um tom chamativo de verde-água.

Comparada às outras, eu era um pouco baixa e magra, mas com proporções corporais de uma mulher adulta, de uns vinte e poucos anos. Assobiei ao olhar para o trabalho que tinham feito com o silicone nos meus peitos. Não tinha ideia de como era antes, mas aquilo ali tinha um tamanho meio grande.

— Cellestia — murmurei, finalmente conseguindo imaginar a mim mesma como realmente era, ligando a aparência ao nome.

Só havia uma coisa que me diferenciava das outras, além da tatuagem em forma de coração preto logo abaixo do olho direito: a gargantilha de couro negro que eu usava. Era um pouco apertada, mas eu já estava tão acostumada que nem notava mais!

— Eu disse que você ia ficar ótima com essa cor de cabelo! — falou uma mulher com uma máscara preta no rosto e vestido vermelho brilhante, parando ao meu lado.

Seu cabelo espetado para todos os lados era preto, e os saltos pareciam ser de vidro. Só que era impossível descrever as proporções de tudo aquilo. O vestido tinha ombreiras estranhas, e o sapato era quase tão alto quanto o altar. Eu nunca conseguiria andar com uma coisa daquelas.

— Cellestia, certo? — perguntou.

— Isso — confirmei com um sorriso, me surpreendendo ao ver covinhas em minhas bochechas.

— E as covinhas também foram uma boa ideia — murmurou, dando uma volta ao redor do meu altar de base circular vermelha. — Será que eu posso ver as tatuagens e os piercings?

Assenti, me inclinando um pouco em sua direção para mostrar o coração preto embaixo do meu olho direito e o piercing de argola de metal preto no nariz, assim como os das orelhas. Depois, vi as tatuagens em meus dedos que se pareciam anéis. Quando ela me pediu para tirar o macacão... aí eu fiquei confusa.

— Tem mais dessas? — questionei, abrindo o zíper e deixando que a roupa caísse ao chão, não me sentindo nem um pouco constrangida pela presença de outras pessoas na sala. Acho que isto não era algo que haviam me ensinado a ter: pudor.

Ela riu sarcasticamente, o que indicava um sim, e me mostrou o que mais haviam feito. Ao virar de costas, pude ver um diamante preto e simples tatuado na omoplata direita, e na base da coluna, à esquerda, havia uma enorme árvore de flores cor-de-rosa tatuada que crescia também pelas costelas. Estreitei os olhos ao ver marcas pequenas e arroxeadas do lado de cada vértebra da minha coluna. Havia uma de cada lado, totalizando... 46.

— Isso veio com você — a mulher explicou. — Nós tentamos de tudo, mas não conseguimos tirá-las. Sempre que usávamos o Veinoprol para cicatrização e diminuição de cicatrizes, elas voltavam a aparecer.

Certo, então. Nem um pouco maluco.

Continuei procurando mais tatuagens. Só havia mais duas: uma flecha no antebraço esquerdo, apontando para a frente, na direção da mão, e...

— Esta não devia estar aí — a mulher murmurou, um pouco confusa, quando viu uma árvore tatuada na base da coluna, do lado direito, o oposto ao da árvore de flores cor-de-rosa e o mesmo do diamante.

Não era uma árvore comum, como a tatuada do lado esquerdo, que era enorme, mas sim uma menor, do tamanho do meu punho, com raízes e galhos que se misturavam, formando um círculo ao redor de si. Algo dentro de mim disse que aquele símbolo era familiar, como se estivesse marcado em algum objeto importante.

— É a árvore da vida. Símbolo da primeira cidade autossuficiente criada na Terra: Arthurial — ela contou.

— E o que isso tem a ver comigo? — questionei.

— Nada — respondeu. — Por isso eu não pedi que tatuassem isso em você. — Me endireitei, ficando de frente para o espelho. Por que tudo que tinha a ver comigo precisava ser estranho ou misterioso? — Mas não importa agora. Vamos começar logo, antes que nos atrasemos, afinal você é a atração principal hoje.

— Atração principal?

— Sim! Vão anunciar a novata na casa. É nessas noites que nós ganhamos mais dinheiro.

Quase me senti tentada a perguntar por que, mas fiquei com medo de não gostar muito da resposta.

41

Ela me levou para um tipo de corredor, adjacente à sala dos altares, repleto de chuveiros, e mandou que eu tomasse o melhor banho da minha vida. Depois, me levou de volta para o altar e me deixou esperando alguns segundos até trazer um cabide com algumas roupas.

Fui obrigada a vestir uma lingerie de renda preta e, depois, um conjunto de saia e top pretos. Ambos eram do mesmo tecido, quase como um vestido, mas deixavam à mostra uma faixa de pele na cintura. A gola era alta, mas não tinha mangas, e o comprimento da saia ia até um palmo acima dos joelhos. Era tudo muito justo e curto. Até que eu gostava disso. Era... diferente.

Ela me fez calçar saltos ENORMES da mesma cor do meu cabelo e depois me levou até outra sala próxima, com cadeiras e mais várias estantes de cosméticos. Ali, ela colocou camadas e mais camadas de tinta em meu rosto, o que ela chamou de maquiagem, e ajeitou meu cabelo, modelando mais os cachos que se formavam nas pontas.

— Está pronta a minha obra de arte! — a mulher exclamou, borrifando rios de perfume em mim.

Sorri, e isso me pareceu estranho quando vi a imagem no espelho. Eu estava irreconhecível daquele jeito. Se alguém me conhecia antes de todas aquelas tatuagens, tintura de cabelo e cirurgias, nunca teria ideia de quem eu era, já que, com aquelas roupas e maquiagem, estava bem diferente de como tinha chegado à sala.

Só naquele momento notei que todas as outras garotas do ambiente olhavam para mim, cochichando entre si enquanto analisavam cada centímetro do meu ser, esperando achar algum defeito no trabalho da minha estilista. Babacas.

— Chegou a hora, minha criança — a mulher falou quando um tipo de sirene irrompeu de algum lugar da sala. — Lembre-se de que tudo o que precisa fazer é ser você mesma — orientou, enquanto me guiava para fora da sala, parando diante de uma porta que ficava de frente para onde eu estava antes.

— É a primeira que recebem desse tipo. As outras têm um visual mais natural, com cores de cabelo comuns e corpos intocados. E geralmente são mais caladas também. Esse é o seu diferencial, então faça jus ao seu talento.

Ela falava como se ser eu mesma fosse algum tipo de habilidade que precisava ser dominada. Talvez só estivesse com medo de que, depois de ver quem estaria à minha espera, eu me recusasse a ser receptiva ou ter bom humor. O que pode acontecer, já que era uma situação totalmente desconhecida para mim, mas eu ainda não tinha como prever. Era ver para saber.

A sala na qual entramos era toda preta, com apenas uma cabine de vidro no centro. A mulher me guiou até lá, observando enquanto me fechavam dentro do lugar, e disse, cochichando no meu ouvido, antes que uma base começasse a subir, como num elevador:

— Destemida, rebelde, divertida e incansável.

Ao ouvir aquelas palavras, algo em mim mudou. Toda dúvida e nervosismo sumiram. E a certeza de que eu tinha que fazer tudo o que pudesse pelo bem do Instituto ficou ainda mais forte. Eu tinha que ser perfeita. Respirei fundo, antes de começar a ser elevada para um lugar completamente desconhecido.

Não houve nenhuma mudança de primeira. Um flash me cegou, recebi mais uma dose de fumaça rosada e, de repente, parei de subir. Pisquei algumas vezes, me acostumando à claridade e tentando me situar.

Continuava numa cabine de vidro apertada, mas, agora, no meio do que era um enorme salão cheio de luzes vermelhas e roxas, pessoas, bebidas e música alta. Todos me observavam, lançando flashes na minha direção dos quais eu não tinha ideia da finalidade e me chamando, por algum motivo, de "Angel". O que estava acontecendo? Por que estavam me chamando assim?

— Vamos começar o leilão! — um homem anunciou, com a voz abafada, do lado de fora.

Leilão? Eu não sabia exatamente o que era aquilo, mas como pessoas a esmo começaram a gritar números cada vez mais altos, imaginei que estivessem disputando alguma coisa. Batalha de sabedoria ou de dinheiro? Assim que gritaram a palavra "moedas" depois de um certo valor, eu soube que era a segunda opção. Mas... o que estavam comprando?

Olhei em volta mais uma vez. Todos olhando para mim, flashes, cabine de vidro, mãos apontando na minha direção... era... era eu? Eu estava sendo vendida?! Como assim? Pra quem? Pra quê?!

— É a primeira noite dela aqui, pessoal! Vamos! — o mesmo homem gritou. — Uma bela garota de vinte e dois anos, com olhos claros e cabelo colorido. Diferente de tudo o que nós já oferecemos. Vocês não podem perder essa oportunidade.

Os lances aumentaram: cinquenta mil moedas. Cem mil moedas... Quinhentas mil?! O quê?!

— Vendida!

Tive um sobressalto com a altura da voz do homem, e alguém subiu à passarela na qual eu estava presa dentro da cabine de vidro. Uma das paredes se abriu, e todo o som alto da música e das vozes das pessoas ao redor atingiu meus ouvidos como um soco.

A pessoa pegou minha mão, me puxando com gentileza para fora e me guiando pela passarela como se eu fosse um tipo de prêmio. Olhei para ver quem era: um velho de mais ou menos setenta anos, grisalho e barrigudo. Ele era o meu novo dono? Como assim? Eu não tinha escolha?

Engoli em seco enquanto ele me guiava para fora da passarela e passávamos por entre as pessoas. Podia sentir os olhares sobre meus ombros enquanto tocavam meus braços e costas, chamando meu nome e pedindo coisas sem fundamento, como um beijo ou algo mais além.

Fomos até os fundos do salão, onde havia uma parede elaborada apenas com cortinas. Ele abriu o que devia ser uma cabine privada, atrás de uma delas, e me puxou para dentro. Minha respiração começou a acelerar. Por que tinha uma cama ali e só? Não íamos precisar dela, certo?!

— Calma — o velho disse, depois de fechar a porta atrás de mim. — Eu não te comprei para você fazer o que está pensando. Eu sou um velho amigo de uma das garotas que trabalham aqui, e ela me pediu para fazer as honras para que ela pudesse te conhecer pessoalmente. — Explicou, se aproximando com um sorriso gentil.

— Mas... você pagou quinhentas mil moedas por mim! — exclamei. — É muito dinheiro!

— Tenho mais do que preciso e já estou no fim da vida. Não é nada que vá me fazer falta, não se preocupe.

— Ele está sendo gentil — alguém comentou, entrando no quarto e me fazendo dar um sobressalto.

Eu reconheceria aquela voz em qualquer lugar, afinal foi a primeira que ouvi desde que estava ali: Allana.

Meu queixo caiu ao vê-la. Não que eu a reconhecesse, mas, quando me disse que tinha mais de mil anos, não pensei que tivesse aquela aparência. Tipo... uau.

Tinha a postura elegante de alguém muito nobre, e longas pernas que a faziam parecer ainda mais alta do que já era. Seu cabelo comprido, que ia até um pouco abaixo do quadril, era de um castanho-escuro quase preto, e a pele tinha um brilho dourado que eu não tinha visto em nenhuma das pessoas do lado de fora. Os olhos tinham cor de ouro puro derretido. Nunca pensei que alguém tivesse íris daquele tom.

Ela vestia um uniforme preto de garçonete, e as luvas pretas que iam até a altura dos cotovelos combinavam com as botas de couro de cano alto.

Se aproximou de mim, abrindo os longos braços para me abraçar enquanto eu me levantava. Abraço. Não me lembrava da sensação, apesar de saber o que era.

— Cellestia — sussurrou, rindo consigo mesma sem se afastar.

— É você mesma — falei, surpresa. O sotaque com que pronunciava meu nome era bem típico dela. Celestía, era como dizia, apesar de eu já tê-la corrigido antes.

— Quem mais poderia ser? — brincou, analisando meu rosto enquanto eu fazia o mesmo com o dela.

De perto assim, era como se eu visse o dourado de seus olhos ondular. Era... inacreditável. Dei um passo atrás, me sentindo um pouco baixa demais perto dela. Talvez fossem os saltos que também usava, ou o fato de sua presença ser imponente mesmo que eu não soubesse se ela tinha alguma autoridade. Era como se até as paredes do quarto se curvassem para ela. Devia ter algo a ver com a idade e a experiência que exalava como uma aura de seu corpo.

— Obrigada, Ben — ela agradeceu ao velho, tocando suas mãos num gesto gentil, e ele respondeu com um simples aceno de cabeça, se sentando no canto mais distante do quarto e acendendo um cigarro, pedindo que ficássemos à vontade. Allana se virou mais uma vez para mim. — Você deve estar se perguntando por que eu quero falar com você aqui, já que nós podíamos ter nos encontrado do lado de fora. — Concordei, me sentando mais uma vez na cama, observando enquanto ela fazia o mesmo. — Você merece algumas explicações antes de entrar nisso. Não é justo que simplesmente te joguem aqui sem dizer como as coisas funcionam.

Era verdade. Quase tive um ataque cardíaco ao ver que tinha sido leiloada para um desconhecido que me levaria até um quarto para fazer o que bem quisesse comigo. Ainda mais não tendo a menor noção de como me defender e sem saber se podia realmente fazê-lo.

— Eu vou ser bem clara com você, porque nós não temos muito tempo, e sei que tem muitas dúvidas — continuou. — Sua única função aqui vai ser entreter os homens para dar dinheiro ao Instituto. Como vai fazer isso é questão do gosto dos clientes. Isso significa que eles podem fazer qualquer coisa com você. Podem simplesmente pagar uma bebida e conversar a noite toda ou... ou qualquer outra coisa.

— Mas e se eu não quiser? — questionei.

— Você não tem querer — respondeu. — Isso não importa aqui. Vão colocar escutas e já injetaram um localizador em algum lugar do seu corpo. Não existem saídas, e o mesmo gás que impede a propagação das ondas liberadas pelo seu poder está presente no ar. A única porta é vigiada todos os segundos por seguranças armados do Instituto, e, acredite, não vão hesitar em atirar na sua cabeça se você tentar alguma coisa — explicou. — Se você se recusar a realizar a vontade de um cliente, vai pagar caro quando voltar para o Instituto, porque eles têm acesso a cada uma das câmeras e áudios nos quartos, como este aqui.

Arregalei um pouco os olhos, virando a cabeça e procurando por uma câmera. Não era visível em nenhum dos cantos das paredes e móveis escuros. Como ela podia saber? Ah, sim. Isso se chamava: "Estou aqui há dois mil anos". Allana prosseguiu, antes que eu tivesse a chance de perguntar o motivo de estar falando aquilo mesmo sabendo que estávamos sendo filmadas:

— Não tem escuta nenhuma. Eu dei um jeito nisso. Eu saberia se tivesse. E... Bem... eu estou aqui há tempo suficiente para que eles saibam que eu nunca fugiria. Quanto às câmeras no quarto, não se preocupe. O responsável por este aqui me deve alguns favores.

Alguém do Instituto devendo favores a Allana? Acho que havia algo que ela não tinha me contado ainda, e duvidava que fosse fazê-lo algum dia. A não ser que eu fosse imortal como ela. Aliás, qual seria o meu poder? Ainda não havia tido a chance de descobrir isso, e talvez nunca conseguisse. Não com aquela porcaria de gás neutralizador ou sei lá o quê.

— Você não vai ter acesso a relógios, a não ser que pergunte a um dos clientes, mas o turno dura oito horas contínuas. Tem acesso livre ao bar, e tudo o que há nele é de graça. Quanto mais bêbada, melhor para eles. Desse jeito você tem menos resistência e causa menos problemas aos clientes — contou.

— E tem alguma regra que eu nunca devo quebrar? Que vai me ferrar muito se eu não seguir?

— Tem sim. — Allana fez uma pausa. — Nunca, em hipótese alguma, diga não a qualquer um dos caras ou mulheres lá fora. Isso pode custar a sua vida.

Eu, Allana e Ben ficamos naquele quarto pelas oito horas seguintes. Eles me explicaram a real história do que aconteceu com o mundo e tudo sobre Leonard Travis Goyle. Ela me contou para que servia cada bebida e deu dicas de como sobreviver inteira às noites do LF (Lower Floor) — que era o nome do bar onde estávamos.

Todas as regras do lugar e do Instituto foram ditas, e ela me explicou nossa rotina diária. Foi como se jogassem um balde de água fria em cima de mim. Nunca pensei que seria algo tão cruel, a ponto de poder apanhar quase até a morte se me recusasse a fazer qualquer coisa para eles.

Allana contou também sobre a hierarquia do lugar, informando que, conforme o tempo passava, menos tínhamos que lidar com os clientes e ganhávamos empregos mais... conservadores. Na maioria das vezes tinha a ver com a idade, mas no caso dela aquilo não importava muito, já que sua aparência era imutável.

O que mais me chamou atenção foi o fato de ela tratar os funcionários do Instituto pelo nome ao se distrair enquanto contava alguma história. Qual era a sua relação com eles? Por que parecia saber tanto sobre o lugar se passava metade do dia numa cela e a outra servindo bebidas para caras ricos e poderosos no bar? Tudo bem que o lugar tinha crescido e se desenvolvido enquanto ela já era uma prisioneira deles, mas ainda assim era estranho.

Se estivesse em seu lugar, em vez de fazer amizade, ficaria com raiva por perder tanto tempo da minha vida presa ali. Apesar de seu corpo e alma serem eternos, o mundo e as pessoas ao nosso redor não eram, e isso era algo que eu nunca poderia perdoar.

Talvez fosse exatamente esse o fato que me deixava mais irritada. Eu sentia que havia alguém lá fora que me amava e estava esperando por mim. Eu provavelmente não tinha nascido do ar, sem ter uma família. Meus 22 anos não eram pouca coisa. Era praticamente impossível que não houvesse tido nenhum tipo de relacionamento com alguém durante todo aquele tempo, e pensar em perder mais um dia com quem quer que fosse a pessoa que estava me esperando era torturante. Tanto quanto seria se eu fosse espancada todos os dias, vinte e quatro horas sem parar.

MISSÃO

◆LOLLIPOP◆

UMA SEMANA ANTES

OLHEI PARA OS DOIS LADOS. HAVIA UM GRUPO DE GUERRILHEIROS ATRÁS DE mim, todos escondidos entre arbustos, observando no escuro qualquer movimento que acontecia no campo aberto à nossa frente.

Era pouco mais de meia-noite, e não havia uma alma viva sequer vagando pela grama da enorme área descampada que se estendia no meio da floresta. Não estávamos longe da nossa área. Para falar a verdade, nem vinte minutos a pé, e isso era o mais próximo que qualquer contêiner já havia chegado de nós. Chris chegou a cogitar que essa proximidade podia ser um sinal de que o Instituto queria dar um empurrãozinho nas outras áreas para nos atacar, por isso deixei um grupo de Guerrilheiros encarregado de fazer a guarda no nosso território, com ele os liderando caso algo acontecesse.

Esperávamos ouvir o som de helicópteros e ver algo no céu se aproximando, como aviões com cordas segurando um enorme contêiner, como sempre acontecia. Mas não havia som, e nenhum dos Guerrilheiros para os quais pedi que ficassem acima de nós, nas árvores, deu sinal de que via alguma coisa.

O som de um galho se quebrando ao meu lado quase me fez dar um salto, então olhei com os olhos semicerrados para Jéssica, a responsável por aquilo.

— Eu falei que você não devia ter vindo — sussurrei, nada feliz com a escolha dela e de Sam de nos acompanharem naquela missão.

— Nós fazemos parte do grupo. Em algum momento teríamos que participar de uma missão — ela retrucou, com a cara fechada, olhando para a frente à procura de algum sinal de outro grupo se aproximando do território. — Treinamos todo dia pra isso.

— Só vão me distrair. Não posso ficar bancando a babá de ninguém — reclamei, balançando a cabeça, voltando a olhar para a frente.

— Vocês não querem falar um pouco mais alto? Precisamos mesmo de bastante barulho pra fazer todo mundo saber que nós estamos aqui — Yone ironizou do meu outro lado, visivelmente incomodada com nossa falta de profissionalismo, e tudo o que fiz em resposta foi bufar, me colocando numa posição mais confortável enquanto encarava o descampado.

A noite estava extremamente fria, como geralmente era no fim do inverno, e podíamos ver o vapor da respiração uns dos outros dispersar. O ar estava pesado, extremamente úmido, e eu conseguia notar as unhas das minhas mãos começando a atingir um tom azulado assustador. Respirei fundo, fechando um pouco mais o casaco enquanto mantinha os olhos fixos no horizonte e os ouvidos atentos a qualquer som que viesse do campo ou de algum lugar próximo de nós.

Estávamos ali havia algumas horas, e eu tinha certeza de que a maioria estava bem cansada de ficar parada no mesmo lugar. No entanto, mesmo que soubéssemos onde cairiam os contêineres, nunca poderíamos ter certeza da hora que aconteceria. Eu só esperava que não demorasse muito mais. Caso contrário, começaríamos a ficar com sono e fome, e isso seria uma desvantagem enorme em meio a uma possível luta.

Como um sinal de algo que veio do além, pude ouvir ao longe o som das hélices do helicóptero do Instituto e me escondi um pouco mais, ouvindo todos ao meu redor prenderem a respiração como alguém que está prestes a mergulhar na água. No nosso caso, estávamos prestes a entrar em uma luta, e eu sabia disso.

Não haviam se passado vinte segundos quando vimos luzes no céu e, logo depois, o que seriam uns quatro helicópteros se aproximando. Cada um ligava uma corda à ponta de um enorme contêiner de metal vermelho. Não pude deixar de sorrir com isso. Muito discreto, com certeza.

Enquanto os helicópteros se posicionavam para soltar o contêiner no meio daquele enorme campo, olhei por cima dos ombros, a fim de verificar se estavam realmente todos em suas devidas posições. É claro que alguns se ajeitaram um pouco ao ver que eu os observava. Eram visíveis em um rosto ou outro o sono e o cansaço, mas eu não podia dispensar ninguém, por mais que fosse arriscado lidar com um grupo de Guerrilheiros que não estava em seu melhor momento. Ainda mais numa missão como aquela.

— Posição — falei em voz baixa, mas alto o suficiente para que as pessoas ao meu lado me ouvissem e passassem a mensagem adiante, assistindo aos helicópteros pararem em um ponto específico, as portas se abrindo e homens vestidos de preto soltando os mecanismos com cordas que sustentavam o contêiner.

Com um som extremamente alto, ele caiu alguns metros no chão, fazendo a terra vibrar até onde estávamos parados, escondidos na floresta. Levantei as mãos, mandando que todos continuassem parados enquanto os helicópteros deixavam o contêiner no meio do campo, que parecia deserto até agora.

Jazz olhou para mim, visivelmente confusa com minha ordem, já que o contêiner estava ali, todo para nós, com ninguém brigando para pegar os objetos dentro dele. Aparentemente, era a nossa chance. Mas eu havia participado de missões o suficiente para saber como as outras áreas e clãs funcionavam. Não deixaria que fôssemos os primeiros a atacar, ficando com nossas costas vulneráveis. Nós é que os pegaríamos por trás. Por isso a ignorei, mantendo os olhos bem abertos, atenta a qualquer movimento.

Quase consegui sorrir quando, segundos depois, o primeiro grupo, a metros de nós, saiu do meio das árvores e começou a correr em direção ao contêiner. E depois deste vieram outros. Muitos outros.

Mantive as mãos levantadas, para que nenhum de nós movesse um músculo sequer, assistindo a algum idiota de outra área fazer esforço, enquanto era empurrado e puxado por seus adversários, para abrir as portas do contêiner.

Não era a maior batalha que eu já havia lutado, nem de longe. Mas também não era a menor. Evan tinha realmente feito um bom trabalho ao escolher recomeçar sua vida com o clã num lugar remoto como aquele. Não havia muitas outras pessoas que tinham escolhido viver ali. E isso refletia bem na quantidade de gente que existia no lugar. Só que, assim como o ditado diz: quantidade não é qualidade. Aqueles caras podiam muito bem ser os metacromos mais poderosos que encontraríamos na vida.

Se bem que, pelo tempo que estavam levando para abrir aquelas portas, eu duvidava disso.

— Lolli... — Sam começou, e fiz um som para que ele ficasse em silêncio. Eu sabia o que ele iria dizer. Que era a hora de atacar. Não, não era.

Havia uma contagem em minha cabeça. Algo no meu cérebro que funcionava como um alarme para quando deveríamos atacar. E alguns segundos depois, quando finalmente abriram aquele contêiner e eu vi as caixas de papelão dentro dele, foi quando o tal alarme soou.

— Atacar! — gritei, já levantando do meu lugar e começando a correr para fora do campo escondido com árvores, em direção ao contêiner repleto de gente ao redor.

Assim como Yone havia sugerido antes de sairmos, nosso grupo de Guerrilheiros se espalhou em uma linha enquanto corríamos, uns mais rápido que os outros, gritando para encontrar coragem, ou apenas correndo em silêncio, formando uma meia-lua e um círculo em seguida, cercando o contêiner e todos ao redor dele por todos os lados, atacando sem a menor piedade qualquer um que estivesse à nossa frente.

Quando me aproximei o suficiente do grupo, sem o menor esforço em razão dos treinamentos que fiz durante aqueles dois anos, fiz um número enorme de pessoas à minha frente voar pelos ares com a telecinese, abrindo caminho para mim mesma e para mais alguns, para que se livrassem das pessoas entre nós e o nosso objetivo.

Eu não levava mais o arco comigo nesse tipo de missão em que podíamos ser "indiscretos" e ir com toda a força para cima dos nossos adversários, então me apoiava na telecinese para fazer o estrago e eliminá-los o mais rápido possível.

Assim que adentrei o meio da multidão, alguém tentou agarrar meu pescoço pelas costas. Por reflexo, dei uma cabeçada em quem quer que fosse, fazendo-o me soltar na hora, e nem precisei me virar para esmagar sua cabeça no chão usando meu poder.

Avancei, guiando um pequeno grupo de pessoas comigo, vendo pelo canto do olho uma luz azul extremamente forte, que eu sabia que vinha de Sam. Ele e Jazz sempre trabalhavam muito bem em combate, como se fossem um só, protegendo um ao outro, atacando, defendendo, matando juntos. Era algo lindo de se ver... se você tivesse tempo para assistir. Esse não era o meu caso.

Pulei nas costas de um homem que atacava um dos meus Guerrilheiros. Peguei sua cabeça com as duas mãos e quebrei seu pescoço sem hesitar, não esperando que meu aliado agradecesse para continuar andando em direção à entrada do contêiner.

Enquanto lutávamos, Gaia, nossa metacromo que possuía o poder do teletransporte, e uma das mais antigas guerrilheiras do grupo, trabalhava para se transportar para dentro do contêiner e teletransportar o máximo de caixas possível de volta para nossa área, indo e voltando o mais rápido que conseguia. Seria muito mais ágil se ela pudesse simplesmente levar todo o contêiner para a área, mas as chances de que inimigos fossem levados junto e pudessem pôr em risco a segurança de quem vivia lá era muito grande. Era melhor manter a luta ali do que ter que dividir o grupo e defender dois lugares diferentes e ao mesmo tempo.

Meu objetivo era chegar perto do contêiner o suficiente para escalá-lo e afastar todos dele, para que tivéssemos um transporte seguro de volta para nossa área, mas, para isso, eu precisava abrir caminho até lá. Mesmo tendo prática com a telecinese, eu ainda tinha meus limites.

Senti alguém me agarrar por trás, pela jaqueta, me derrubando no chão e subindo em cima de mim. A primeira coisa que pensei em fazer foi jogar longe a faca que descia rapidamente em direção aos meus olhos. Com isso, acabei levando apenas um soco em vez de uma facada. Pressionei as unhas ao redor do antebraço do homem que havia subido em cima de mim, afundando-as em sua pele e o fazendo gritar. Usei seu momento de distração para empurrá-lo para o lado. Antes que eu sequer pudesse pensar em matá-lo, alguém de outro grupo o fez, passando por ele e vindo para cima de mim logo em seguida, me dando tempo apenas para levantar antes que me atacasse.

Estava preparada para recebê-lo e pronta para enfiar o punho bem em seu nariz quando outra pessoa me pegou por trás. Eu me apoiei em seu corpo para pular, usando as duas pernas para empurrar a mulher que me atacaria pela frente e o meu peso como "gangorra" para jogar quem me segurava pelo pescoço por cima do ombro, logo à minha frente, como Chris havia me ensinado. Ouvi um grito de agonia e uma onda enorme de calor atrás de mim, que fez com que eu me virasse, vendo Jéssica com os braços em chamas, enfiando os dedos nos olhos de um de nossos adversários enquanto Sam protegia suas costas, jogando bolas de fogo azul em qualquer um que se aproximasse demais. Sua grande sorte era a hesitação que qualquer um tinha ao se aproximar deles. Metacromos, pelo menos a maioria, que eu soubesse, não eram à prova de fogo. E não era qualquer um que se arriscaria a enfrentar algumas queimaduras para matar os dois.

Foi graças a minha distração que reparei, logo acima de nós, que os helicópteros continuavam lá. Isso não era normal. Quase sempre iam embora depois de deixar o contêiner.

Pior que isso: eu via pessoas saltando dele para dentro da multidão, se concentrando na área mais próxima do grupo ao meu redor. Provavelmente era por causa do contêiner, mas o que os Eles queriam com aquilo? Foram eles que o trouxeram! Havia algo de errado. Algo de *muito* errado.

Ainda assim, eu não devia ter me deixado distrair. Eu era a única pessoa ali que não tinha esse direito, porque era a líder e precisava me manter focada. Não foi o que aconteceu, e isso deu a chance de um grupo de pessoas se acumular ao meu redor e me tirar do meu devaneio ao me agarrar pelos braços. Eu estava prestes a usar a telecinese para jogá-los longe quando alguém me deu um soco, quebrando minha concentração. Depois disso, meus joelhos se dobraram no chão com o chute que senti nas costas, e mais um soco impediu que eu conseguisse fazer meu cérebro pensar em matar alguém com a telecinese. Eu me debati, tentando me levantar, mas havia três pessoas me segurando pelos ombros e braços para me manter no chão. Senti uma fisgada na parte de trás do braço esquerdo; achei que tivesse levado uma facada ou algo parecido. Não estava conseguindo pensar direito, meu corpo começou a se rebelar contra mim, se recusando a me obedecer, e minha mente estava ficando confusa. Tentei focar as pessoas que estavam me prendendo no chão e vi alguém se afastando de mim com algo nas mãos. Não era uma arma. Era... uma seringa. Por quê?

Algo dentro de mim gritou que aquilo tinha a ver com o Instituto. Chris estava certo em se preocupar. Não haviam mandado o contêiner para tão perto da nossa área por coincidência. Queriam atrair grupos para nós, a fim de nos manter ocupados. Eles finalmente tinham decidido nos atacar.

Mais um soco, e esse pareceu ainda mais forte que os outros, fazendo meus olhos lacrimejarem e minha visão embaçar.

— Lolli! — ouvi alguém gritar e imediatamente reconheci a voz de Jéssica. Um brilho forte passou pelos meus olhos, e mais uma onda de calor, mas nada aconteceu. Ela tinha errado a mira.

Em seguida, um grito de dor próximo de mim fez um arrepio percorrer todo o meu corpo. Era ela. Tentei virar a cabeça para olhar em sua direção enquanto continuava a me debater com todas as forças, tentando reorganizar meus pensamentos para voltar no tempo e tentar salvá-la do que quer que fosse. Mas não consegui. Algo fez quem quer que estivesse me segurando me soltar, e senti alguma coisa quente espirrar em meu rosto. Em seguida, o homem que segurava a seringa à minha frente foi pego por uma figura alta, que se curvou sobre ele enquanto enterrava a cabeça e o rosto em seu pescoço.

Arregalei os olhos quando eles focaram quem era a figura, e uma coisa chamou minha atenção imediatamente. Uma bandana vermelha.

— Evan... — sussurrei, porque, naquele momento, não tinha forças para fazer mais do que isso, sentindo meu corpo todo começando a tremer enquanto meu coração acelerava ainda mais.

Ele soltou o homem com a seringa imediatamente quando ouviu seu nome saindo da minha boca, me olhando com olhos tristes que eu não me lembrava de já ter visto antes. Era ele. Era *mesmo* ele. O meu Evan. Com toda a sua altura, sua jaqueta de couro, a bandana vermelha e o rosto perfeito. Aquele rosto que eu não via fazia dois anos. E foi como se tudo ao meu redor desaparecesse. Toda a briga, todas as áreas, o contêiner e os helicópteros.

— Lolli... — ele começou, e uma explosão me fez cair no chão, interrompendo-o no que quer que fosse dizer e o fazendo perder o equilíbrio também.

Um chiado encheu meus ouvidos, e dessa vez não foi tão fácil levantar do chão. Evan estava se recuperando quando algo me puxou para trás pelos braços, e quase não tive forças para me debater.

— Evan... — murmurei, não conseguindo gritar, enquanto minha cabeça girava e aquelas pessoas me arrastavam para trás. — Evan... — falei, um pouco mais alto, vendo-o visivelmente atordoado com aquela explosão.

Ele piscou algumas vezes, finalmente olhando para mim de novo, e andou em minha direção, um pouco sem equilíbrio, com mais e mais pessoas entre nós enquanto eu era carregada, e senti mais uma picada, agora no pescoço.

— Evan... — repeti, me debatendo mais, tentando voltar para ele, lutando para me soltar. Eu nem sequer olhava para quem estava me puxando, e minha cabeça girava mais e mais, me deixando mais fraca e atordoada a cada segundo, enquanto minha visão escurecia.

— Lolli! — ouvi sua voz ao longe, ecoada e extremamente baixa enquanto ele se tornava apenas um borrão.

Tentei me debater só mais uma vez, antes de tudo escurecer, e a última coisa que ouvi foi uma palavra escapando dos meus lábios como um sussurro.

— Evan...

ELES

🔥JÉSSICA🔥

ERA TUDO MUITO CONFUSO. EXPLOSÕES, GRITOS, CHIADOS, O CHÃO TREMEN-
do sob os pés. Não era apenas algo para nos atrapalhar. Não. Até nossos adversários pareciam atordoados. Foi então que ouvimos a voz de Yone gritando alguma coisa e, em poucos segundos, uma luz forte iridescente nos
envolveu e o chão começou a tremer mais e mais. Eu me segurei em Sam, que
não havia deixado meu lado nem por um momento, como sempre fazíamos
em uma batalha, e, quando me dei conta, em um piscar de olhos, estávamos
no meio da avenida principal da Área 4.

Gaia. Era sempre ela quem salvava nossa vida com sua mutação maravilhosa.
Queria eu ter nascido com algo assim.

No momento em que paramos de pé naquela rua de terra, olhei ao redor
para ver onde estava Lollipop, e se estava salva, mas uma coisa chamou minha atenção. Estavam todos olhando para uma pessoa específica, no meio
de nós, que estava caída de joelhos no chão, com a cabeça baixa. Mesmo que
não pudesse ver seu rosto, reconheci a bandana vermelha e a cor do cabelo.
Mas como...?

— Evan? — Sam murmurou quando olhei para ele mais uma vez, seus
olhos grudados na figura caída no chão entre todos nós.

Ao ouvir aquele nome, foi como se a ficha caísse, e meu estômago revirou
dentro de mim. Sam deixou meus braços para andar de forma hesitante até o
vampiro, caindo de joelhos ao seu lado, olhando para ele em choque, como se
quisesse ter certeza de que era ele mesmo. Não houve mais dúvidas quando Evan
demorou apenas um segundo para abraçar Sam, que respondeu só depois de alguns instantes, como se ainda estivesse digerindo tudo o que acontecia.

Aproveitei o momento para olhar ao redor mais uma vez, tentando encontrar minha amiga, e caminhei um pouco entre todas aquelas pessoas chocadas, perdidas e machucadas, não a encontrando em lugar algum.

— Gaia? Gaia, você não a trouxe — falei, me aproximando da jovem um pouco mais velha do que eu, com a cabeça raspada e os grandes olhos iridescentes, como os portais criados com sua mutação.

— Eu... eu trouxe. Eu pensei nela. Sei que pensei — respondeu, como se ela mesma estivesse procurando Lolli, assim como eu. Abriu a boca para dizer mais alguma coisa quando ouvimos uma voz abafada e chorosa, então virei a cabeça para olhar na direção de onde ela vinha. Era de Evan, com a cabeça enterrada no ombro de Sam.

— O... O quê? O quê?! — Sam perguntou, visivelmente em choque, mas não era mais o tipo de choque "bom" que havia em seu rosto alguns segundos atrás.

Ouvimos os passos de várias pessoas se aproximarem. Pessoas do nosso clã, incluindo o grupo de Guerrilheiros que Lolli e Chris haviam combinado de deixar para trás a fim de defender a área em caso de alguma emergência. Entre eles estava o próprio Chris.

— Evan, o que você disse? — Sam perguntou mais uma vez, e tudo o que o vampiro fez foi balançar a cabeça, os ombros tremendo. Estava chorando. Mas... por quê?

Chris parou ao meu lado, o pescoço esticado enquanto olhava ao redor, procurando por Lollipop como eu, naquele grupo grande de Guerrilheiros. Não parecia nem dar muita atenção a Evan. Eu sabia que o vampiro, com certeza, não era o número 1 na sua lista de prioridades.

— Não. Não. Não. Não — ouvi Evan murmurar, balançando a cabeça. — Não. Não. Não.

— O que houve? — perguntei, finalmente desistindo de encontrar minha amiga, me abaixando ao lado dele e de Sam ao ver que meu namorado não estava dando conta da situação. — Evan. Evan, o que houve?

— Eles — disse, e a voz falhou por causa das lágrimas. — Eles. Eu vi.

— Eles? — repeti, não entendendo o sentido do que ele falava.

Eles? Eles quem? E por que isso o estava fazendo chorar? Será que tinha a ver com...? Lolli. Ah não. Eu tinha visto os helicópteros. Vi pessoas saltando deles. Não, não, não. Não podia ser. Eu me levantei, prendendo a respiração, sentindo todo o sangue sumir do meu rosto, colocando as mãos em frente à boca enquanto meu coração acelerava, e um som sofrido e involuntário escapou de entre meus lábios.

Eles. Evan não estava louco ou dando informações vagas demais para entendermos. Pelo contrário. Estava sendo bem claro. Repeti, agora para mim mesma:

— Eles...

O vampiro soluçou, colocando as mãos na frente do rosto enquanto parava de abraçar Sam, se inclinando para a frente até estar completamente encolhido no chão. Ainda balançava a cabeça, como se não acreditasse que fosse possível o que tinha presenciado. Se é que tinha presenciado.

— Eu não entendo — Sam comentou, se abaixando ainda mais ao lado do amigo, mas olhando para mim, esperando que eu fosse a voz da razão naquela situação. — O que aconteceu?

— Eles a levaram — respondi, sem tirar os olhos do horizonte. — Levaram a Lollipop mais uma vez.

— NÃO! — Chris berrou atrás de mim, como se não precisasse de uma explicação minha para saber o que havia acontecido. E não precisava.

Ninguém do clã precisaria de uma explicação ou bola de cristal para saber que estávamos completamente ferrados sem ela. Mas não duraria muito. Iríamos atrás dela, e a traríamos de volta, certo?

Certo?

Mas... onde? Como?

Num breve momento de luz, um nome veio à minha cabeça. Se tinha sido sequestrada havia poucos minutos, não devia estar longe, e talvez Kyle pudesse localizá-la. Só que... ele não pôde localizar o Evan. Disse que não conseguia localizar os mortos, e o vampiro, tecnicamente, não estava morto.

— O Kyle disse que você estava morto — murmurei para mim mesma, como se aquela frase fizesse tudo ganhar um sentido na minha mente.

Ele olhou para mim, se endireitando no chão, com as bochechas úmidas. Era a primeira vez que eu via nosso antigo líder chorar, e acho que o mesmo acontecia com Sam, que parecia desesperado ao presenciar tudo aquilo sem saber o que fazer. Seu pilar de força estava desmoronando. Era traumático. Além, é claro, do fato de ele, de repente, ter surgido de volta do mundo dos mortos.

— Ele disse que eu estava morto? — Evan perguntou de repente, virando a cabeça na minha direção, mas mantendo os olhos grudados no chão, pensativo. — Onde ele está?

— Kyle? — Emily questionou. Ele havia ficado para trás no grupo com Chris.

Assenti, e ela arregalou os olhos, como se tivesse visto alguma coisa que só naquele momento fez sentido. Sussurrou algo para si mesma, e Evan berrou mais uma vez, mas agora por puro ódio, socando o chão com toda a força que tinha.

— O que foi?! — perguntei.

— O Kyle foi embora hoje de manhã! — a garota respondeu, quase em desespero. — Ele disse que Lolli tinha lhe dado uma missão, mas... ela não tinha planejado nada para este mês. Comentou que queria se concentrar na missão do contêiner.

Naquele momento, eu soube exatamente o que havia acontecido. Kyle não tinha ido a missão alguma, e a coisa de não conseguir localizar os mortos era besteira. Se bobeasse, não era capaz de localizar ninguém. Xinguei, sentindo o ódio pulsar nas minhas veias, misturado ao sangue. Idiota! Como eu tinha caído na daquele imbecil?!

Evan se levantou, entrelaçando os dedos no próprio cabelo, urrando de raiva. Ele sentia o mesmo que eu. Tínhamos sido enganados por Kyle.

— Nós precisamos encontrá-la! — Chris começou atrás de mim, e tudo o que fiz foi fechar os olhos.

— O que nós vamos fazer? — Sam irrompeu, vocalizando a pergunta que praticamente todos nós tínhamos na cabeça.

— Nós não temos localizador, não sabemos para onde a levaram e também não temos ideia de como descobrir qualquer uma dessas coisas. Evan? — Yone chamou.

— Eu não... — ele começou, baixando a cabeça, secando o rosto úmido pelas lágrimas. — Aquelas explosões... elas... não eram explosões comuns. Eram do Instituto. Eu não... não conseguia nem me manter de pé direito... não vi bem o que aconteceu.

— Certo. Alguém tem uma ideia? — ela quis saber, assumindo a posição de líder, porque alguém racional o suficiente precisava fazer isso agora.

— Eu tenho — uma voz respondeu, a certa distância, e isso me fez abrir os olhos mais uma vez.

Quando cada uma das pessoas do nosso clã abriu caminho para que víssemos quem era, meu queixo caiu. Com certeza aquela era a última coisa da qual precisávamos. Mais um problema? Tudo o que eu não precisava era ver a cara daquela garota mais uma vez: Jullie.

— O que você está fazendo aqui? — Emily questionou, assumindo uma postura que eu não via desde que as duas tinham brigado quase até a morte anos antes.

— Eu ajudei o Evan a voltar — ela retrucou, se colocando ao lado do vampiro. — E pode relaxar a sua calcinha aí. Não estou aqui pra machucar ninguém.

— Então acho bom você começar a falar — rosnei. — Antes que eu mate você com as minhas próprias mãos.

Nunca me esqueceria de como aquela vampira desgraçada havia quase tirado a minha vida, a de Sam e a de Lolli. Tinha sido expulsa por passar dos limites conosco, e, se o fizesse mais uma vez, o final com certeza não seria tão bom quanto tinha sido para ela. Não de novo.

— Eu sei onde ele estava quando o encontrei — Jullie disse. — E sei como voltar pra lá. Se ela foi pega pelo Instituto como ele disse que foi, então é só seguir o caminho pelo qual nós viemos e...

— Não é tão simples — o vampiro interrompeu, juntando as sobrancelhas, ainda completamente atordoado. — Tem uma coisa que eu preciso contar, e vocês não vão gostar nem um pouco de saber.

Sam, Emily, Yone, Chris, Jullie, Dean, Peter, Evan e eu estávamos sentados na sala da casa do vampiro, em uma roda, esperando que ele desembuchasse logo. Por enquanto, tudo o que ele tinha feito foi pegar cinco garrafas de sangue, enfiando tudo goela abaixo antes de acender um cigarro. E parecia aliviado por poder fazê-lo mais uma vez.

— Eles não me queriam — Evan falou, finalmente, o que voltou nossa atenção para ele mais uma vez. — Queriam a ela. A ameaça, colocar o clã contra mim e o ataque foram apenas formas de me fazer ir embora, pensando que aquilo seria melhor para o grupo. Eles sabiam que eu a protegeria com a minha vida se estivesse por perto.

— E por que não nos atacaram logo que você partiu?

— Primeiro porque não me capturaram no primeiro ano. Faz só alguns meses que isso aconteceu. Depois porque a Lollipop sabe se defender sozinha

— Evan explicou. — A telecinese permite que ela faça qualquer coisa, e o fato de vocês terem começado a crescer descontroladamente depois que eu fui embora os deixou um pouco intimidados. Eles queriam ter um bom plano, o plano perfeito. E esperar o momento de mais fragilidade dela. Não estavam com pressa. Já tinham me capturado. — Fez uma pausa. — Eu não tinha como avisá-la.

Ficamos em silêncio por alguns segundos, atônitos. Então estivemos sob a supervisão do Instituto durante todo aquele tempo? E Kyle sempre foi o informante? Desgraçado. Se não fosse por ele, não teríamos que passar por nada disso. Mas eu precisava admitir que fazer tudo aquilo para afastar Evan de nós foi algo bem inteligente da parte deles.

— E por que eles querem tanto a Lolli? — Chris perguntou, com as mãos na cabeça, enquanto tentava manter a calma. Era visível em seus olhos o emaranhado de pensamentos passando por sua mente, tentando encontrar respostas e ligar os pontos.

— Aí entra uma parte que eu tenho certeza que nenhum de vocês sabe — continuou Evan, com um sorriso um pouco sem graça. — Ela pode voltar no tempo.

— O quê?! — exclamei.

Como assim "voltar no tempo"?! E ela nunca tinha me contado? Como pôde? Não era como se simplesmente não tivesse me contado que sabia dobrar a língua ou equilibrar um livro na cabeça. Aquele era um poder incrível, que podia mudar o rumo da humanidade se usado direito! Todos esses anos e ela nunca nem pensou em me contar?

Um murmúrio invadiu a sala, quebrando todo o silêncio que imperou enquanto digeríamos a informação. Evan continuou antes que ficássemos empolgados demais:

— Eles queriam levá-la para que ela voltasse no tempo e desse a Leonard Travis Goyle, antes de morrer, o sangue de um vampiro.

— Assim ele se tornaria imortal — Sam sussurrou ao meu lado, e nosso líder assentiu, confirmando o raciocínio. — E, se isso acontecer, todos que são contra o Instituto vão ser destruídos, sem chance nenhuma de defesa ou sobrevivência.

— Como assim? — perguntei. — Tem como ficar pior?

— Leonard não gostava de metacromos — Evan respondeu. — Seria capaz de matar todos nós e deixar apenas humanos vivos, por menor que seja o número deles hoje em dia. E eu seria o primeiro que ele iria caçar.

Assobiei. Tudo bem. Agora sim tínhamos um problema bem sério, mas isso não nos impedia de simplesmente ir atrás dela naquele mesmo momento. Ou impedia? Evan não tinha dito o motivo de não podermos fazer isso. Pelo menos não ainda.

— O que ninguém sabe é que o Instituto mantém só uma base aqui nesse continente. — Antes que qualquer um de nós pudesse perguntar o que queria dizer com aquilo, continuou: — Não é simplesmente um prédio, mas sim vários, cada um com a sua especialização, num ponto diferente do globo.

— Então vamos até a base que fica aqui, destruímos o lugar e pegamos alguns reféns e os fazemos nos dizer onde fica a matriz — propus, como se fosse a coisa mais óbvia do mundo.

— Nós não temos Guerrilheiros o suficiente — Evan argumentou.

— Correção — Sam anunciou, com um sorriso travesso. — Não *tínhamos*.

O vampiro olhou para seu amigo, surpreso, e todos nós assentimos, concordando. Com certeza Evan não tinha ideia do quanto havíamos crescido naqueles dois anos, mas logo descobriria. Assim como aquela merda de Instituto que nunca deveria ter sido criado. Nós iríamos reduzir aquele lugar em cinzas, eu e ele, se fosse o necessário para trazer a Lollipop de volta. E seria um prazer fazê-lo.

— Ah, amigo. Tem muita coisa que você precisa saber — Sam continuou, para Evan, com o mesmo sorriso de antes.

COMO UMA ARMADURA

☿ CELLESTIA ☿

ERA MEU SEGUNDO DIA NO LOWER FLOOR. COMO ALLANA TINHA DITO, AGORA eu devia começar a trabalhar pra valer.

Éramos vendidas a alguém no início da noite, e sempre que havia uma novata, o que era o meu caso, os maiores lances aconteciam mais tarde, e os sócios mais ricos esperavam até o último momento para poder torrar cada centavo com alguém que era uma novidade na casa. Era como uma prova de resistência, já que os leilões costumavam demorar muito para terminar.

Todo fim de mês acontecia um leilão especial, por uma quantia totalmente exorbitante. Poderiam nos comprar e passar vinte e quatro horas conosco do lado de fora, nos levando para qualquer lugar que quisessem. Era raro alguém querer fazer isso, afinal a maioria das pessoas ali vinha escondido de seus companheiros. Quando não, eram apenas caras solitários que desejavam uma noite incomum na semana.

Mais uma vez eu estava naquela caixa de vidro, entediada, esperando por um lance tão alto que ninguém conseguiria rebater.

— Oitocentas mil moedas! — ouvi, depois de o preço subir de cinco em cinco mil a cada lance e tudo começar a ficar extremamente chato.

— Um milhão! — retrucaram.

— Um milhão e quinhentas mil moedas! — disse outra pessoa.

Não houve lance mais alto, e o "ganhador" veio me buscar, me tirando de dentro da cabine e me exibindo em cima da passarela em que estávamos. Só depois de descermos me permiti olhar quem era.

Devia ter uns cinquenta anos, e o cabelo grisalho estava puxado para trás com gel. Vestia um smoking elegante e tinha olhos cinza sombrios. Ao contrário de Ben, que tinha me ajudado a conversar com Allana na noite anterior, não me parecia um cara muito gentil, e, pela forma que me olhava, certamente não era.

Sem dizer nada, praticamente me arrastou até um dos quartos e me jogou lá dentro, fechando a porta atrás de si.

Engoli em seco, parada no meio do quarto, tentando me lembrar das palavras que minha estilista repetira para mim mais uma vez antes de subirmos até ali: destemida, rebelde, divertida e incansável.

Destemida, certo?

Era difícil agir assim quando ele estava indo em direção a um armário no canto do quarto cheio de coisas que eu nem sabia para que serviam e pegava alguns objetos que não se pareciam nada com alguma coisa amigável. Respirei fundo.

Destemida.

Se eu resistisse, iria pagar muito caro. Tudo e todos naquele lugar eram monitorados. Eles podiam me ouvir e ver, então tudo o que podia fazer era ficar quieta e fazer o que tinha que fazer.

Precisei ser carregada para minha cela assim que o sinal de que o Lower Floor fecharia tocou, e praticamente me largaram no chão em frente à cama.

Assim que se foram, as luzes se apagaram, indicando que era hora de dormir, mas tudo o que pude fazer foi continuar encolhida no chão frio, sentindo cada centímetro do meu corpo doer insuportavelmente. Chegava quase a ser impossível respirar.

Conforme meus olhos foram se acostumando com a escuridão, eu conseguia enxergar o pequeno rastro de sangue que se formava a cada vez que eu me mexia um pouco. O sangue ainda quente que escorria pelo meu rosto sujava o chão onde eu estava deitada.

Eu sabia que não valia a pena pensar no que aconteceu, mas não conseguia esquecer os momentos de terror e a dor a que fui submetida nas horas que passei com aquele homem maldito. Duvidava que já tivesse levado uma surra daquelas em qualquer momento da minha vida. A cada segundo, tive que lembrar a mim mesma que não podia revidar, pois correria o risco de ser morta se voltasse, mas... e se eu morresse antes mesmo que aquilo acabasse? Acho que preferia que isso tivesse acontecido.

— Celli? — ouvi a voz de Allana na cela ao lado. — Celli, você está bem?

Fiquei em silêncio, sentindo lágrimas quentes descerem pelo rosto enquanto continuava abraçando os joelhos no chão. Não era responsabilidade dela me contar se iriam me agredir ou não se quisessem, mas eu estava com tanta raiva daquele lugar no momento que preferia não abrir a boca, ou acabaria dizendo algo de que me arrependeria depois.

— Celli... eu sinto muito — disse.

— Sente? — perguntei, finalmente. — Não foi você que levou uma surra.

— Já passei por isso. Mais vezes do que você imagina. Só que chega um ponto em que não importa mais.

Sorri um pouco, com descrença, e até isso doeu. Como poderia não importar? Eu não iria sentir mais dor em algum momento? Era isso o que ela queria dizer, por acaso?

— Você só tem que pensar que amanhã já não vai doer mais, e vai ser um novo dia.

Como se isso me fizesse sentir melhor. Eu ia voltar para aquele lugar de qualquer maneira, e ponto-final. A única coisa que me faria sentir melhor seria ver aquele homem explodindo de dentro para fora.

Ela não disse mais nada, e só quando tive certeza de que não o faria me levantei com dificuldade e fui para a cama, pressionando as mãos contra as costelas e sentindo pontadas a cada vez que respirava fundo. Se pelo menos eu soubesse uma forma de tentar me defender sem que causasse a minha morte... Se pelo menos eu pudesse usar meu poder, qualquer que fosse ele.

— Celli — ela chamou mais uma vez, e eu puxei os cobertores até em cima da cabeça, não querendo ouvir o que quer que tivesse a dizer, apesar de não ter escolha alguma. — Amanhã, quando te levarem para a ala hospitalar... não reclame quando a dor não sumir.

Juntei as sobrancelhas e me perguntei o que ela queria dizer com isso. Como assim não reclamar? Ela queria que eu ficasse com dor?! Isso não fazia sentido! Seja lá o que fosse, eu não queria saber. Não agora, e não com tanta dor quanto estava sentindo.

Eles haviam chegado algumas horas mais tarde para me buscar. Simplesmente me deixei ser levada, porque minha cabeça tinha começado a latejar, e a fraqueza que estava sentindo com certeza não tinha nada a ver com sono.

Pude ver de relance a cama totalmente suja de sangue quando me pegaram no colo, e, durante todo o caminho até a ala hospitalar, foi como se eu apagasse. Talvez fosse proposital, talvez não. Minha mente não estava bem o suficiente para que eu tentasse encontrar uma resposta.

Então me colocaram em uma maca assim que chegamos, amarraram meus braços e pernas e injetaram coisas em meus braços cuja função eu nem imaginava.

Não me senti nem um pouco melhor com o passar do tempo, apesar de ver que todos os meus ferimentos começavam a cicatrizar numa velocidade nada comum para um ser humano.

Estávamos numa sala que parecia infinita, se estendendo para o escuro. A única luz ali era a que estava bem na minha cara, transformando todos os cientistas e médicos que andavam ao redor em simples sombras.

— Está sentindo dor? — uma mulher perguntou, se aproximando de mim com uma prancheta. Não consegui ver seu rosto por causa da luz que me cegava.

Tanto quanto antes, era o que eu queria dizer, e estava prestes a responder quando me lembrei do que Allana disse na noite anterior. Não devia reclamar se a dor não sumisse. Mas... por quê?

— Não — menti, sentindo que a melhor opção naquele momento seria confiar nela.

Sua história era suspeita e eu nem sequer sabia se ela era realmente uma prisioneira do Instituto, mas era a única pessoa que não tinha feito nada de mal para mim. Pelo contrário! Tentou me ajudar quando precisei, e, se não fosse por aquela garota, não teria ideia do que me esperava na noite anterior.

A mulher me olhou hesitante por alguns segundos, já que eu devia estar suando frio de tanta dor, mas acabou me deixando em paz logo depois, e todos me deixaram sozinha, aproveitando aquela tortura sem companhia alguma. Preferia isso a tê-los me olhando sofrer.

Quando finalmente acabou, e todos os machucados fecharam, a dor passou sozinha. Felizmente. Não sabia quanto tempo mais aguentaria aquilo. Quase parecia que estava sendo espancada mais uma vez por aquele filho da puta.

Fui tirada de lá assim que viram que eu estava me sentindo melhor, mas, ao contrário do que pensei que fariam, não me levaram para minha cela.

Em silêncio, me conduziram até um elevador no fundo de um corredor, e descemos mais alguns andares, dando de cara com mais um corredor. Aquele lugar parecia um labirinto. Todos os cômodos eram iguais, e era fácil se perder ali se não prestasse atenção.

Viramos algumas esquerdas e algumas direitas até chegar a mais uma porta de metal. Desta vez entrei sozinha, sendo praticamente jogada lá dentro por eles.

A sala tinha as paredes também de metal, e o chão era de mármore branco, assim como o restante do Instituto, só que havia uma janela de vidro fumê em uma delas, pela qual eu tinha certeza de que estavam me observando. Engoli em seco. Não havia mais ninguém ali.

— *Cellestia* — uma voz irrompeu de um alto-falante no canto da sala, me fazendo ter um sobressalto, sentindo o coração quase saltar pela boca. Mas o que...? — *Ouvi falar muito de você nos últimos... tempos.*

Era uma voz masculina, de alguém que parecia ter mais de quarenta anos. Eu não podia vê-lo. Apenas ouvi-lo. O que ele queria dizer? De quantos "tempos" estávamos falando?

— *Eu soube do que aconteceu com você no Lower Floor* — continuou, finalmente. — *Saiba que farei o possível para evitar que aconteça novamente.*

— O que você vai fazer? — questionei, irritada de repente. — Nem sei quem é você! E, se já sabia quem eu era há algum tempo e não queria que aquilo acontecesse, então devia ter dito isso ontem. Não aqui, depois de já ter acontecido.

Pude ouvi-lo rir ao fundo, se afastando do microfone que devia estar usando para enviar sua voz ao alto-falante. Não era um riso de deboche, mas sim de surpresa. Se eu pudesse, cruzaria os braços, esperando logo uma resposta decente, mas tudo o que podia fazer era bufar.

— *Você se parece muito com uma garota que eu conheci* — contou. — *Ela se chamava Celena. Tinha o gênio forte e era quase indomável.*

— E...? — interrompi, dando um sinal de que não estava muito interessada na história.

— *E o maior erro dela foi não ter aceitado o convite que eu lhe fiz, e que vou fazer para você agora.*

Continuei imóvel, agora mais atenta. Um convite? Interessante. Comecei a me perguntar se já tinha sido feito para todas as garotas ou apenas para aquelas que tinham mau humor.

— *Você já presenciou as noites do Lower Floor duas vezes, então, se for tão inteligente quanto parece, já compreendeu o nosso objetivo quando abrimos aquele bar.*

Assenti. Prostituição e lucro em cima do vício dos outros eram as duas melhores definições para o local. Ficava óbvio assim que víamos a luz negra, a música alta e as bebidas fluorescentes cheias de drogas.

— *E você sabe que os nossos clientes mais frequentes são homens importantes para a nossa nação, com um poder aquisitivo incomparável* — concordei mais uma vez.

— *Não sei se você aprendeu isso nos vídeos que nós passamos, mas dinheiro traz inimizades e alguns problemas. Por isso muitos daqueles homens podem se tornar empecilhos para o nosso crescimento.*

— Resumindo, você quer que eu dê um jeito neles — supus, pois conhecia bem aquele tom tendencioso e maligno que ele estava usando, apesar de nunca o ter ouvido antes. Parecia algo que fazia parte de mim. — Para que possam crescer, pegar mais metacromos e vendê-los como peças de carne a fim de obter algum lucro em cima deles.

O homem ficou em silêncio por alguns segundos, provavelmente surpreso pelo fato de eu ter coragem de dizer aquilo alto e claro na sua "cara". Fazer o quê? Cautela e sutileza não foram coisas que vieram no pacote "vídeo informativo da Cellestia". Sorri um pouco, satisfeita por tê-lo surpreendido a ponto de não encontrar uma resposta direta.

— *Bom... sim. Quase isso.* — admitiu. — *Não há por que esconder algo assim de você. Mas o que você precisa entender é que o que fazemos aqui vai além de vender metacromos para conseguir dinheiro. Também fazemos pesquisas comportamentais e genéticas. Muitos de vocês foram os responsáveis pela criação da cura para várias doenças humanas.*

— Assim como fizeram com o Evan — resumi.

Como eu conhecia esse nome? Estava no vídeo. Ele foi o primeiro metacromo que pegaram. Era um vampiro. Morreu enquanto tentava escapar, centenas de anos atrás. A tecnologia naquela época era tão rústica que não tinham nem mesmo uma foto do cara. Eu gostaria muito de ver o rosto de quem teve coragem de tentar fugir dali.

Com os exames feitos com ele, conseguiram encontrar o segredo para a cicatrização rápida dos de sua espécie, que poderia curar e evitar doenças nos humanos, criando assim uma vacina com a composição de seu sangue.

— *Sim* — ele disse. — *Mas isso não vem ao caso. Esses homens querem impedir que nós continuemos avançando, e nós precisamos da ajuda de alguém como você para descartá-los ou conseguir informações sobre pessoas que... não apoiam a nossa visão do futuro. Se você for uma boa garota, não vai precisar lidar com qualquer um, vai ter um tratamento diferenciado e aposentos um pouco mais confortáveis* — listou.

— E os meus poderes?

Ficou em silêncio mais uma vez. A questão era complicada assim? Qual é?! Não era qualquer poder que poderia ajudar alguém a fugir. Seu medo já era uma prova de que o que eu tinha não era uma coisa muito comum ou segura. Eu ficava feliz por isso. Só lamentava não saber do que se tratava.

— *Nós vamos negociar isso com o tempo, mas não se engane ao pensar que vou esquecer disso. As suas habilidades são o principal motivo para nós estarmos fazendo essa proposta.*

É claro que eu sabia que nunca poderia confiar nele nem em qualquer outro daquela merda de Instituto, mas o que eu podia fazer? Qual era minha outra opção? Preferia passar meu tempo aprendendo alguma coisa a ficar naquela cela olhando para o teto quando Allana e eu não tínhamos mais assunto. Só que, para isso, precisaria matar pessoas.

Tanto faz.

Desde que eu não tivesse que pagar por isso depois, tudo bem. Afinal, tinham me ensinado que a morte não era algo errado. Sangue era puro, e nos trazia a força daqueles de quem tirávamos a vida. Melhor ainda se minha primeira vítima fosse o homem com quem passei a noite anterior.

— *Vai aceitar a nossa proposta?* — questionou, quando me demorei demais para falar qualquer coisa.

Se eu poderia usar meus poderes, fossem lá quais fossem, no futuro, então tudo bem. Dei de ombros e quase pude vê-lo sorrir com satisfação quando o fiz.

— *O seu treinamento começa agora.*

CONTRATO

DISSERAM QUE EU FICARIA AFASTADA DO LOWER FLOOR DURANTE UMA SEMANA, concentrada apenas em aprender o que devia.

Havia um lugar dentro do próprio Instituto, um pouco mais abaixo do subsolo, em que ensinavam às garotas mais cobiçadas e caras do lugar tudo o que elas precisavam saber para realizar de forma eficiente a tarefa de "atender" os tais clientes especiais que lhes eram designados.

Quando contei a Allana sobre a proposta, a primeira coisa que ela me disse foi: E você não aceitou, certo? Respondi que havia, sim, aceitado porque me parecia a melhor opção. Ela brigou comigo por quatro dias, e só parou quando finalmente se deu conta de que não havia nada que pudesse falar para me fazer mudar de ideia. Meus ouvidos agradeceram muito.

Minha estilista, da qual eu ainda não sabia o nome, decidiu que era a hora de mudar meu visual para algo mais *"caliente"*, como ela disse, e pintou meu cabelo com um vermelho-vivo. Para minha surpresa, até que ficou bom. Desde que não precisasse continuar assim para sempre.

Ao contrário do que pensei, eu não seria responsável apenas por matar aqueles que representassem algum perigo para o Instituto, mas também por traficar coisas ilícitas e passar informações secretas para certas pessoas.

O Lower Floor não era simplesmente um bar para pessoas ricas passarem seu tempo com prostitutas de luxo, bebendo e comendo coisas caras e ouvindo uma música exageradamente alta enquanto luzes coloridas piscavam para todos os lados. Ali era um lugar onde os homens mais ricos e influentes se encontravam para tramar conspirações políticas, criminosas e os atos mais monstruosos para eliminar seus inimigos.

Existia um dia da semana que era exclusivo apenas para os filhos e filhas das pessoas mais poderosas do mundo, e nosso trabalho era vender para eles qualquer tipo de coisa ilícita que quisessem beber, cheirar, fumar, injetar etc.

Isso quando os pais não nos compravam para pertencer particularmente a um daqueles jovens por uma noite. Só que alguns eram resistentes, e tínhamos que convencê-los a "jogar o nosso jogo", para isso, nos foi ensinado técnicas de sedução e persuasão. Tudo para que conseguíssemos o maior lucro possível através da vendas dos entorpecentes. Depois de passar por uma nova transformação na aparência, de aprender a seduzir e até a dançar, como um cordeiro numa jaula de leões, fui jogada mais uma vez no Lower Floor. Dias se passaram, e clientes vieram e foram sem que eu tivesse que realizar minha tarefinha especial. Como havia sido passado para mim, não era contra todo homem ou mulher que eu teria que fazer algo para me livrar.

Naquele dia, entretanto, uma ficha havia aparecido magicamente em frente à parede da cabine de saída da minha cela, com informações e fotos de um homem a quem eu tinha que dar o "tratamento especial".

Meu coração acelerou e senti um frio na barriga ao receber, pela primeira vez, uma tarefa daquelas. Não é todo dia que se mata uma pessoa. Ainda mais da forma como eu havia sido instruída a fazer.

Para não deixar corpos, ou criar suspeitas contra o Instituto, trabalhávamos com um veneno fatal, mas delicado, que levava a vítima à morte entre 48 e 72 horas depois de sua visita, fazendo parecer apenas uma intoxicação alimentar supergrave. Não o colocávamos nas bebidas. Nem sempre os clientes queriam beber. Era uma coisa bem mais... sutil.

Olhei para minhas unhas, pintadas de preto, cortadas num formato pontiagudo, como uma garra. Era o esmalte. Quando arranhávamos um cliente com pressão suficiente, o veneno passava pela pele e entrava na corrente sanguínea dele. Para alguém com um trabalho como o nosso, não era muito difícil de fazer. E o melhor: não teríamos que presenciar nenhuma morte ou lidar com sangue.

Depois de ler a ficha várias vezes e memorizar o rosto do alvo para ter certeza de que era dele que eu teria que cuidar, fui orientada a seguir para a cabine de saída e preparada para a noite que se seguiria.

Arrumaram meu cabelo, minhas roupas, colocaram o tal veneno nas minhas unhas e fizeram tudo o que tinham de fazer para me deixar "atraente". A seguir fui guiada para o tubo de vidro que me levaria ao Lower Floor e esperei minha vez chegar para que eu fosse leiloada.

Eu não tinha ideia de como o Instituto fazia aquilo, mas, como se tivesse sido influenciado a fazê-lo, o alvo lutou até o fim para me levar. E assim ele ganhou o leilão quase fácil demais. Quase pareceu armado. *Quase*.

Depois, foi só levá-lo para o quarto privativo, como havia feito com outros clientes nos dias anteriores. Era difícil, e acho que nunca deixaria de ser... Mas eu já começava a me acostumar. Tinha aprendido a me desligar do que estava acontecendo. Eu contava até mil ou imaginava como podia estar o céu ou como devia ser o mundo lá fora. Tudo isso me ajudava a não vomitar em cima daqueles homens nojentos.

Só que com esse tinha que ser diferente. Eu precisava estar atenta para a oportunidade de completar minha missão. Não podia marcá-lo em nenhum lugar visível; essa era a maior regra de todas. A maioria daqueles homens era casado e não podia deixar pistas de que estivera em um lugar como aquele. Eu tinha que pensar em uma forma de conseguir arranhá-lo sem que ele percebesse.

Assim que chegamos ao quarto, ele pediu que eu tirasse a roupa e dançasse para ele só com a lingerie vermelha minúscula que vestia. Tínhamos aprendido algumas danças para deixar os homens mais excitados, mas aquele não era um dom de que eu pudesse me gabar. Sem contar que todo esse joguinho de falsa sedução só prolongava ainda mais o tempo em que eles permaneciam acordados.

Uma coisa que aprendi com o tempo que passei com a grande maioria dos homens foi que todos dormem depois do sexo.

Como uma luz no fim do túnel, uma ideia encheu minha mente: iria fazer aquilo enquanto ele dormia.

Comecei a dançar com movimentos sensuais, indo na direção dele, que estava sentado na ponta da cama. Fiquei de costas em seu colo, fazendo movimentos circulares, e pude sentir instantaneamente a excitação que tomou conta de seu corpo. Quando senti que ele já estava pronto para o ato sexual, me virei em um movimento rápido, fazendo-o deitar de costas na cama, tirei a calça que ele usava e me sentei em cima dele, fazendo-o entrar em mim e soltando um gemido alto. Enquanto me mexia, ele gemia, e eu só pensava que queria que aquilo acabasse logo. Não sabia se aguentaria conter a bile, que subia pela minha garganta, por muito mais tempo. Assim que o homem terminou, me empurrando para que eu saísse de cima dele, ele virou para o lado e depois de alguns minutos já estava dormindo.

Agora eu estava sentada em uma poltrona vermelha ao lado da cama, encarando aquele homem, de mais ou menos cinquenta anos, dormir com o corpo virado de costas para mim. Olhei para minhas unhas, todas pintadas de preto. Elas seriam o fim da vida dele. Quem sabe eu já o tivesse arranhado e nem tivesse percebido, mas não podia ficar apenas "achando" que tinha feito meu trabalho. Eu precisava ter certeza. Precisava concluir.

Mas devia? Quem era aquele cara? O que ele tinha feito? Será que lutava para derrubar o Instituto e era por isso que queriam eliminá-lo? Não... alguém que fosse contra o Instituto não iria ao Lower Floor comprar uma garota para passar a noite. Suspirei. Que diferença fazia? Eu não iria vê-lo morrer, e não cumprir meu trabalho só me traria problemas.

Ainda assim, era uma vida, certo? Eu devia sentir algum remorso ou culpa. Se não, o que me fazia melhor que os caras do Instituto? O problema é que, para falar a verdade, eu pouco me importava com a vida dele. O que mais me preocupava era a possibilidade de vê-lo morrer na minha frente. Não queria assistir. Podia ser bem... nojento, né? Eu não sabia qual seria o efeito do veneno se a dose estivesse errada.

Olhei ao redor, me levantando da poltrona silenciosamente e decidindo me vestir antes de qualquer coisa. Isso me faria ganhar mais algum tempo. Coloquei a saia apertada e o top que haviam me dado, e a jaqueta de couro também. Então me sentei mais uma vez só para colocar os sapatos, encarando-o por mais algum tempo. Como eu faria isso? Arranhá-lo depois de tudo ter acontecido? Era tarde demais? Não, não era. Eu ia dar um jeito.

Resolvi me sentar na beirada da cama, logo atrás dele, e olhei em direção ao teto enquanto respirava fundo para me concentrar e entrar no papel mais uma vez, mesmo que isso revirasse meu estômago. Levantei a mão para seu cabelo grisalho, passando as unhas por seu couro cabeludo como se estivesse tentando acordá-lo, rezando para que aquilo fosse pressão suficiente para fazer o veneno entrar. Quando ele não acordou com o atrito das minhas unhas, fiquei feliz por poder usar mais pressão, só para ter certeza. Só aí ele abriu os olhos.

— Você me pediu pra te acordar em uma hora, certo? — perguntei, com uma voz doce e um sorriso mais doce ainda.

— Ah, sim. Sim — ele assentiu, coçando a cabeça quando afastei as mãos, e me perguntei se era porque estava sentindo algo estranho ou coisa do tipo, mas, como ele não disse nada depois disso, me mantive quieta.

Dei ao homem espaço para que se vestisse e se aprontasse para sair do quarto, checando minha maquiagem e o cabelo no espelho, lançando olhares discretos para ele enquanto analisava seu comportamento e verificava se não havia algo estranho.

Quase me senti aliviada quando o velho me deixou sozinha na cabine para ir embora, então suspirei alto ao finalmente me encontrar sozinha, andando até um dos móveis e abrindo a última gaveta, onde encontraria a pequena garrafa com o antídoto para o veneno caso eu tivesse me arranhado sem querer. Era sempre bom se prevenir, certo? Tomei um gole daquele líquido transparente horroroso e depois me dirigi ao banheiro para lavar as unhas com cuidado, usando o método e o sabonete que recomendaram para me livrar da substância.

Quando terminei, me olhei no espelho do banheiro mais uma vez. Não sei... pareceu certo fazê-lo agora que eu, com certeza, sabia que causaria a morte de uma pessoa. Será que isso mudava alguma coisa em mim? Algum alerta em neon apareceria na minha testa dizendo que eu havia me tornado uma assassina? Em caso afirmativo... O tal alerta ainda não estava dando nenhum sinal de vida.

Por mais horrível que fosse, também não pude deixar de me perguntar, em voz alta:

— É só isso?

E era uma pergunta real. Tinha mais alguma coisa que eu precisava fazer? Era para me sentir mal? Enjoada? Triste? Culpada? Porque eu não estava sentindo nada. De verdade. Talvez até um sentimento de missão cumprida, para falar a verdade, e é claro que o pensamento que veio logo a seguir foi:

— Isso vai ser bem mais fácil do que eu pensei.

SEM DESTINO

ᴇᴠᴀɴ

LEVAMOS DUAS SEMANAS PARA ORGANIZAR OS TERMOS DA PARTIDA. Precisávamos de um grupo grande para o caso de sermos atacados, mas, ainda assim, tínhamos que deixar Guerrilheiros para trás a fim de defender nossa área.

Separamos os suprimentos que levaríamos, arrumamos o meio de transporte e repassamos inúmeras vezes todo o percurso que nos levaria até a base do Instituto.

Eu não era mais o líder, obviamente, então, sempre que tinha uma sugestão, minha opinião tinha que passar por Christian antes de ser concluída. Isso com certeza não me fazia muito feliz, mas eu tinha que reconhecer meu lugar. Eu havia deixado a área há muito tempo, e boa parte das pessoas que agora moravam ali nem sequer sabiam que um dia já fui líder daquele clã.

Decidimos que ele ficaria em nossa área para cuidar do território de Lolli enquanto ela estivesse longe, a fim de manter a ordem.

Quando todos os detalhes da missão finalmente ficaram alinhados, partimos em um grupo de trinta pessoas. Entre elas estavam: Jéssica; Sam; Peter; Dean; e Jullie. Eu não iria nem comentar sobre quão surpreso fiquei quando a vampira se candidatou para ir conosco. Havia sim aquela coisa de querer passar mais tempo comigo, mas no fundo ela sabia que meu coração nunca pertenceu a ela, e nunca iria pertencer.

O restante era formado por outros Guerrilheiros, e fiz questão de conscientizar cada um deles sobre os riscos que correríamos e sobre o fato de que talvez nunca voltássemos, mas muitos já conheciam Lolli bem e eram leais a ela, dispostos a correr riscos para salvá-la. Aliás, nosso mundo não era seguro em nenhuma situação, e só pioraria se o Instituto conseguisse concretizar seu plano, então era morrer ou morrer.

— Você está preocupado, não está? — Samuel perguntou, se aproximando de mim.

Estávamos num território próximo à Área 10, arrumando nosso acampamento para passar a noite no meio da estrada, e eu estava encostado à minha moto, fumando o primeiro cigarro dos vários que tinha feito questão de levar comigo.

— O que você acha? — retruquei, sorrindo um pouco, mantendo o olhar grudado no horizonte, imaginando o que estavam fazendo com ela agora.

— Ela sabe se defender — ele disse, como se isso fosse me fazer sentir um pouco melhor. — Muito bem, por sinal.

— A Lollipop sabe, mas duvido um pouco que ainda se lembre disso.

Podia até parecer bobagem, mas algo me dizia que eu já a tinha perdido antes mesmo de ter aberto a boca para planejar seu resgate. Não era segredo para o Instituto que tínhamos um relacionamento. Se fosse, não me usariam para chegar até ela. Agora não correriam o risco de deixá-la querer voltar pra mim. Seu poder era grande demais para permitirem que sequer se lembrassem de seu próprio nome.

— Você acha mesmo que ela não vai se lembrar de você? — perguntou.
— Quer dizer... é impossível não lembrar. Não depois de tudo o que vocês passaram.

— A Destiny não lembrou. A Celena não lembrou, e a Lollipop também não. Por que seria diferente agora?

Sam não tinha uma resposta para aquilo, embora estivesse tentando encontrar uma até os confins de sua mente. Eu não precisava ler seus pensamentos para ver isso. Só que a quantidade de vezes que a tinha perdido já era tanta que eu nem sabia mais se o melhor era que realmente ficássemos juntos. E se fosse eu o motivo daquele looping interminável de perdas e reencontros? Não suportaria vê-la sofrer de novo por minha causa.

— Se você está tão preocupado que tudo se repita, não deve dar os mesmos passos das últimas vezes — aconselhou.

Sorri. Agora Samuel era telepata? Ou só me conhecia o suficiente para saber quão teimoso eu era a ponto de repetir a mesma história quatro vezes exatamente do mesmo jeito?

— E o que você quer que eu faça, gênio?

— Você sabe aonde tudo vai dar no final, Evan! Já deu cada um desses passos, da mesma forma e no mesmo caminho. Talvez seja a hora de mudar de direção — sugeriu.

A única coisa na qual eu conseguia pensar ao vê-lo dar aqueles conselhos como se fosse algum tipo de sábio era no quanto Sam havia crescido. Eu me lembrava exatamente do dia em que o encontrei, todo sujo de poeira, com aqueles olhos de duas cores me encarando cheios de lágrimas. Fui eu quem ensinou a ele cada uma das palavras que dizia naquele momento para mim, e fui eu quem alimentou e cuidou dele para que pudesse estar presente neste momento. Seria quase poético demais se eu não tivesse mostrado também cada um dos palavrões e vícios que conhecia. Mas me orgulhava deles, assim como me orgulhava de todo o restante.

— É o que estou tentando fazer — falei, em tom baixo. — Só que sei que, quando chegar lá, já não vai ser mais ela. Não vai ser mais a Lollipop, e nós vamos ter que passar por tudo isso mais uma vez. Você consegue imaginar a Jéssica se tornando uma pessoa com o mesmo corpo, o mesmo sorriso e os mesmos olhos, mas uma mente diferente, que não tem lembrança alguma sua, e mesmo assim ter certeza que vai amá-la exatamente do jeito que ela passou a ser? — Fiz uma pausa e pude ver em seu rosto a expressão pensativa de alguém que estava realmente tentando encontrar uma resposta otimista. — É como ter que se apaixonar por outra pessoa quando a que veio antes ainda está no seu coração. Ela nunca mais vai olhar pra mim como olhava, do mesmo jeito que nunca o fez como Celena, Destiny ou Amélia faziam.

— Mas você amou a Lolli mesmo assim — retrucou.

Foi a minha vez de refletir, pensando numa explicação plausível para aquilo. Lollipop se parecia com Amélia. Pensava e falava como ela. Isso chamou minha atenção. O restante foi por conta dela e daqueles olhos verde-água cheios de um brilho de esperança na humanidade. Na *minha* humanidade.

Meu silêncio pareceu suficiente para ele perceber que eu não queria mais conversar sobre aquilo. Não gostava do rumo sentimental que o assunto estava tomando, revirando lembranças que naquele momento pareciam dolorosas demais para mim.

— E quanto à Jullie? Como foi que ela te encontrou, afinal?

— Alguém me libertou do Instituto — respondi. — Não sei quem, nem por que, mas também não me fez perguntas ou disse qualquer coisa. Eu só precisei correr até encontrar um cheiro familiar, e de repente ela estava lá, dois anos depois, vivendo sozinha numa casa pequena e sem luxo algum. A rejeição fez com que ela visse que havia, sim, algo de errado no seu comportamento, e foi isso o que ela disse quando me pediu que a perdoasse. Eu falei que não, mas prometi que a deixaria voltar se me ajudasse. Estou cumprindo a minha promessa.

Eu conhecia Jullie havia mais de um século. Acho que, se havia algo que devíamos um ao outro depois de tanto tempo, era um pouco de esperança e fé. Assim, o que eu podia fazer por ela era permitir que tentasse seguir em frente para mudar sua história.

Agora eu podia ver que Jullie estava mesmo tentando melhorar, afinal ela podia simplesmente ter continuado em nossa área e tentado me convencer a desistir. Mas, ao contrário disso, ela se oferecera para vir junto em nossa missão de busca por uma garota que ela odiava.

— Boa noite, garotos — ela cumprimentou, surgindo do nada, num tom ronronado e presunçoso, parando ao nosso lado.

O fato de querer seduzir todo mundo a cada palavra e gesto nunca tinha mudado. Ela sorriu quase imperceptivelmente para nós dois quando respondemos com acenos de cabeça.

— Falando no diabo... — Sam murmurou, o que me fez rir.

— Não quero interromper nada. Não se preocupem — ela falou, no mesmo tom, apertando de leve a bochecha do garoto. — Só passei para avisar que estão todos instalados, e o jantar está sendo servido.

— Obrigada, Jullie. — Ela deu uma piscadela para mim, se afastando mais uma vez.

Eu a acompanhei com o olhar, enquanto a via colocar um pé na frente do outro ao ir na direção da fogueira que tinham acendido, balançando o quadril exageradamente. Era uma marca de Jullie rebolar enquanto caminhava, fazendo todos os homens ao redor grudarem os olhos nela.

— Vamos, *garotão* — Sam brincou, dando um soquinho em meu ombro, imitando a voz da vampira, antes de segui-la.

Seria engraçado se aquela fosse a maneira exata como ela tinha falado: no tom sedutor de quem não ligava para o fato de eu ter um relacionamento ou não. Desde que não passasse disso, por mim estava tudo bem.

Já fazia alguns dias que havíamos partido da Área 4, e passávamos a maior parte do tempo viajando, inclusive durante a noite, com poucos períodos de descanso, o que era bom por um lado, já que ficávamos cada vez mais perto do nosso destino. Mas isso estava exigindo demais dos outros membros do grupo, que não tinham a mesma resistência que eu e Jullie, o que me deixava preocupado, já que estávamos indo direto pra toca do inimigo e precisávamos estar fortes o suficiente para nos defender caso fosse necessário.

Eu estava montado em minha moto, dirigindo na maior velocidade possível, quando ouvi alguém buzinar ao longe. Provavelmente Samuel. Desacelerei, esperando que me alcançasse.

— Acho que estamos chegando.

Olhei para a frente mais uma vez, cerrando os olhos para tentar enxergar mais distante. Não adiantou, mas eu podia sentir o cheiro fraco de maresia. Jullie agora morava perto do mar. Aquele seria o nosso ponto de partida.

Assenti, concordando com ele e ouvindo-o fechar o vidro do carro mais uma vez. Voltei a olhar para a frente, acelerando a moto de novo. Gostava de ficar na dianteira porque, além de ser o único além da vampira que sabia o caminho, precisava de um tempo sozinho. Isso tudo me ajudava a pensar.

Não haviam se passado duas horas quando finalmente avistei o mar, o que nos levaria a mais uma hora de viagem até ele, e mais meia hora até a cabana de Jullie.

Todos os pensamentos que vieram a seguir tinham a ver com o que poderia acontecer quando finalmente encontrássemos Lollipop. É claro que não pude deixar de me lembrar do que aconteceu comigo quando estava no Instituto.

Era muito provável que, pela importância que Lollipop tinha para o LTG, eles a tinham mandado para a matriz. O que fariam com ela já era outra história. Eu esperava que não fosse nada parecido com o que fizeram comigo, testando máquinas de dano permanente em vampiros, diminuindo a velocidade de nossa cicatrização até apenas alguns milésimos de segundos mais rápida que a dos humanos.

Parei na estrada assim que alcançamos a casa de Jullie, e todos estacionaram atrás de mim. Anunciei, enquanto os via sair de seus veículos, se arrastando na minha direção como se fossem zumbis, de tão exaustos:

— Vamos passar a noite aqui enquanto a Jullie e eu planejamos o caminho.

O grupo assentiu, seguindo-a até o interior da pequena cabana. Todos iriam, claramente, dormir amontoados do lado de dentro, mas era melhor do que ficar ao relento, como tinha sido naqueles últimos dias.

Estava prendendo o capacete na moto quando, pelo canto do olho, vi Jéssica se aproximar. Não tínhamos conversado muito nos últimos dias. Nossos únicos assuntos eram Lollipop e Samuel, e a primeira opção não era nem um pouco agradável ou alegre para nenhum dos dois. A segunda opção... era... ok.

Ela se encostou à moto, me olhando daquele jeito que olhamos para alguém de quem queremos uma explicação. Permaneci em silêncio, concentrado na minha tarefa, realizando-a numa velocidade humana lenta como um sinal de que ela poderia falar.

— Você e a Jullie? — ela questionou, finalmente, e não pude deixar de sorrir ao ouvir aquilo. Então era esse o problema?

— O que te preocupa? — perguntei, querendo ir logo ao ponto.

Terminei de fazer o que precisava, cruzando os braços e parando à sua frente, devolvendo o olhar de "está me escondendo alguma coisa?".

Apesar de tudo, era sim compreensível que ela estivesse preocupada com relação à vampira. Primeiro: Jullie já tinha tentado matá-la. Segundo: já tinha tentado matar Samuel. Terceiro: ela já tinha tentado matar Lollipop. Quarto: era minha ex-namorada. Enfim era de Jullie que estávamos falando. Ponto-final. Isso era o suficiente.

— A Lollipop não vai gostar nada de saber disso — a garota disse. — E também vai ficar bem irritada por você ter aceitado a Jullie de volta, mesmo sabendo que essa garota já tenha tentado matá-la.

— Não se preocupe. A Jullie pode até ser difícil de lidar, e pode não ligar nem um pouco para o fato de eu ser casado com a Lollipop, mas o simples fato de não ser essa vampira quem eu amo já é justificativa para que a Lolli não se irrite — respondi.

— Ela não é mais a mesma pessoa. É bem provável que ela surte agora — Jazz disse, rindo um pouquinho, possivelmente imaginando o que a amiga faria com Jullie quando a encontrasse mais uma vez.

— Ah, é? Ela está tão diferente assim? — perguntei, levantando uma sobrancelha, com um sorriso torto.

— Mais ou menos. É bem provável que você se surpreenda quando tiver a chance de conversar um pouco com ela — a garota respondeu, coçando a cabeça, e isso me fez sorrir menos.

Isso se eu tivesse alguma chance de conversar com ela... A quem eu estava enganando? Não teria chance alguma. Eu sabia muito bem disso e não podia ficar criando esperanças de que a encontraria sã e salva quando chegássemos ao Instituto, sem nem um fio de cabelo tocado por aqueles cientistas sádicos.

— Jazz, eu acho que seria bom você entrar. Se eu conheço bem o Sam, ele já deve estar sentindo a sua falta — brinquei, tentando disfarçar o fato de querer ficar sozinho, não querendo parecer mal-educado.

— Tá bom... Só não fica sozinho aqui fora por muito tempo — sugeriu, me olhando um pouco hesitante, e se aproximou para dar alguns tapinhas amigáveis no meu braço. — Não pensa demais sobre isso. Nós vamos dar um jeito — acrescentou, tentando ser positiva, e tudo o que eu fiz foi olhar para meus próprios pés e assentir.

Depois, quando se afastou, passei direto pela entrada da casa, indo em direção ao mar e não dando a mínima para o fato de meus tênis estarem se enchendo de areia conforme caminhava sobre ela. Parei apenas no ponto máximo aonde podia ir sem ser tocado pela maré.

O sol estava se pondo no horizonte, e tudo o que conseguia pensar é que era mais um dia sem que eu estivesse ao lado dela. Haviam se passado 104 semanas desde que eu tinha ido embora. Setecentos e vinte e oito dias ou 17.472 horas que desperdicei por nada. Eu nunca tinha parado de contar. Desde o dia em que parti. Aquele era todo o tempo que eu havia perdido da vida mortal dela desde que voltou como Lollipop. Talvez essa contagem zerasse quando a encontrasse novamente, caso ela tenha se tornado outra pessoa, mas eu ainda tinha esperança, e continuaria contando até vê-la mais uma vez com meus próprios olhos e descobrir que se lembrava, sim, de quem eu era.

— Ei, gatinho — Jullie chamou, parando ao meu lado. — Vai ficar aí sozinho por mais quanto tempo?

— O suficiente — murmurei, sem tirar os olhos do horizonte.

— O suficiente pra quê?

Será que ela entenderia se eu dissesse que era o suficiente para que todo o tempo que ainda teria de ficar longe de Lollipop passasse e eu finalmente pudesse encontrá-la? Provavelmente não, então tudo o que eu fiz foi pegar um cigarro no bolso e acendê-lo.

— Nós temos que planejar uma rota — lembrou, quando viu que não teria uma resposta. — Vamos.

Assenti, tragando pela segunda vez e prendendo a fumaça nos pulmões, seguindo-a até a casa.

Entramos.

A nova residência da Jullie era pequena, tinha apenas três cômodos e um banheiro. Os Guerrilheiros se amontoaram em dois deles para descansar, deitados pelo chão ou sentados em cadeiras. A sala tinha sido deixada disponível para que pudéssemos montar uma espécie de escritório onde poderíamos nos reunir para repassar os planos do resgate de Lolli.

— Estava olhando os mapas mais recentes que temos, criados antes da Terceira Guerra. Não estão atualizados e eu não consigo ler algumas palavras, mas acho que vai ajudar bastante — começou, se sentando à mesa, que já tinha diversos papéis em cima.

Eu me sentei ao lado dela, olhando aquele amontoado de papéis e constatando que não seria de muita utilidade. O que eu lembrava do mundo seria mais útil do que qualquer uma daquelas velharias.

Peguei um dos mapas da área em que estávamos e comecei a traçar os caminhos que nos levariam para a filial do Instituto onde eu tinha ficado preso. Há muito tempo eu havia perdido a noção de nomes de países ou cidades, mas eu conhecia muito bem o continente, por causa das minhas explorações em busca de suprimentos para a reconstrução da Área 4.

— Tem ideia do que fazer quando chegarmos lá? — perguntou, me analisando com atenção, enquanto eu tentava me lembrar de tudo o que sabia sobre geografia ao tentar descobrir onde estávamos.

— Não — admiti, com um sorriso de descrença, enquanto pegava um lápis e marcava algumas opções de trajetos.

— Você sabe que nós não podemos simplesmente chegar e entrar sem nenhum planejamento, né?

Continuei em silêncio, ainda concentrado no meu trabalho. Eu não queria admitir em voz alta que, sempre que tentava pensar em uma forma de invadir o Instituto, minha mente se desesperava por saber que aquilo era algo impossível de se fazer. E ficava ainda pior quando me lembrava que a vida de todos dependia de mim. Um erro e todos eles morreriam.

— Podemos tentar disfarçar alguém, e...

— Eles têm segurança reforçada na entrada, precisa ter uma autorização para conseguir passar — interrompi.

— Então podíamos tentar matar os...

— São muitos.

Ela abriu a boca mais uma vez para dar outra sugestão, mas, quando viu que não tinha mais nenhuma, fechou-a mais uma vez.

Larguei o mapa, me endireitando na cadeira e encarando a mesa, pensativo. O único plano que eu tinha era chegar no Instituto e tirar Lollipop de lá. Só isso. Mas não podia admitir aquilo para ninguém, afinal eu era o líder da missão, e o responsável por todos. Eles contavam comigo, e eu não podia ser o filha da puta que colocaria tudo a perder por não conseguir elaborar uma porra de plano.

— A gente sabe que ela não está aqui, certo? — Jullie perguntou, tentando recomeçar do zero. Assenti. — Então a gente não precisa necessariamente invadi-la. Talvez seja mais fácil esperar alguns dias, analisando o movimento de entrada e saída dos funcionários para capturar um que esteja sem seguranças, e conseguir as informações de que precisamos, do que achar um jeito de entrar no lugar e destruir tudo. — Fez uma pausa, colocando a mão por cima da minha na mesa. Eu sabia que, pela primeira vez, aquele gesto não era para dar em cima de mim, mas sim para parecer otimista. — Por enquanto, o plano não é acabar com o Instituto. É resgatá-la. Então vamos nos concentrar nisso.

Passei o olhar para Jullie, tentando encontrar algum sinal de má vontade ou fingimento em sua expressão. Não era o tipo de coisa que ela diria normalmente. Muito menos se fosse brincadeira. Eu sabia que poderia confiar nela. Pelo brilho de sinceridade que havia em seus olhos (algo que eu não me lembrava de já ter visto antes), soube que tinha razão.

— Então o plano vai ser observar de longe e esperar uma chance? — questionei.

— Exatamente — ela confirmou, afastando a mão e voltando a atenção para os mapas. — Nós podemos organizar turnos de observação em pontos estratégicos. Com certeza os funcionários mais importantes têm carros melhores e vidros mais escuros, e é nesses que temos que concentrar a nossa atenção.

E ela continuou falando por horas e horas, arquitetando nosso plano sozinha enquanto eu só conseguia encarar os mapas em silêncio, me perguntando onde Lollipop poderia estar e calculando mentalmente qualquer que pudesse ser a distância entre nós dois. Ao fazer isso, só consegui chegar a uma conclusão.

Mesmo que estivesse do outro lado do mundo, não havia distância que pudesse me impedir de pensar nela. E nem de tentar encontrá-la.

FIM DO CICLO

☿ CELLESTIA ☿

SE HOUVE UMA COISA QUE VALEU A PENA NAQUELA MINHA VIDA, DA QUAL eu só tinha conhecimento há pouco mais de oito semanas, foi ter aceitado aquela proposta.

Eu tinha que matar pessoas? Sim. Tinha que viciar jovens saudáveis em substâncias que acabariam com a vida deles em pouquíssimo tempo? Ahã. Mas o fato de não precisar mais vender meu corpo para *qualquer um* era a maior vantagem de todas. Também tinha conseguido o direito a ter três refeições diárias e um lugar exclusivo no Lower Floor, do qual eu poderia observar a tudo sentada em meu trono.

O fato de ser a única naquele lugar que tinha o cabelo colorido, tatuagens, piercings e temperamento difícil me tornou uma das garotas mais populares da boate. Meu mau humor era até divertido para eles! Isso criou minha fama, e fiquei conhecida por todos como "Angel", uma ironia à cara de má que fazia para cada um que me encarasse por muito tempo. A incansável, rebelde e indomável Angel, que agora valia a bagatela de cinquenta mil moedas.

Assim que me deram esse apelido, ganhei um tipo de "expositor", que era um palco um metro e meio acima do público, no qual eu ficava sentada num trono de couro e marfim pretos, com uma pose superior e dando uma de demônio da sedução. Eles me deram até chifres com lantejoulas pretas para usar! Nem sequer imaginavam quantos homens eu já havia matado para o Instituto com minha carinha de "anjo". Depois de quinze eu parei de contar, mesmo que fosse tudo em menos de seis semanas.

Nem sempre era necessário levá-los para o quarto ou esperar que me comprassem. Era só ficar atenta, seguir instruções e acompanhar com o olhar as garçonetes que rondavam o Lower Floor que logo achava meu alvo. Depois, o que eu precisava era de cinco minutinhos de conversa e logo conseguia botar minhas unhas afiadas em seus cabelos. Aí era só aproveitar o sentimento de trabalho cumprido.

Bem que eu gostaria de ficar naquele trono, sem fazer nada, todos os dias, durante todas as oito horas que precisávamos cumprir no Lower Floor, e não ter que lidar com aqueles homens e mulheres tão carentes que faziam questão de me comprar, e pelos quais eu não sentia a mínima atração. A "atração" só ficava disponível dois dias por semana (quando me davam um descanso), ou quando ninguém se dispunha a pagar cinquenta mil por mim. Nesses dias eu podia escolher qualquer pessoa e lhes dar a honra de passar algumas horas comigo. O critério de escolha era meu, podia ser pela aparência, ou só pelo fato de ir com a cara da pessoa. Isso não importava, desde que eu trouxesse dinheiro para o Instituto. Esses eram os meus dias preferidos, já que sentia como se os homens fossem o "produto a ser comprado", e não eu.

— Celli! Aquele cara ali no bar me pediu pra te dar isso — Allana disse, se aproximando e estendendo na minha direção uma bandeja com um coquetel. — É um My Cherry — acrescentou, bem mais baixo, enquanto eu pegava a taça.

Assobiei, surpresa ao receber uma coisa daquelas. Era uma das bebidas mais caras que tínhamos ali, e custava por volta de três mil moedas. Olhei em direção ao bar, procurando quem quer que tivesse comprado aquilo para mim, voltando a me sentar no trono.

— O segundo cara, da esquerda para a direita — informou, antes de se afastar mais uma vez e sumir no meio da multidão.

Lá estava ele, olhando na minha direção, com um sorriso tendencioso de quem queria uma forma de agradecimento pelo presente. Era um cara de uns trinta e poucos anos, com cabelo negro bem cortado e um paletó cinza-escuro. Eu não podia ver muito mais daquela distância, mas era visível que era um nota sete.

— Nota sete e meio esperando por você no balcão — avisou uma das minhas mais novas amigas, Fedra.

Eu havia feito amizade com as outras "funcionárias" do lugar, e Fedra era uma das mais próximas. Sua marca era se parecer com uma índia, com o cabelo longo e negro, pele acobreada, mas olhos de um mel esverdeado extremamente chamativo. Não costumava falar muito com as outras garotas, mas disse que tinha se interessado pela minha coragem de mudar a cor do cabelo a cada virada de mês, então quis vir falar comigo.

— Se eu fosse você, iria lá antes que qualquer outra baranga vá atrás dele. Parece bem a fim de gastar umas moedas hoje.

Sorri um pouco, tomando um gole da tal bebida supercara, antes de me levantar, como um sinal de que concordava com ela. Desci do pedestal em que estava, passando por Fedra e dando a bebida de presente a ela. Não precisaria daquilo para o que iria fazer, e sabia quanto os caras dali gostavam quando desprezávamos educadamente um presente.

— Aliás, gostei do cabelo laranja. Combinou com você — elogiou, e eu agradeci com um gesto de cabeça antes de passar por ela, indo em direção ao tal cara.

Conforme andava em direção ao meu alvo da noite, quase como se houvesse uma aura ao meu redor, todos abriam caminho sem hesitar nem um segundo sequer. Como eu era a atração principal do lugar, tinham um pouquinho de medo de encostar em mim e ter que pagar por isso. Era uma das vantagens de ter aceito o acordo: não precisar escutar cantadas baratas e suportar gente passando a mão em lugares inapropriados, aproveitando-se da falta de espaço para circular.

Eu estava só a alguns metros do homem quando uma das garçonetes passou por mim, esbarrando a mão na minha e me entregando um papel. Fingi que nada havia acontecido e continuei a caminhar, esperando um momento de distração para ler o que havia escrito ali. Era uma única palavra. *Alvo*. Isso era um sinal de que eu tinha que eliminar aquele cara. Quase fiz biquinho para o lugar onde sabia que havia uma câmera do Instituto. O cara era um sete e meio. Eu tinha mesmo que matar um dos clientes mais bonitinhos do lugar?

— Não gostou da bebida? — ele perguntou depois de eu finalmente alcançá-lo.

— Não sou do tipo que bebe muito — admiti. — Prefiro ter consciência total sobre cada um dos meus sentidos.

Então me sentei no banco livre ao seu lado, fazendo um gesto para o barman e guardando discretamente o papel dentro do bolso apertado da minha calça jeans justa. Ele já sabia do que eu gostava: água com gás, gelo, limão e um pouco de suco de morango. Voltei a olhar para o cara do drinque, agora podendo analisá-lo melhor. Nada demais: rosto comum, olhos castanhos comuns, corpo comum. Era realmente um sete e meio. Olhando agora, talvez um oito.

— Mas te fez vir até aqui — ele retrucou.

— Gostei do seu entusiasmo — falei. — Chamou minha atenção, afinal não é todo dia que me mandam uma bebida daquelas. Talvez umas cinco vezes por semana. Não mais que isso.

Ele riu, analisando cada centímetro do meu corpo, dos pés à cabeça, enquanto eu pegava o drinque com o barman. Eu o ergui em sua direção, como um sinal de brindar a ele, antes de levá-lo aos lábios. Cada movimento era articulado. Nenhum homem que ia até ali queria alguém acomodado. Queriam delicadeza e sutileza. Pelo menos até o momento de levá-los até o quarto. E com aquele cara, especificamente, eu queria ter um tempinho a mais. Tanto para me aproveitar dele quanto para cumprir minha missão.

— Como foi que você se tornou a pessoa mais disputada deste lugar em tão pouco tempo? — perguntou, depois de me devorar com os olhos pela décima quinta vez desde que começamos a conversar.

— Assim você me ofende — brinquei, olhando enquanto as pessoas se espremiam no pequeno espaço disponível para dançar a música que havia começado.

— Não foi isso que eu quis fazer — ele se desculpou, como se não tivesse notado meu tom de ironia.

Era engraçado como todos eles tentavam ser gentis comigo quando não tinham me comprado no leilão. Sabiam que era eu quem escolheria com quem passar a noite, e o fato de tentarem dar o melhor de si para me convencer de que eram a opção mais acertada me deleitava.

O que eles não sabiam era que eu não dava a mínima para gentileza. Nem para quantas moedas estavam dispostos a dar ao Instituto pelo prazer da minha companhia. Eu queria alguém que me trouxesse uma lembrança de quem eu fui um dia. Um sorriso ou uma frase que me fizessem sentir como se já tivesse ouvido ou visto aquilo antes valia mais que qualquer outra coisa. O problema era que eu não tinha sentido isso ainda. Então, se servissem como um puro "tira-tédio", já estava valendo.

— Mas... falando sério. Como você conseguiu isso? — ele tentou mais uma vez, e o que fiz foi lançar um sorriso malicioso para ele.

Deixei minha taça agora vazia no balcão, levantando do banco e me colocando à sua frente, e segurei suas mãos. Perguntei, no tom mais sedutor possível, enquanto o puxava para o meio da multidão, em direção ao outro lado do bar:

— Por que você não descobre por si mesmo, garotão?

E foi assim que consegui mais uma vez minha cota de moedas para a noite.

Ele estava em cima de mim. Eu não sabia seu nome, e não tinha perguntado. Não precisava.

Suas mãos exploravam meu corpo sem nenhuma hesitação, já sabendo que não haveria resistência.

Mal reparei em como ele tinha se livrado das minhas roupas tão rápido, me deixando apenas com a lingerie de renda preta extremamente clichê que o Instituto havia me feito vestir.

Os lábios dele estavam no meu pescoço, com aquela barba rala, mas bem-feita, arranhando minha pele e provocando arrepios que deviam ser bons, mas estavam bem longe disso. Só que é claro que eu tinha que fingir que estava gostando. Ele não ia me dar o que eu precisava se eu não fosse uma boa garota e fingisse que ele estava mandando muito bem. Não era culpa dele. Não era nada mal, e ele era um oito, definitivamente. Eu só... estava ficando um pouco entediada.

Senti uma de suas mãos deslizar até meus quadris, agarrando a lateral da minha calcinha em seu punho com força enquanto se movia em cima de mim, se esfregando no meu corpo já cheio de excitação.

— Eu vou fazer você gritar... — ele sussurrou contra meu pescoço, como se aquilo fosse, de alguma forma, atraente. Mas é óbvio que fingi um gemido de expectativa, me forçando a parecer sem fôlego enquanto pressionava a ponta dos dedos contra suas costas, sem arranhá-lo ainda. — Eu vou pegar você por trás, e eu sei que você vai gostar muito. Não vai, sua gostosa?

Isso fez o primeiro alerta piscar em minha mente. Me pegar por trás. Por trás. Eu conhecia bem essa posição, mas... não achava que ele estava atraído por um lugar que ia trazer muito prazer para mim.

— Você vai fazer o quê? — perguntei, com a voz ofegante, num tom um pouco mais fino que o normal, só para provocar um pouco.

Antes de me responder, a mão livre dele subiu pelas minhas costelas, passando pelos meus seios, indo até o pescoço e segurando firme na minha garganta. Seus lábios deixaram minha pele finalmente para que ele olhasse meu rosto, apertando mais os dedos em mim, e eu não gostei nem um pouco disso. Ainda mais quando vi o quanto aquilo era excitante para ele, só pelo jeito como pressionou mais os quadris contra os meus e acelerou o ritmo enquanto continuava a se esfregar em mim.

— Vou colocar você de quatro e...

Quando terminou a frase, foi mais do que uma confirmação de que ele realmente não queria explorar um lugar um pouco mais prazeroso lá embaixo. Grunhi um pouco, já que era o que eu conseguia fazer com ele apertando tanto o meu pescoço, só me dando espaço para respirar, e então ele deu um tapa forte na lateral da minha bunda, que me fez dar um sobressalto no colchão. Depois ele deu outro, com mais força ainda, e outro, agora mais forte... e eu soube que não ia parar por aí.

Merda... eles me prometeram que eu não pegaria mais um desses. Deram pra mim um cara como esse de alvo? Sabendo que eu ia ter que lidar com ele? Isso era trabalho para as outras, abaixo de mim.

Senti a raiva me preencher. Raiva por ele estar apertando tanto o meu pescoço enquanto se movia, e raiva por ele estar gostando dos pequenos sons involuntários de dor que escapavam pelos meus lábios enquanto ele me dava tapas tão fortes como aqueles, que eu sabia muito bem que eram para me machucar.

Levei minhas mãos em suas costas, arranhando-o com força, o que o levou a me xingar, e isso fez seus olhos brilharem ainda mais de excitação. Então ele fez algo que foi a gota-d'água enquanto se colocava um pouco mais acima de mim. Me deu um tapa na cara. Não um tapinha, ou o tipo de tapa que alguns dos clientes davam quando ficavam um pouco animados demais, mas que eu sabia que não eram para me machucar. Aquele foi um tapa de verdade, que fez toda a lateral do meu rosto queimar como se pegasse fogo e meus olhos lacrimejarem.

Segurei sua cabeça com as duas mãos, trazendo-o para baixo enquanto enlaçava sua cintura com as pernas e agarrava forte em ambos os lados de seu rosto. Antes que me perguntasse o que eu estava fazendo, fiz um movimento forte com os braços para quebrar seu pescoço, sentindo seu corpo morto cair em cima do meu imediatamente depois disso.

Eu o empurrei para o lado, ainda sentindo o rosto queimar e meu corpo todo quente por causa da raiva, e me levantei da cama sem nem olhar para aquele idiota que tinha ousado colocar as mãos em mim para me machucar. Abri uma das gavetas da cômoda do quarto para pegar um roupão roxo de seda e renda, passando os braços pelas mangas e o fechando na frente do meu corpo.

Não se passaram mais de trinta segundos quando abriram a porta do meu quarto e dois homens entraram.

— O que foi?! Eu tinha que eliminá-lo, não? Foi isso o que eu fiz — falei, ainda com raiva, mas sentindo um pouco de satisfação por ter me livrado daquele imbecil.

Nenhum deles falou comigo, mesmo depois do meu comentário, até que um dos homens fechasse a porta para ter certeza de que ninguém veria o que acontecia lá dentro.

— Você sabe muito bem que não devia ter feito isso — um deles disse, com certo desprezo na voz, e eu via claramente em seu rosto que queria me fazer pagar por ter quebrado uma regra. Mas ele era um subordinado. Reconheci pelo uniforme. Ele não podia me fazer mal.

— E *ele* me prometeu que eu não teria que lidar mais com um babaca desses — retruquei, franzindo o cenho.

O homem apenas suspirou, visivelmente irritado, enquanto balançava a cabeça, aproximando-se da cama para analisar o corpo em cima dela, que ainda tinha cor e estava quente.

— Vista-se. Você foi convocada para uma reunião. E não ouse tocar em mais nenhum cliente hoje, entendido? Não fale pra ninguém sobre a merda que você fez aqui. — advertiu o segundo homem, que não havia se dirigido a mim ainda.

Eu me limitei a assentir, revirando os olhos, e me dirigi ao espelho mais próximo enquanto ignorava a presença dos dois.

Passei os dedos pelo meu cabelo recentemente pintado de laranja, prendendo-o num rabo de cavalo. Era tão curto que apenas uma quantidade razoável ficava presa, caindo até o meio do pescoço, mas pelo menos servia para tirá-lo da frente do rosto.

Abri a primeira gaveta da cômoda abaixo do espelho. Ali ficava a maquiagem, que tínhamos que retocar antes de voltar ao Lower Floor. Pelo que vi no relógio do meu alvo, e mais recente defunto, faltavam poucos minutos para as seis da manhã, então eu não precisava me arrumar mais uma vez. Logo voltaria para o meu quarto, e toda aquela história acabaria.

Retoquei a maquiagem antes de vestir minhas roupas amarrotadas e voltar para o salão já quase vazio enquanto os dois homens trabalhavam para arrumar o quarto e dar um jeito no corpo sem me dirigirem mais nenhuma palavra. Fui para o bar, onde algumas das garotas conversavam sobre suas aventuras. Allana lavava umas taças enquanto isso, ouvindo a tudo em silêncio. Parei ao lado dela.

— Como está se sentindo? — questionou, me encarando por apenas um momento antes de voltar a se concentrar em seu trabalho.

— Um pouco cansada, precisando de um banho — respondi, dando de ombros, não me sentindo segura para comentar sobre o que tinha acontecido na frente de todas aquelas meninas. — Como sempre.

— Nós fomos convocadas para uma reunião — ela disse, depois de alguns segundos. — Vai ser hoje à noite, então não vamos ter que vir para cá.

Eu daria graças a Deus se não soubesse que aquilo não era sinal de que vinha coisa boa por aí. Esperei que Allana continuasse enquanto me servia um martíni. O último ao qual teria direito durante as próximas 24 horas. Não que eu gostasse muito disso. É só que ela sabia que aquilo me fazia sentir um pouco melhor depois de... tudo o que tinha que fazer.

— Eu sei — disse eu, com um sorriso discreto, antes de dar um pequeno gole em minha bebida. — Fui avisada.

Allana não me pareceu muito surpresa, já que mensagens costumavam ser passadas rapidamente pelo Lower Floor, assim como tinha sido quando me avisaram mais cedo sobre meu mais novo alvo.

— Está se sentindo bem? — perguntou de repente, depois de me analisar por alguns segundos.

— Só estou cansada. Não tenho dormido direito ultimamente — eu comentei. E era verdade. Não foi a morte daquele ser dispensável que me abalou. Foi mais um cliente, só isso... Mesmo que dessa vez eu o tenha matado com minhas próprias mãos. Mas foi até... divertido. — É como se todas as noites eu acordasse com a sensação de estar caindo.

Algo no jeito como ela grudou o olhar nas taças que lavava me chamou atenção. Sua mandíbula estava rígida, e o cenho, levemente franzido. Eu a encarei por algum tempo, como se a pressionasse a dizer o que a incomodava, mas Allana mal pareceu notar.

Abri a boca para fazer uma pergunta, na esperança de conseguir alguma resposta, mas um alarme soou alto, indicando o fim do expediente. Ela largou a esponja e a taça assim que o silêncio tomou conta do ambiente mais uma vez, tirando as luvas de borracha que usava e colocando outras de couro no lugar logo depois. Eu a segui até o corredor atrás de uma porta nos fundos, que continha as cabines que nos levariam de volta para as celas.

— Qual é a da sua obsessão por luvas? — perguntei, enquanto formávamos uma fila ao passar pela porta que nos levaria ao corredor.

— Digamos que tem a ver com o meu poder e com a segurança de qualquer um que chegue perto de mim — respondeu.

Allana ainda não tinha me contado qual era o seu poder. Quase tudo sobre ela era um mistério para mim. Ela costumava desviar o assunto sempre que eu estava prestes a obter uma resposta sobre quem era ou sua história, e às vezes isso me irritava um pouco. Mas seu distanciamento era até compreensível, já que, em todos os anos que ficou presa, perdeu muitas vizinhas de cela, e agora não queria mais criar uma relação de amizade forte com medo de sofrer mais uma vez. Só que era difícil para mim também, e ainda assim eu confiava nela.

Fomos até a nossa sala. A primeira coisa que fiz foi pedir um banho. Poder exigir uma coisa dessas era um sonho distante para qualquer uma das outras, mas, como eu era uma das que mais traziam dinheiro para eles, tinha a vantagem de fazer alguns pedidos. Isso não quer dizer que sempre aceitavam, mas naquele dia estavam de bom humor e me concederam essa dádiva. Era exatamente o que eu precisava para me livrar do perfume enjoativo daquele cara e esquecer a sensação daquele corpo morto nojento caindo sobre mim.

Depois que voltei para minha "unidade", a única coisa que consegui fazer foi me jogar na cama, fechando os olhos e rezando para ter uma boa "noite" de sono pela primeira vez naquela semana.

Infelizmente, não aconteceu.

— *Cellestia* — *ouvi alguém sussurrar, bem perto do meu ouvido, o que me fez abrir os olhos.*

Eu estava em um campo de trigo enorme, e ventava tanto que mal conseguia me manter parada em pé. Olhei em volta. Não havia mais ninguém ali além de mim. De quem era a voz que me chamou, então?

Semicerrei os olhos, tentando enxergar entre a plantação para ver se havia alguma saída ou algo que não fosse simplesmente mato. Demorou um pouco até que eu encontrasse um brilho prateado no chão entre as plantas. Era tão discreto que parecia uma ilusão, mas mesmo assim fui em sua direção. Não estava muito distante.

Agachei, pegando o pequeno objeto brilhante e o analisando com atenção. Era um colar com duas fichas militares. Em uma estava escrito: "Os covardes morrem várias vezes antes da sua morte, mas o homem corajoso experimenta a morte apenas uma vez". E a outra continha apenas informações de um dos pacientes do Instituto.

INSTITUTO LTG, PACIENTE DA ALA I.
E. MOORE. 23/10/ANO INDEFINIDO. ID: 92845
GRUPO 05672. RESP.: LEONARD TRAVIS GOYLE
CELA DE CONTENÇÃO MÁXIMA. ESP.: RI

Olhei em volta mais uma vez, procurando quem quer que pudesse ser o dono daquilo, mas continuava sozinha. Passei o colar por cima da cabeça e estremeci quando o metal frio tocou meu peito. Talvez pudesse guardar até encontrar a quem ele pertencia, certo?

O vento aumentou. Uivava tão alto que mal podia ouvir meus próprios pensamentos. Cambaleei para o lado, dando alguns passos para a frente como se tivesse um caminho a seguir, mas não tinha. Estava apenas andando a esmo, esperando que aquilo finalmente acabasse.

— Cellestia... — alguém chamou mais uma vez, e por um segundo pensei que tinha sido o som do próprio vento. — Cellestia — repetiu, agora mais alto. — Cellestia! Cellestia! Cellestia! Cellestia! Cellestia! Cellestia!

Agora a voz berrava meu nome tão alto que meus ouvidos chegavam a zunir. Coloquei as mãos sobre eles, me encolhendo enquanto tentava continuar avançando, fazendo o que podia para procurar a saída daquele lugar horrível ou para saber de quem era aquela voz, que, apesar de gritar com toda a força, eu não sabia se era feminina ou masculina, se era de uma criança ou de um idoso, e nem se pertencia a alguém que eu conhecia. Só sabia que, a cada vez que repetia meu nome, o colar em meu peito parecia mais frio e uma sensação incontrolável de desespero me atingia. O que queria de mim? Quem era? Por que gritava o meu nome?!

— Cellestia! Cellestia! Cellestia! — continuou. — CELLESTIA! CELLESTIA!

— PARA! — gritei, me ajoelhando e me encolhendo, encostando a cabeça no chão.

Meu coração batia acelerado, e eu suava como nunca. Não conseguia respirar direito. O peso do mundo parecia estar sobre meus ombros, e minha cabeça latejava tanto que pensei que acabaria explodindo. Agora falava tão alto e tão rápido que a única coisa na qual conseguia pensar era no meu próprio nome.

Cellestia!

Cellestia!

CELLESTIA!

CE.LL.EST.IA!

Acordei com um pulo, me sentando na cama, ofegante. Sentia o suor escorrendo pela testa e costas, e minha cabeça doía tanto quanto no sonho. Estava enjoada e tudo parecia girar.

Coloquei a mão no peito, tentando acalmar a respiração. Ainda podia sentir o metal frio do colar do sonho contra a pele, como se estivesse ali. Baixei a cabeça, fechando os olhos enquanto tentava convencer a mim mesma de que estava tudo bem.

Não me lembrava de ter tido algum sonho ou pesadelo desde que acordara no Instituto. Não tinha como saber em relação a minha vida antes disso, já que não me lembrava de nada, mas algo me dizia que nenhum dos que eu já tive pareceu tão real.

Foi quando senti algo tocar a ponta dos meus dedos, onde ainda permanecia a sensação do colar. Abri os olhos. Ele... ele estava lá. Olhei em volta, me certificando de que não havia outra pessoa no quarto. Como... como podia ter aparecido ali?

Tirei o colar do pescoço, analisando as fichas. Eram exatamente as mesmas. Não me lembrava de já ter visto aquilo na vida real antes, e nada no meu quarto havia mudado de lugar. Como podia simplesmente ter surgido ao redor do meu pescoço durante a noite? Não tinha. Essa era a resposta.

— E. Moore — sussurrei para mim mesma.

Ele ou ela era o dono ou dona daquele colar, mas não tinha ninguém que trabalhava ali que tivesse esse sobrenome, e nenhum dos pacientes que eu conhecia se chamava Moore. Ou tinha um nome que começava com E.

Olhei ao redor para ver se tinha alguma pista de quem havia colocado aquele colar em mim e vi um pedaço amassado de papel ao lado do travesseiro com apenas uma palavra escrita. *Segredo.* Acho que isso significava que eu não devia contar a ninguém sobre o papel, certo? Mas... nem mesmo para Allana? Quem tinha me trazido aquilo? Ela podia saber, mas o dono do colar teria dito que poderia confiar nela, então...

Suspirei. Não havia ninguém no quarto, nenhuma pista do dono do colar, e não havia como sair dali. Não existia nada que eu pudesse fazer para resolver aquele mistério. Não ainda, então tudo o que me restava era tentar dormir mais uma vez.

Ha.Ha.Ha. Como se eu realmente acreditasse que fosse conseguir.

Havíamos sido levadas até os estilistas para nos arrumarmos para mais uma noite no Lower Floor, e fizeram questão de terminar o trabalho comigo primeiro, já que eu precisava comparecer a uma reunião. Se não fosse me arrumar com as outras, era possível que desconfiassem de alguma coisa, afinal nem todas eram convidadas para fazer um acordo com o Instituto e também não sonhavam com metade das coisas que precisei fazer para chegar viva até ali e conseguir todas as minhas "mordomias".

Observei em silêncio de cima de meu pedestal enquanto as outras eram conduzidas para as salas de lançamento para o bar. Fedra e eu nos entreolhamos, sorrindo travessamente uma para a outra quando todas se foram. Ela também tinha um acordo, apesar de ser um pouco diferente do meu, então havia sido convidada também. Os estilistas se retiraram, nos deixando sozinhas por poucos segundos enquanto alguns dos seguranças do Instituto entravam e nos levavam para um lugar aonde eu nunca tinha ido antes.

Muitos elevadores, corredores e portas depois, entramos em uma sala com uma mesa de mármore preto com várias cadeiras de couro ao redor, ocupadas por homens engravatados e mulheres de terninho.

Fedra se sentou na ponta, e eu fiquei ao lado dela, com outras cadeiras vazias à minha frente. Ainda faltavam mais algumas garotas, que provavelmente estavam na enfermaria ou no banheiro quando fomos chamadas.

Ficamos alguns segundos nos encarando em silêncio enquanto esperávamos pelas outras. Não demorou muito para que chegassem.

Todas se acomodaram em suas cadeiras, tensas, esperando uma notícia ruim ou uma bronca de cada um daqueles homens e mulheres engravatados. Apenas quando fecharam a porta da sala o primeiro começou a se pronunciar.

— Recebemos ontem a notícia de um ataque a uma de nossas unidades em outro continente — um homem disse.

Eu me mexi desconfortavelmente em minha cadeira. Ataque? De que tipo? Houve mortes? Por quê? Será que havia alguma chance de acontecer o mesmo conosco? Todas essas perguntas e mais algumas outras invadiram minha cabeça, mas, antes que tivesse a chance de fazê-las em voz alta, a mulher sentada ao lado dele explicou:

— Não foi exatamente um ataque. Foi um sequestro. Um grupo de rebeldes levou o nosso diretor comercial.

— E o que querem com ele? — perguntou Fedra, visivelmente confusa.

— Não sabemos exatamente — o primeiro homem disse. — Mas, pelas circunstâncias em que nos encontramos no momento, e pelos últimos acontecimentos na nossa empresa, achamos que conhecemos os sequestradores. — Fez uma pausa, e seu olhar antes grudado nos papéis que segurava passou para mim por um segundo. — Mas isso não vem ao caso. Não chamamos vocês para dar detalhes. Foram convocadas aqui para serem alertadas.

— A partir de hoje, cada uma de vocês, com exceção de Cellestia, que já possui o seu, vai receber um lugar exclusivo para ficar no Lower Floor — outro homem disse.

Um murmúrio de vozes femininas invadiu a sala, e Fedra olhou para mim com os olhos esverdeados levemente arregalados e um sorriso surpreso. Isso automaticamente as elevava para o "meu nível", de atração principal exposta para todos durante oito horas sem ter que lidar com contato humano indevido.

— Mas isso não significa que vocês poderão escolher os clientes — continuou, apontando para mim. — E agora isso inclui você. Não deverão descer do pedestal nem conversar com qualquer cliente do bar. Só deverão fazê-lo acompanhadas de seus compradores ou de algum funcionário do Instituto.

— Por que isso? — questionei, um pouco irritada. — Por que isso poderia ser uma precaução?! Não vejo por que alguém iria querer sequestrar uma de...

— Não estamos tentando protegê-las — interrompeu a mulher que já havia falado antes, em tom de deboche. — Só não confiamos em vocês o suficiente para pensar que não estariam suscetíveis a propostas de fora para acabar com a nossa empresa.

Ah, então aquele era o problema? Pensavam que, se alguém pedisse informações em troca da nossa liberdade para um possível sequestro de algum dos caras importantes do lugar, nós aceitaríamos, e o Instituto estava tentando diminuir a chance de isso acontecer.

De qualquer modo, eu não podia culpá-los, porque sabia que, se alguém um dia chegasse e me pedisse para matar cada um daquele lugar em troca de libertação, eu aceitaria sem nem piscar.

☙SAMUEL☙

— CERTO. E AGORA? — PERGUNTEI, FECHANDO A PORTA DA SALA.

Jazz, Evan, Jullie, Dean, Peter e eu nos entreolhamos, em pé, no meio da sala de estar da casa da vampira.

Os outros Guerrilheiros estavam do lado de fora, descansando depois de nossa missão ULTRAPERIGOSA de sequestro do diretor comercial da base do Instituto no nosso continente.

Foi bem intenso, preciso dizer, mas todo o planejamento só tinha chegado até o ponto em que o trancaríamos amarrado no quarto de hóspedes da casa. O que faríamos com ele depois? Só Deus e talvez Evan sabiam. Passamos o olhar para o vampiro, esperando uma resposta lógica e certa, mas, quando tudo o que fez foi abrir a boca por alguns segundos antes de fechá-la novamente, não pude deixar de rir. E é claro que todos olharam para mim como se eu fosse estranho. Como sempre.

— O que foi? — questionei. — Quer dizer... nós passamos semanas planejando isso, e agora não temos ideia do que fazer com o cara? É meio cômico, vocês precisam admitir.

Tínhamos escolhido sequestrar Tom (o nome do tal diretor comercial) apenas porque ele era o maior responsável pelas negociações de transferência de pessoas de sua base. Se Lollipop tinha sido levada para algum lugar, era ele quem sabia para onde. Eu só não sabia como o faríamos responder.

— Posso entrar lá e perguntar a ele — Peter ofereceu. — Talvez ele saiba nos dizer alguma coisa.

— Não seria mais fácil o Evan vasculhar a mente dele? — Jazz perguntou.

— Eu não vou fazer isso — o vampiro respondeu, antes que pudéssemos concordar com ela. — Não seria divertido.

Revirei os olhos. Evan e sua quedinha por sangue e sofrimento. Nunca gostava das coisas do jeito mais fácil.

— Mas eu poderia ir até lá e fazê-lo falar. Só não garanto que saia vivo... — continuou, com uma nuvem de sadismo pairando no semblante.

Evan tinha perdido o pouco autocontrole que tinha desde que Lollipop fora sequestrada e estava a cada dia mais nervoso e impulsivo. Aquelas semanas de tocaia tinham sido as piores da vida dele, e em muitas ocasiões tivemos que impedi-lo de colocar tudo a perder.

— Não — Jullie interrompeu, não dando a ele nem a chance de continuar. — Talvez possamos fazer uma negociação com o Instituto. Ele em troca dela. Só precisamos saber com quem falar. Se o matarmos, não vamos ter essa chance.

Franzi o cenho, encarando-a, tão surpreso quanto os outros. Não era novidade que Jullie vinha sendo o braço direito de Evan quando falávamos no planejamento do resgate, mas vê-la assumindo o controle da situação era algo totalmente novo e inesperado.

— É uma boa — Evan concordou. — Quem se voluntaria a ir perguntar para ele?

Todos sabíamos que nossa última opção seria deixar que Evan lidasse com Tom, já que ele não era o tipo de pessoa gentil, que odeia conseguir as coisas por meio da força bruta, então seria melhor começar de um jeito amigável, fazendo o possível para preservá-lo para a negociação.

— Eu posso ir — avisei.

— O que você vai fazer? Contar piadas para ele até fazê-lo falar? — o vampiro brincou, recebendo um dedo do meio como resposta da minha parte.

— Eu vou — Jullie anunciou. — Sou a única aqui que não dá a mínima para a Lollipop, então não vou correr o risco de perder a paciência.

Ninguém se opôs, observando-a entrar no quarto com um sorriso presunçoso e irônico, apenas fazendo um gesto com as mãos quando Peter lhe desejou boa sorte.

Era engraçado como ele agia como um bichinho de estimação quando estava com a vampira, sempre o primeiro a concordar com ela, fazendo qualquer coisa que pedisse sem questionar. Até gaguejava quando ela estava por perto! Como um adolescente apaixonado por uma mulher anos mais velha e madura que nem mesmo considerava a possibilidade de ficar com ele. E nesse caso, centenas de anos a mais.

— Isso vai ser divertido — Evan murmurou, desabando no sofá e acendendo um cigarro.

O vampiro jogou a cabeça para trás, fechando os olhos, querendo se concentrar no que os dois diriam dentro do quarto. Não pude deixar de sentir um pouco de inveja por ele ter aquela superaudição quando todos na sala tinham que ficar no mistério.

A nós, mortais, tudo o que restava era sentar e esperar por uma resposta.

Jullie havia desistido. Tentou de todas as formas (menos as agressivas) obter uma resposta do cara, mas tudo o que ele fez foi ficar em silêncio. Depois dela, quem tentou falar com ele foi Jazz, e eu também já havia tentado. Agora quem estava com ele do lado de dentro era Dean.

Até mesmo Evan, que só sabia rir das tentativas frustradas dos outros de serem amigáveis, começava a perder a paciência. O problema era dele se não queria usar seus poderes! Chegou a um ponto em que desistiu de ficar ouvindo e saiu da casa, murmurando algo sobre precisar dar uma volta.

— O que nós vamos fazer? — Jazz perguntou, em tom baixo, para mim.

Estávamos sentados no sofá esperando Dean voltar com alguma informação. Tudo o que eu podia fazer agora era ajudá-la a ficar calma e otimista, e isso eu sabia fazer muito bem. Passei a mão pelo seu cabelo castanho comprido, abrindo o maior sorriso que conseguia antes de dizer:

— Vamos esperar uma resposta, negociar uma troca e conseguir a Lolli de volta.

— Mas e se eles não quiserem devolvê-la? Pelo que o Evan disse, ela é muito importante para o Instituto.

— O Tom também é — retruquei. — Relaxe. Se não quiserem negociar, então vamos atrás deles aonde quer que estejam e vamos trazê-la de volta à força.

Jazz apenas suspirou, aconchegando-se a mim e afundando em meus braços. Eu sabia quanto ela estava cansada e frustrada com tudo aquilo. Todos estávamos, mas não havia o que fazer. Pelo menos não até Evan decidir ter a boa vontade de ler a mente de Tom.

— Eu não entendo — a garota murmurou. — Ele é a pessoa que mais quer ter a Lolli de volta. Por que não apressa as coisas em vez de ficar com esse joguinho?

Pela primeira vez eu não tinha resposta para uma de suas perguntas. Quer dizer... já havia acontecido antes, mas não quando tinha a ver com Evan. Eu geralmente sabia exatamente o que o vampiro sentia e pensava, mas agora ele me parecia mais complicado de decifrar do que um livro de mil páginas escrito em código Morse. Eu sabia que havia alguma coisa que Evan não estava me contando, mas não adiantava perguntar. Se ele não tinha me contado antes, não diria agora.

— Falando de mim? — perguntou, abrindo a porta da sala de repente.

— A nossa mente você lê — Jéssica ironizou, se soltando de mim, visivelmente irritada. — A de quem interessa, não.

— Eu não li a sua mente. Eu ouvi o que vocês disseram — Evan corrigiu, e o sorriso que havia em seu rosto antes sumiu, dando lugar a um maxilar tenso.

Ele se dirigiu à janela, apoiando-se no batente enquanto encarava o lado de fora. Jéssica fez menção de levantar para ir em sua direção, mas segurei seu braço, fazendo um sinal negativo com a cabeça para que o deixasse em paz. É claro que me ignorou. Afinal, quando não ignorava?

Ela se livrou do meu aperto, batendo os pés com força no chão e parando ao lado dele de braços cruzados. Fechei os olhos. Sabia exatamente que o que viria a seguir acabaria gerando uma confusão *daquelas*, já que os dois tinham gênio forte e não admitiam respostas atravessadas.

— O que aconteceu?! — questionou. — Já se esqueceu de que cada segundo que nós passamos aqui é uma chance a mais de perdermos a Lolli para sempre?! Esqueceu que...

— Eu não esqueci de nada — Evan interrompeu, se endireitando e dando um passo para perto da garota, fazendo-a recuar. — Nunca esqueci, se você quer saber.

— Então o que foi?! — Jazz gritou. — Por que você simplesmente não acaba com essa espera toda e lê os pensamentos dele de uma vez?! Qual é o problema, Evan?!

— O PROBLEMA É QUE EU NÃO *POSSO* LER A MENTE DELE, PORRA! Não posso ler a mente de ninguém! — berrou, fazendo-a se encolher.

Prendi a respiração, sentindo o coração descompassar. Como assim, não podia ler a mente de ninguém? O que...? Ele não...? Oi?

O vampiro colocou as mãos na cabeça, recuando alguns passos enquanto respirava fundo para se acalmar. Ele não queria gritar com Jéssica, mas se sentia tão pressionado que... que explodiu.

— Eles... eles fizeram alguma coisa comigo, tá bom? Não tenho ideia do que foi, mas não consigo mais me curar tão rápido, nem ler a mente das pessoas, e muito menos controlá-las — confessou. — Se pudesse, já teria feito isso.

— Evan... — comecei, mas ele levantou a mão em minha direção, pedindo que eu parasse.

— Não é permanente — explicou. — Não se preocupe. Acho que eles só queriam ter certeza de que eu não ia conseguir encontrá-la até que ela fosse devidamente transferida.

Ficamos em silêncio por algum tempo, encarando-o com certo pesar. Ele se sentou ao meu lado, apoiando a cabeça nas mãos, inclinado para a frente. Jazz se manteve parada, encarando-o com a mesma expressão de choque de antes. Agora eu não sabia a quem consolar.

Coloquei a mão no ombro do meu melhor amigo, apertando-o um pouco ao tentar reconfortá-lo. Falei, me aproximando dele no sofá, tentando parecer o mais otimista possível, como sempre:

— Nós vamos conseguir.

— Você não cansa de ser iludido, não é? — brincou, e, apesar de seu rosto estar escondido pelas mãos, eu sabia que estava sorrindo.

— Se eu não for, correção, *otimista*, quem mais vai ser? — retruquei. — Evan, você não vai desistir dela. Aliás, nenhum de nós vai, então por que...?

Parei de falar quando ele começou a rir, balançando a cabeça. Passou o olhar para a porta do quarto onde estavam Tom e Dean, e pude ver sua expressão de pura descrença enquanto ele continuava rindo.

Tirei a mão de seu ombro, me afastando um pouco, quando os olhos de Evan começaram a atingir um tom verde-grama forte e as presas desceram. Tinha ouvido alguma coisa do lado de dentro.

— O idiota disse que não vai contar nada — explicou, abrindo ainda mais o sorriso. — Nem morto.

Evan se levantou como um raio, aparecendo dentro do quarto com os dois em um piscar de olhos, deixando a porta escancarada atrás de si. Segurou Tom pela gola da camisa, levantando-o do chão com a cadeira na qual estava amarrado.

— Dean — começou, sem nem desviar o olhar. — Pode nos deixar a sós, por favor? Cansei do joguinho dele. Agora é a minha vez de jogar.

Tudo o que Dean fez foi sair, hesitante, fechando a porta e deixando os dois sozinhos no quarto. Todos nos entreolhamos, nos perguntando se era mesmo uma boa ideia permitir que Evan tirasse as informações do jeito que gostaria.

— Acho que não vai mais ter negociação — Jullie comentou, com um sorriso irônico.

No segundo seguinte, ouvimos Tom gritar e implorar por sua vida do lado de dentro do quarto, e me sobressaltei no sofá. Mas o que Evan estava fazendo com o homem?!

— POR FAVOR! — berrou, antes de um estrondo enorme vir do lado de dentro, seguido da risada do vampiro. — NÃO!

Em seguida, pudemos ouvi-lo chorar, gritando palavras ininteligíveis. Depois só conseguimos entender algumas coisas por causa de sua voz abafada pelo choro e pelas paredes: matriz, ilha, América (mas que diabos era isso?), leilão e... Cellestia?

Mais alguns murmúrios e um estrondo e Evan saiu do quarto. Estava todo sujo de sangue, e não havia ficado nem dez minutos com o cara. Não podíamos ver seu corpo, apenas os pés, em ângulos estranhos, numa poça vermelha que crescia a cada segundo. Evan não parecia nem um pouco feliz.

— Conseguiu alguma coisa? — Jéssica perguntou.

— Ele conseguiu tudo — Jullie respondeu, encarando-o com um olhar desejoso que não faria nem um pouco bem a ela se Lollipop visse aquilo.

— Então o que há? — Dean questionou. — Por que você está com essa cara?

Ele se limitou a sair sem dizer nada, indo para o lado de fora da casa. E é claro que eu fui o idiota que o seguiu, porque era sempre eu o responsável por acalmá-lo quando vinham notícias ruins sobre Lolli.

Precisei correr para alcançá-lo, e já estávamos a uns cinquenta metros da casa quando consegui, segurando seu braço. Ele não parou de andar nem por um segundo, mas diminuiu a velocidade para que eu conseguisse acompanhá-lo. Por um instante, pensei ter visto lágrimas encherem seus olhos.

— Evan, o que ele disse? — perguntei. Como não houve resposta, tentei mais uma vez. — O que ele contou pra você?

— Ele disse que ela não está mais aqui. Disse que a mandaram para outro continente e que... — Sua voz falhou, e ele parou de andar.

Eu parei à sua frente, e ele virou a cabeça para o outro lado, encarando o mar. Apesar de não estar olhando para mim, eu podia ver muito bem que ele estava chorando. Mais uma vez eu via a única figura de força que conhecia, e que havia me criado como um pai, desmoronar completamente. Não era nada fácil, já que havia sido ele quem me ensinou a nunca perder a esperança e a mandar o mundo todo à merda quando tudo começasse a dar errado.

— Ele disse que apagaram a memória dela — continuou. — E... e eu sei que a gente já esperava por isso. Sei que era óbvio, mas... mas ouvir dele foi diferente. Eu... — Fez uma pausa, voltando a olhar para mim, e naquele momento senti como se eu fosse a figura do pai para ele, e não o contrário. — Eu a perdi mais uma vez, Sam. Eu não devia tê-la deixado. Não consegui...

Evan parou de falar, porque já nem isso conseguia fazer, se ajoelhando no chão com a cabeça baixa. E eu me mantive em pé, encarando-o sem saber o que dizer.

Pensar que nunca mais veria Lollipop era demais para mim também, apesar de tudo o que vínhamos passando nos últimos dois anos. Ela nunca mais falaria comigo do mesmo jeito, nem me daria sermões sobre como deveria cuidar de Jazz.

Mas eu sabia que era muito pior para ele. Lollipop nunca mais o amaria da mesma maneira, e não se lembraria de tudo o que os dois passaram juntos. A primeira vez que se viram, os fogos, o casamento, o reencontro depois de anos... nada disso tinha significado agora. Nenhuma dessas lembranças a tornava quem era, e em sua cabeça não existia Sam, Jéssica ou Evan. Nem mesmo Lollipop. Era só uma pessoa desconhecida, que possuía uma vida diferente, e não tinha ideia de quanto aquele vampiro estava sofrendo por sentir sua falta, pensando que tinha falhado com ela mesmo por não conseguir salvá-la pela quinta vez.

Estávamos sentados em uma roda do lado de fora, com uma fogueira entre nós, encarando-a como se, de algum modo, pudesse clarear nossa mente além da noite que ameaçava nos engolir com o silêncio que veio depois de Evan contar a todos sobre o que tinha ouvido de Tom.

Eu estava entre ele e Jazz, as pessoas mais arrasadas naquela roda. Se pudesse, guardaria os dois no meu bolso e os esconderia de todo o mundo para impedi-los de se machucarem mais uma vez, mas não havia nada que eu pudesse fazer além de dar o meu máximo para consolá-los. O problema era que, no momento, eu também queria muito ser consolado.

— O que vamos fazer agora? — Dean perguntou, ainda em choque por causa da notícia. — Quer dizer... ainda vamos atrás dela?

— Lollipop não se lembrar de nós não muda o fato de que ela é uma prisioneira do Instituto — Evan respondeu, com a voz fraca e falhando, sem tirar os olhos do fogo. — E ela ainda é a sua líder, mesmo depois de tudo.

Tecnicamente, era *ele* o nosso líder por direito, já que Lollipop era apenas sua representante enquanto estava fora, mas havia se passado tanto tempo e tínhamos conquistado tantas coisas com ela que já não fazia mais sentido que ele nos liderasse. Apesar de eu lamentar muito por isso.

Evan sempre foi um bom líder, forte e justo, e fora ele quem criara toda a estrutura do que éramos hoje, mas nem um terço da nossa população atual o conhecia ou ouvira falar nele. Nem todos possuíam a mesma confiança e fidelidade que tinham em Lolli e em Chris, e ele sabia disso.

— Mas você ainda a ama? — Jazz indagou, se pronunciando pela primeira vez. Aquela era a pergunta que todos queriam fazer, mas não tinham coragem.

— É claro que eu a amo — o vampiro respondeu, como se não acreditasse que Jéssica duvidava disso. — Sempre vou amar. Mas não é mais a mesma pessoa, e o que me resta saber é se vou conseguir amá-la tanto quanto amei as outras.

Acho que esse era o maior medo dele, no fim das contas. Até mais que vê-la perdendo a memória. Desde que conseguisse amá-la e aceitá-la de todas as maneiras, tudo bem. Só que, pelo que presenciei com Lollipop, achava muito difícil vê-lo amando qualquer uma delas tanto quanto a amava. O fato de ter sempre a mesma aparência facilitava um pouco, mas não era tão simples assim. Nunca seria.

— E como nós vamos fazer quando ela voltar? — Peter perguntou. — Qual é o plano? Destruir o Instituto?

— Por enquanto, tudo o que eu quero é tê-la de volta — Evan admitiu, com um sorriso um pouco descrente nas próprias palavras. — Depois vamos ver o que acontece. Mas agora chega de perguntas. Eu preciso pensar em quais são os próximos passos.

Eu o entendia. Ter que responder a um enorme questionário quando na verdade se sentia mais perdido e confuso que qualquer um de nós não era nada agradável. Quando Evan se sentia vulnerável, gostava de ficar sozinho e quieto, sem ninguém o incomodar. Infelizmente, nenhuma das pessoas ali sabia disso, e seria um pouco de falta de educação simplesmente se levantar enquanto todos olhavam para ele. Por isso ele decidiu apenas ficar sentado, com o olhar vítreo fixado na fogueira enquanto fumava um cigarro.

— Celéstia — Jazz murmurou, agora para mim. — Será que ela não se cansa de escolher nomes estranhos?

Sorri, pegando sua mão e entrelaçando nossos dedos. Estava sentada de pernas cruzadas de frente para mim agora, como se não houvesse mais ninguém conosco (e precisava admitir que não queria que tivesse mesmo).

Cellestia. Era um bom nome. Criativo e original, porém sem muito sentido. De onde é que ela tirava essas coisas? Quer dizer... Destiny? Beleza. Celena? Ok. Agora... Lollipop? Cellestia? Oi? Será que alguma voz do além tinha dito aquilo e ela decidiu aceitar? Ponto-final?

— Celéstia — repetiu, como se quisesse sentir o gosto desse nome em sua boca. — "CEL" de *Cel*ena. "ÉST" de *D*estiny e "IA" de Amélia. — Riu consigo mesma. — Será que é bobagem minha pensar que talvez a Lolli saiba disso?

— Claro que não! — falei. — Talvez seja verdade! Talvez seja inconsciente. E pode até ser que seja Cellestia, com duas letras L, de Lollipop.

— É. Pode ser. Cellestia. — Fez uma pausa. — Também pode ser que não tenha sido ela quem escolheu. O Instituto pode estar tentando zombar da situação dando esse nome para ela.

Dei de ombros. Podia ser que sim, podia ser que não. Talvez não acreditassem que continuaríamos nossa busca depois de saber que tinham apagado a memória dela, ou talvez estivessem esperando por isso. Nada era certo. Não quando se tratava daqueles caras. Só que se esqueciam de que Evan era a pessoa mais insistente e teimosa do mundo quando tomava uma decisão e que iria até o Inferno por ela se fosse preciso. Ou será que não se esqueciam e estavam apenas esperando por essa chance? Sabiam que Evan levaria um grupo de mutantes consigo, facilitando o trabalho de capturar alguns de nós. Ou talvez não soubessem. Era tão incerto que nem eu, com minha mente aleatoriamente avoada, conseguia encontrar uma resposta ou um padrão.

Ficamos mais alguns minutos reunidos, mas, quando o ar começou a esfriar conforme a noite caía, começaram a entrar na casa. Não havia se passado muito tempo quando Jazz também decidiu entrar, e ficamos apenas eu, Evan e Jullie do lado de fora.

— Sam — a vampira chamou, me fazendo olhar para ela. — Será que eu e você podemos conversar um pouco em particular?

Evan apenas levantou as sobrancelhas por um momento, surpreso com a proposta. Olhou para mim, fazendo um movimento quase imperceptível com a cabeça, para que eu soubesse que podia ir e que ele ficaria de olho.

Concordei, e nos levantamos do chão, caminhando até a beira do mar, metros e mais metros longe de Evan. Jullie provavelmente não queria que ele ouvisse, e apenas quando teve certeza disso parou, se colocando à minha frente.

— Eu não te chamei aqui pra encher o saco. Pode ficar tranquilo — brincou, com um sorriso um pouco sem graça, o que era algo que nunca pensei que a veria fazer. — É só que... eu sei que está sendo difícil para o Evan e queria dizer que agora, mais do que nos cem anos que passamos juntos, ele precisa de apoio. Precisa que você fique ao lado dele.

— Sei disso e estou tentando... — comecei.

— Não — interrompeu. — Eu tenho certeza que você está tentando, mas não é isso o que eu quero dizer. — Fez uma pausa. — Ser otimista e sorrir quando tudo parece uma merda não é o que ele precisa, mas sim que você diga que não foi culpa dele. Diga que não havia nada que ele pudesse ter feito e que ele foi tão vítima do Instituto quanto ela. Eu sei que não tem ninguém aqui em que ele vá acreditar a não ser você.

Não pude deixar de encará-la com surpresa. Onde estava a Jullie que eu conhecia e que não se importava com os sentimentos dos outros? Com certeza não se parecia nem um pouco com aquela que estava na minha frente. Fiquei curioso:

— Por que você está fazendo isso? Quer dizer... ele te expulsou. Nunca te tratou bem, e posso dizer que a falta de gentileza e indiferença era recíproca.

— Eu sei que nós não tínhamos uma relação comum, mas ele era tudo o que eu tinha. Tudo o que restou da minha vida antiga, quem me deu abrigo e me mostrou o que eu era capaz de fazer — explicou. — Quando eu o perdi, percebi que havia algo de errado e que, se eu fosse boa o suficiente, nada disso teria acontecido. Raiva não atrai felicidade, e egoísmo não traz solidariedade.

Era um pouco difícil de acreditar que alguém pudesse mudar da água para o vinho daquela forma, ainda mais quando se tratava de Jullie, mas ela não tentaria ajudar Evan se não estivesse pelo menos querendo parecer uma pessoa melhor. Além disso, no fundo eu concordava com ela. Querendo ou não, não era de otimismo que ele precisava, mas sim de apoio.

— Obrigado — murmurei.

Jullie apenas sorriu gentilmente para mim antes de fazer um gesto na direção dele, para que eu me apressasse, então dei as costas para ela. Seria muita sacanagem imaginar que ela estava apenas me deixando ir na frente só para me atacar pelas costas? Era inevitável! Não pude deixar de me apressar quando a ideia passou pela minha cabeça. Pobre Jullie...

Parei em pé ao lado de Evan, que não moveu um músculo sequer para ver quem era. Ele sabia que era eu. Reconhecia meu cheiro. Já havia acendido mais um cigarro.

— Se você veio tentar me consolar, pode dar meia-volta e dizer a Jullie que não preciso de ninguém secando as minhas lágrimas — lançou, antes que eu tivesse a chance de me sentar ao lado dele.

— Agradável como sempre — brinquei, o que o fez sorrir um pouco. — Não vim te consolar. Vim pedir um desses. — Apontei para o cigarro.

— Achei que tivesse parado com isso.

— É uma situação incomum — respondi.

— É uma situação de merda — corrigiu, me passando o maço.

Eu precisava concordar com ele. Não havia nada de bom na nossa situação. Nenhum ponto positivo. Nada. Talvez o fato de estarmos vivos! No caso dele, acho que nem isso importava mais, já que nem vivo estava. Não literalmente.

Acendi o cigarro com a ponta de um dos dedos, tragando-o logo em seguida com toda a vontade que eu tinha. Parecia fazer anos que não fumava. E fazia. Dois anos inteiros. Digamos que Jazz tinha feito algumas greves bem severas para que eu finalmente desistisse de tentar convencê-la a me deixar fumar pelo menos um cigarro quando estava estressado.

— É estranho esse silêncio — ele disse, de repente. — Passei quase trezentos anos sem precisar me perguntar o que cada um ao meu redor estava pensando, e agora parece tão estranho que quase me sinto mortal. — Riu com descrença.

— Não sei se estão me enganando ou escondendo algo. Não sei o que dizer pra fazê-los ter esperança de que vamos encontrá-la, nem para convencê-los de que ainda estou são. — Fez uma pausa. — Acho que não consigo nem convencer a mim mesmo disso.

— Evan... — comecei.

— Não — interrompeu, porque parecia que todos estavam muito a fim de me interromper naquele dia. — Me deixe terminar.

Eu o observei tragar o cigarro mais uma vez, encarando a fogueira, prendendo o ar por algum tempo antes de soltar a fumaça para cima.

Quando pensei que sua interrupção tinha sido apenas para eu esquecer qualquer que fosse a frase otimista que diria, Evan afirmou:

— Você sabe que eu não faço o tipo sentimental, mas não tive a chance de te dizer isso desde que cheguei. — Passou o olhar para mim. — Você cresceu. — Abri a boca para fazer algum comentário sarcástico, mas, antes que pudesse pronunciá-lo, Evan continuou. — Não na altura, o que não foi muito, já que você continua um tampinha inútil. Mas no jeito. Eu duvidava muito que o Sam que eu conhecia fosse capaz de ser o único a não perder as estribeiras com a notícia de hoje.

— Acho que você estava me subestimando.

— Provavelmente, e me sinto um idiota por isso. — Me surpreendi. Não havia por que começar a culpá-lo pela minha criação agora. — Quando te encontrei, você estava com dois anos, e ainda não sabia falar quase nada. Eu tinha vontade de te jogar da janela sempre que dizia uma frase incompleta sobre algo que queria ou começava a chorar sem me explicar o que estava acontecendo. Lembro de te chamar de "criança do inferno" por um bom tempo depois que você chegou.

Sorri, não acreditando que ele estava me contando aquilo. Não falávamos muito sobre minha infância. Tudo o que eu sabia se resumia às lembranças que tinha, e ponto-final. Cada uma das coisas que Evan contava era uma tremenda novidade para mim, e eu fazia questão de guardar cada uma daquelas informações na minha mente para um dia poder jogar tudo na cara dele quando não se lembrasse mais.

— Eu te esqueci milhares de vezes nos lugares mais inusitados: Cheguei a te deixar uma semana inteira com a mesma roupa só porque não queria te dar banho — confessou. — Mas, ainda assim, você sempre sorria quando eu te pegava no colo, o que era bem raro. Era o meu nome que você chamava quando estava chorando para que eu te consolasse. E eu nunca soube com quem aprendeu isso. Lembro até de uma época, quando completou três anos, em que começou a me chamar de papai.

Coloquei as mãos na frente do rosto. Aquilo sim era constrangedor. Papai? Evan? HAHAHA. Pobre pequeno Sam... Não tinha ideia do vampiro irresponsável que estava tomando conta dele.

— E é claro que eu acabei com aquilo assim que começou. Uma criança melequenta como você me chamando de papai era o fim do mundo — brincou. — Mas não importava quão idiota e desinteressado eu fosse. Você sempre voltava pra mim com o maior sorriso do mundo. Foi nessa época que pensei que você tinha sérios problemas mentais. Mas logo passou, e eu percebi que era só o seu jeito bobão de ser. Nunca pensei que esse bobão fosse se tornar... — fez uma pausa, e não pude deixar de notar, com certa surpresa, que ele estava ficando emotivo — se tornar esse bobão maior que você se tornou. Vamos ser realistas aqui, Samuel. Nunca te ensinei nada que fosse bom. Nunca sentei com você e expliquei o que era bondade ou amor.

Baixei a cabeça, largando o cigarro no chão, que já havia queimado inteiro, quase intocado.

Eu não sabia o que dizer para convencê-lo do contrário. Foi ele quem me criou e, se não fosse por ele, eu não estaria ali.

— Evan... — comecei, e, para a minha surpresa, ele não tentou me interromper mais uma vez.

Isso mostrou que o que eu estava prestes a dizer seria para valer e podia ajudá-lo ou jogá-lo na fossa de vez. Assim que pensei na segunda possibilidade, acabou dando um branco, e tudo o que consegui fazer foi continuar com a boca aberta, sem nenhuma palavra para dizer.

— Você... você é o maior pegador que eu conheço — falei, finalmente, depois de recalcular tudo na mente mais uma vez. — É também o cara mais durão e desinteressado que eu já vi. E mesmo assim decidiu ficar com um bebê de dois anos, assustado e completamente dependente. Podia ter me entregado para qualquer um do clã, mas decidiu fazer você mesmo. Isso não é o suficiente?

— Pode ser — murmurou, dando de ombros.

Sorri, encarando-o com certa descrença. Evan sempre agia daquele jeito "indiferente" quando via que não havia mais nenhum argumento e que estava errado. Dei um soco de leve em seu ombro antes de dizer, abrindo o maior sorriso que consegui:

— Agora chega de drama, tudo bem? Não quero ter que ensinar a Cellestia a ser o homem da relação quando ela voltar.

— Idiota — falou, mas não pude deixar de me sentir feliz por conseguir pelo menos um sorriso de verdade.

Apesar de estar satisfeito por conseguir fazê-lo sorrir, eu ainda estava preocupado. Evan era o nosso líder naquela missão, e, não importava o que acontecesse, não podia perder a cabeça. Ele era a nossa força, nossa motivação, e sem aquilo nós nunca conseguiríamos trazer Lolli de volta... por mais que não fosse mais ela.

— Mande o pessoal aprontar as coisas — pediu, de repente. — Vamos sair de manhã. Temos que pegar um navio.

— Como assim, "um navio"?!

— Você não pensou que nós fôssemos para a América nadando, pensou? — perguntou, rindo.

— Nós... não vamos demorar demais assim? Não seria melhor um avião? Eu sei que o... — arrisquei, um pouco surpreso com a opção que ele havia escolhido.

Evan balançou a cabeça, levantando do lugar e batendo a areia da roupa. Olhou para mim só depois disso, com um sorriso debochado, antes de responder:

— Eu sei bem que você está ansioso pra reviver as aulas de pilotagem, mas duas coisas nos impedem de colocar esse plano em prática. Primeiro, nós teríamos que conseguir um avião muito grande para caber todo o grupo. E no mundo em que nós vivemos, meu caro, é praticamente impossível conseguir isso, até mesmo para mim. Segundo, existe uma diferença muito grande entre pilotar um monomotor e um avião desse porte. Sem contar que, pelo que aquele imbecil falou, ela está em uma ilha. E a forma mais segura para todos nós é ir de navio.

— Sei. E como nós vamos conseguir chegar a essa tal ilha sem que nos descubram? — questionei, levantando uma das sobrancelhas.

— Eu tenho um contato que conhece uma rota fora do alcance do Instituto. Vamos demorar mais tempo, sim, mas pelo menos não vamos ter que lidar com nenhum grupo de Eles — explicou.

— Tá, mas... quanto tempo vamos levar? Você sabe que eu não gosto muito do mar e...

— Samuel. Para de reclamar — Evan me censurou, com um risinho descrente, passando os dedos pelo meu cabelo para bagunçá-lo, só para encher o meu saco. — Se não, você vai ter que ir pra América nadando — acrescentou, e, antes que eu pudesse responder, começou a caminhar em direção ao mar, me deixando sozinho, sentado em frente à fogueira.

FEITA SOB MEDIDA

☿ CELLESTIA ☿

HAVIAM DISPENSADO TODAS DA SALA, MAS, ASSIM QUE ME LEVANTEI PARA IR embora, chamaram meu nome, pedindo que eu ficasse. É claro que, de certa forma, eu esperava por isso. Não iria sair ilesa depois de ter quebrado uma das regras do meu acordo. Por isso, só suspirei, me ajeitando de volta em minha cadeira enquanto esperava que me dissessem o que queriam.

— Devemos observar, senhorita Cellestia, que, apesar de todas terem sido elevadas ao seu nível em nossa instituição, você continua sendo a maior fonte de lucros no Lower Floor — um dos homens engravatados declarou. — Por isso não acho que seja inteligente da nossa parte misturá-la às outras assim.

Eu o encarei, tentando entender aonde queria chegar, surpresa pelo fato de o primeiro assunto não ser logo o meu mais novo ato de rebeldia contra eles. Não iriam me colocar para fazer striptease, certo? Tínhamos garotas específicas para isso, e eu não era uma delas, nem queria ser.

— A senhorita não deve se lembrar dos vídeos que lhe mostramos, nos seus primeiros dias, sobre habilidades a serem desenvolvidas — ele supôs. E tinha razão. Eu não me lembrava de nenhum vídeo sobre habilidade. Só de festas, mortes e Leonard Travis Goyle. — Isso é porque naqueles vídeos nós colocamos instruções em sua mente de como realizar certas atividades. Você não se lembra porque todo o conhecimento só pode ser ativado por nós, no momento em que precisarmos.

— Tipo um aprendizado instantâneo? — perguntei. — Vocês ativam uma parte do meu cérebro que já sabe fazer alguma coisa por causa dos vídeos?

— Exatamente — confirmou e me passou um aparelho estranho para ser colocado nos ouvidos, ligado a uma pequena caixa cheia de botões. — Naquele dia, fizemos você aprender a cantar e a tocar guitarra.

— Por quê? — questionei, tentando não demonstrar quão animada estava. Isso era *muito legal*. Quer dizer que eu sabia cantar? E tocar guitarra?! Que demais! Mas para que eu iria usar essa habilidade? E por quê? Havia sido levada até ali para ser vendida durante a noite, e não para cantar, como os caras que eles contratavam uma vez na semana para se apresentar.

— Para evitar a entrada de mais estranhos na nossa lista de funcionários temporários e aproveitar para poder cobrar um preço mais alto por você, decidimos que a melhor opção seria colocá-la como atração musical também.

Ah, isso. Então tinham colocado aquilo na minha cabeça só para correr menos riscos contratando pessoas de fora e cobrar um preço mais alto por mim? Aqueles caras realmente não faziam nada de bom por alguém sem tirar vantagem...

— Isso, é claro, não exclui nenhuma das suas responsabilidades. Você será incluída no leilão cinco vezes por semana, como combinado, e, quando não houver lances maiores que cem mil moedas, o dobro de antes, se for um dia em que contrataríamos alguém de fora para cantar, você deverá se apresentar. Se não, poderá ficar em seu expositor.

Ou seja, se ninguém me comprasse às sextas-feiras, eu deveria cantar. Durante as segundas e quartas, poderia ficar sentada em meu trono particular, e no restante dos dias seria vendida como sempre, podendo ficar sentada quietinha no meu canto quando ninguém fosse otário o suficiente para pagar cem mil moedas por mim? Certo. Pelo menos teria mais coisas para fazer.

Coloquei a mão em cima do aparelho que ele havia estendido na minha direção, indicando que queria saber para o que aquilo servia, e o homem informou:

— Isso é para que você aprenda as músicas que deverão ser apresentadas.

— E quando vão acionar as outras habilidades? — eu quis saber.

— Quando for interessante para nós. Por enquanto, só precisamos disso. Você será ativada na próxima sexta-feira.

Assenti, olhando para o aparelho em minhas mãos, tentando entender como aquele troço complicado funcionava. Quando estava prestes a apertar um dos botões, um deles acrescentou:

— Agora... tem uma pessoa que quer falar com você.

Levantei o olhar mais uma vez para todos na mesa, procurando alguém me encarando mais que os outros para saber de quem ele estava falando, mas, quando o homem apertou um dos botões de um aparelho preto e quadrado em cima da mesa, eu soube que quem queria falar comigo não estava presente.

114

— *Cellestia* — disse a voz, e logo a reconheci. Era o "Chefe". O cara que tinha fechado o acordo comigo semanas antes. — *Eu preciso dizer que o que fez foi errado?* — perguntou, e eu balancei a cabeça negativamente, sabendo de alguma maneira que ele podia me ver através de alguma das câmeras escondidas na sala. — *Você quebrou uma regra muito importante.*

— E vocês quebraram uma promessa — repliquei, sem esperar pela continuação. — Disseram que eu não lidaria mais com esse tipo de cara.

Ele fez uma pausa, não me respondendo de imediato, como se tentasse encontrar uma boa resposta... ou como se tentasse manter a calma diante do meu tom insolente. Tamborilei as unhas na mesa, fazendo um barulhinho irritante só para provocar, deixando a mensagem implícita de que estava esperando ouvir alguma coisa.

— *Justo* — respondeu, finalmente, o que quase me fez sorrir. — *Mas eu quero que saiba que o que você fez nos trouxe muitos problemas, e tivemos que eliminar muito mais pessoas do que o necessário para não deixar rastros do seu deslize. Não quero que você faça isso de novo* — continuou, com a voz mais dura, para deixar bem claro que não aceitaria mais erros como aquele.

Assenti, me recostando à cadeira e analisando um pouco as unhas, aguardando para ver se diria mais alguma coisa.

— *Mas, devo dizer... a técnica foi perfeita* — acrescentou, e dessa vez eu sorri.

— Obrigada. Aprendi sozinha — agradeci, achando graça naquilo. Era para eu estar levando uma bronca, não?

— *Se sentiu bem?* — quis saber, para a minha surpresa.

Dessa vez precisei de alguns segundos para responder, pensando no que havia sentido. No que estava sentindo agora, quando olhava para trás e pensava no que aconteceu. Tamborilei as unhas na mesa mais uma vez, distraída, antes de respirar fundo e admitir:

— É, não foi nada demais.

— *Ótimo. Eu não esperava menos de você. Vejo que vai ser muito útil para nós no futuro* — falou, e consegui perceber a satisfação em seu tom de voz. — *Acho que acertamos desta vez* — acrescentou, e agora eu sabia que não falava mais comigo, e sim com os outros presentes na sala. — *Agora, está dispensada. Continue seu trabalho, sem quebrar regras de novo. Entendido?*

— Você é quem manda. — Dei de ombros e me coloquei de pé. — Ficarei no aguardo para mais ordens — acrescentei, com um pouco de humor, antes de pegar o aparelho de música que haviam me dado antes, colocando os fones nos ouvidos e apertando o botão verde que eu sabia que faria começar a tocar o que quer que fosse.

Então, fui guiada pelos seguranças de volta aos meus "aposentos".

— E é disso que eu estou falando! — exclamei, ao ver a roupa que minha estilista havia separado para mim naquele dia. O Grande Dia.

Eu usava uma calça jeans preta quase completamente rasgada, uma camiseta branca com meu apelido, "Angel", escrito em preto, cuja bainha ficava um pouco acima do umbigo, uma jaqueta de couro com espinhos enormes nos ombros e cotovelos e botas com saltos grossos e muito altos. Havia uma bandana preta amarrada na minha cabeça, sobre o cabelo recentemente pintado de azul-royal. Ela havia colocado um piercing preto todo elaborado no lugar do simples aro prateado que eu usava no septo, e um batom da mesma cor na minha boca.

— A Deusa do Rock — Fedra brincou, parada ao meu lado. Tinha acabado de se arrumar.

— Disseram que seria mais fácil vender a imagem assim — falei, revirando os olhos. — "Angel". Haha.

— Os caras do Instituto têm humor, então — observou, com uma expressão forçada de surpresa que me fez rir. — Eu nem havia notado que esses chifres pretos de diabinha estavam colados na bandana.

— Hora da festa, meninas! — ouvimos Joel, o nosso apresentador e organizador, anunciar.

Ele não passava de um cara de quarenta anos com o cabelo bem penteado e um terno diferente a cada dia, mas que por trás da cortina tinha os gestos afetados e na frente dos outros se mostrava o homem mais "elegante, discreto e inquisitivo de todos".

Entramos numa fila e, como sempre, eu fui a última. Minha cabine era a primeira, por isso a ordem.

Precisei esperar até que todas estivessem no palco para serem leiloadas. Ouvi a voz abafada de Joel anunciando um nome de cada vez, e os gritos dos homens e mulheres do Lower Floor loucos para dar seus lances.

Minha estilista se posicionou perto de mim, segurando uma linda guitarra preta repleta de imagens de caveiras e rosas, passando a correia de couro por cima do meu pescoço para que eu pudesse apoiá-la sobre o ombro. Disse, ajeitando a bandana preta na minha cabeça:

— Destemida, rebelde, divertida e incansável.

Aquele havia se tornado seu bordão. Todas as noites, antes de eu ser praticamente jogada na jaula cheia de leões que queriam me devorar, repetia as mesmas palavras para que eu me lembrasse de ser cada uma delas. Concordei com um sorriso, não podendo deixar de sentir um leve frio na barriga por nunca ter ouvido a mim mesma cantando ou tocando uma guitarra antes. Para falar a verdade, eu nem sabia como segurá-la direito ainda.

— Ah... E eu preciso te ativar. Claro — continuou. — Tudo bem. — Respirou devagar, segurando meu rosto com as duas mãos e olhando mais fundo nos meus olhos do que em qualquer outra vez anterior. — Destemida, rebelde, divertida, incansável e feroz.

Apesar de aquela última palavra não ter nada a ver com cantar ou tocar, como se fosse por mágica, de um segundo para o outro, eu soube o que tinha que fazer, e soube que estava pronta.

Eu não precisava fazer muito. Tocar por duas horas, até meia-noite, não era problema, e certamente não foi nenhum desafio. Quase parecia que eu tinha sido feita para aquilo. E tinha mesmo, de acordo com o Instituto.

Depois, o que precisei fazer foi receber mais alguns aplausos antes de descer do palco, entregando a guitarra para um dos funcionários do Lower Floor responsáveis por qualquer apresentação que acontecesse lá, e passar por um monte de jovens com os hormônios à flor da pele nem um pouco convenientes antes de chegar ao meu expositor, onde Allana já me esperava com uma bandeja.

Ao contrário do que pensei que seria, o olhar no rosto dela não parecia nem um pouco contente ou orgulhoso. Perguntou, enquanto eu pegava a única taça que havia na bandeja, que era da minha bebida preferida:

— Você não tem um pingo de amor-próprio, né?

— Credo! O que foi? — exclamei. — Acordou de mau humor hoje?

Ela simplesmente me deu as costas, bufando e sumindo no meio da multidão. Eu não entendia metade das coisas que ela me dizia, embora soubesse que devia pelo menos tentar fazê-lo. Allana parecia ser a única ali que não estava conformada com a própria situação ou com a dos outros, embora fosse a que estava ali havia mais tempo.

— Foi um belo show — alguém elogiou, parado aos meus pés, alguns minutos depois.

Eu me ajeitei no trono de mármore preto, couro e espinhos no qual estava sentada, curiosa para ver quem quer que fosse.

Era um cara que tinha mais ou menos a minha idade, 23 anos, cabelo ruivo e olhos cinza da cor de tempestade. Não usava as mesmas roupas espalhafatosas de festa que os outros, mas apenas um sobretudo preto e uma calça da mesma cor.

Alerta de nota 8,7. Um recorde naquele lugar.

— Obrigada. — Sorri da forma maliciosa que diziam ali que só eu conseguia fazer.

— Por que você não desce e vem dar uma volta comigo? — pediu, estendendo a mão na minha direção.

— Eu tenho um trabalho para cumprir. Preciso ficar aqui em cima para todos verem — respondi, dando de ombros.

— Tudo bem. — Ele pegou algo do bolso do sobretudo que se parecia com um distintivo e me entregou. — Eu posso justificar a sua falta.

Semicerrei os olhos, lendo sua carteira de trabalho. Era um funcionário do Instituto, pelo que havia no distintivo, e, ao lado de seu nome estava escrito que era líder da segurança do lugar. Parecia legítimo.

Entreguei a carteira de volta para ele, pegando sua mão para que me ajudasse a descer do expositor com um pulo. Depois, em silêncio, me guiou até o bar. Nos sentamos no canto mais extremo, onde um dos bancos permitia encostar à parede. Foi nesse que eu me sentei.

— Cellestia, certo? — perguntou, e eu assenti. — Eu sou o Kyle, mas você já deve saber disso.

Era verdade. Eu havia lido o nome dele na tal carteira, mas estava esperando o momento em que se apresentaria devidamente. Apesar disso, um tom irônico quase imperceptível em sua voz me chamou atenção.

— É um prazer conhecê-la finalmente — continuou, me observando enquanto eu dava mais um gole na bebida que tinha feito questão de levar comigo, apesar de já estar quase no fim, depois de pedir um copo de água para o barman. — Eu estava ansioso para esse momento chegar.

— Estava ansioso? — brinquei. — Eu devo ser bem famosa entre a elite do Instituto, então.

— Ah, você não tem ideia — respondeu, bem mais baixo, como se estivesse simplesmente pensando alto, pegando a bebida que havia acabado de ser entregue para ele.

— E isso tem a ver só com as minhas habilidades extras ou com o fato de vocês discutirem todos os dias se devem ou não aumentar a quantidade de silicone nos meus peitos?

Por um momento, pensei que ele fosse cuspir o que estava bebendo, mas conseguiu se conter. Peguei no ponto fraco, então? Não pude deixar de rir de sua reação. O cara colocou seu copo de água no balcão mais uma vez, sem graça. Adorava quando os outros precisavam pensar para responder a alguma pergunta minha. Isso me dava tempo para ver se estavam mentindo ou simplesmente tentando melhorar uma informação que provavelmente seria ruim.

— Digamos que você tem poderes bem úteis para nós — admitiu, finalmente, com um sorriso debochado por causa da minha pergunta. — Mas tenho que admitir que a sua aparência também é assunto em muitas conversas.

"Aparência", naquele contexto, não era um elogio. Era uma ironia. O cheiro de mentira nele era mais forte que o fedor de álcool nos mais bêbados do Lower Floor, mas eu não podia fazer nada se não tinha ideia do que estava por trás de cada uma de suas palavras.

— E você veio tirar a prova? — questionei.

— Como assim?

— Veio ver se eu preciso de mais silicone ou só verificar se apagaram a minha memória mesmo? — expliquei.

Durou só um segundo, mas pude ver o brilho do medo em seu olhar.

Ficou óbvio que o cara era um dos responsáveis pela minha captura, afinal ninguém se vendia por conta própria para aquele lugar. Nunca ninguém do Instituto tinha vindo puxar conversa comigo se não fosse para ordenar ou conferir alguma coisa, e com certeza era o caso dele. Ainda mais com todos aqueles comentários sobre "já deve saber disso" e "estava ansioso para te conhecer", como se já soubesse da minha existência muito antes de eu ter chegado até ali.

— Você é bem... indômita, não é mesmo?

— Indômita — repeti, rindo com ironia. — Essa eu nunca tinha ouvido. — Girei o banco, a fim de ficar de frente para ele, e me inclinei em sua direção, sussurrando da forma mais sedutora que conseguia, enquanto pousava as mãos em suas coxas para me apoiar. — Por que, senhor líder da segurança? Isso é um problema pra você? Não consegue lidar com um pouco de rebeldia?

Se eu estava tentando levá-lo para o quarto apesar de tudo? É, pode ser. Era o cara mais bonito que eu tinha encontrado desde que cheguei, e não queria perder a chance. Além de parecer bem atlético por baixo daquelas roupinhas sem graça.

Mas, como eu não dava nenhum ponto sem nó, também seria uma ótima chance de descobrir um pouco mais sobre ele. Mas teria que cansá-lo o suficiente para xeretar a carteira que fazia volume no bolso de sua calça sem que ele percebesse, e isso eu sabia fazer muito bem.

Kyle me encarou em silêncio por alguns segundos, analisando cada centímetro do meu rosto, tão próximo ao dele que eu podia sentir sua respiração de um jeito hesitante. Fácil como tirar doce de criança. Ele gostava do fato de eu não saber do que estava falando, mas gostava mais ainda de perceber que, mesmo que eu enxergasse que havia algo de errado, ainda queria dar em cima dele.

— Não tenho ideia de quem eu era antes de chegar aqui, se é o que você quer saber — acrescentei, me afastando e voltando a usar meu tom natural. Dois passos para a frente, e um para trás. Esse era o segredo. — Mas duvido que fosse tão legal quanto sou agora.

Apesar de ter tentado esconder, foi visível que ele ficou aliviado com minha última frase, em que quebrei o clima tenso. Mais um sinal de que ele sabia de alguma coisa sobre quem eu era antes.

Eu podia até estar conformada com minha situação, sabendo que nunca conseguiria sair dali, mas não era por isso que não tinha curiosidade sobre minha história.

— Você se saiu bem no palco hoje. Foi uma ótima estreia — elogiou, tentando mudar de assunto.

— Ronronar um pouquinho no microfone não é exatamente um desafio para mim, devo admitir. — Cruzei as pernas e apoiei os braços nelas, a fim de me aproximar um pouco dele. Um centímetro de cada vez, para que não percebesse.

— Algo me diz que você não está tentando ser modesta.

— Algo não — corrigi. — Eu. Não estou tentando ser modesta. Modéstia é para aqueles que precisam de alguém pra aumentar a autoestima. A minha já está no teto.

— O que está planejando, Cellestia? — Ele levantou uma sobrancelha. — Me levar para um dos quartos privados e conseguir tirar de mim qualquer informação que quiser?

Uh, inteligente. Gostei disso. Sorri, não deixando transparecer nem um pouco a surpresa que senti com aquela resposta, não recuando um centímetro sequer. Pelo contrário. Estreitei os olhos, me aproximando ainda mais, antes de perguntar:

— Por quê? Não era isso o que você estava planejando também?

Graças ao bom ser divino no céu, ele retribuiu o sorriso, me encarando de volta de um jeito que eu conhecia *muito bem*. Desceu o olhar do meu rosto para todo o restante, com certeza considerando a possibilidade de seguir adiante com meu plano antes de se levantar, estendendo a mão na minha direção.

— Vamos sair daqui.

— Com *todo* o prazer — respondi, gritando de satisfação por dentro e pegando sua mão, deixando que me levasse para onde quisesse.

Estava deitada com a cabeça em seu peito, observando-o digitar no celular, que fazia questão de segurar longe do meu campo de visão. Com certeza era alguma coisa confidencial do Instituto ou algo parecido. Bom saber. Assim eu teria mais um objeto para revistar quando conseguisse distraí-lo um pouco, o que não havia conseguido até agora. Mais resistente do que eu pensava.

— Eu preciso ir agora — anunciou de repente, bloqueando o celular e passando o olhar para mim.

— Tão rápido? — perguntei, com um tom de desagrado. Apesar de não conseguir nada vindo dele, nosso tempinho a sós até que tinha sido divertido.

— Também tenho um trabalho a cumprir — respondeu, e eu me afastei, sentando na cama, para que ele pudesse se levantar.

Abracei os lençóis enquanto o observava vestir a roupa de baixo, indo até o pequeno banheiro que havia no quarto, levando suas roupas consigo. Apesar de haver um chuveiro em todos os quartos, era extremamente raro ver um dos homens usar. Eu não podia, já que não havia câmera alguma lá e não era permitido que ficássemos um segundo sem supervisão, mas, se tivesse a oportunidade, seria a primeira coisa que eu faria ao levantar da cama. Para minha sorte, Kyle iria usar. Provavelmente porque teria que voltar ao trabalho agora.

Eu me levantei apressadamente, vestindo o robe de seda roxo de sempre e olhando em volta no quarto. Eu precisava dar um jeito de desligar a câmera e o microfone que nos monitoravam. Agora... como eu faria isso para poder entrar no banheiro e vasculhar as coisas dele?

Corri até a porta de entrada do quarto, abrindo-a e apertando um botão que ficava logo ao lado, para chamar uma das garçonetes. Allana chegou dois minutos depois para me atender

— Do que você precisa? — perguntou.

Fiz um sinal rápido na direção do microfone que tínhamos que usar preso atrás da orelha, e ela entendeu na mesma hora.

— Um uísque, por favor — pedi, apenas para disfarçar.

— Duplo? — Aquilo simbolizava se eu queria que a câmera também fosse desligada. Assenti.

— Trarei em dois minutos — sinalizou.

Fechei a porta logo em seguida, rezando para que Kyle demorasse mais que isso no banho.

Na noite em que Allana pediu que seu amigo Ben me comprasse para que ela pudesse me explicar como funcionava o local, disse que, se eu precisasse por algum motivo que ela desse um jeito na monitoração, era só combinarmos. Na época, me perguntei o porquê de precisar daquilo algum dia, mas agora era bem útil. Se eu não tinha medo de Allana ser apenas uma infiltrada do Instituto prestes a me dedurar? Claro. Afinal, qual daquelas garotas tinha um controle tão grande sobre o lugar quanto ela? Mas eu precisava correr o risco.

Contei os 120 segundos mais longos da minha vida até ouvir o chiado em meu ouvido mostrando que o microfone havia sido desligado. A câmera eu não tinha como verificar. O que me restava era confiar em Allana.

Fui até o banheiro, abrindo a porta com o máximo de cuidado. Se Kyle me visse, eu poderia dizer que só queria lhe fazer companhia. Se não, poderia fazer o que queria sem problemas. Só precisava rezar para que ele demorasse tempo suficiente para eu descobrir alguma coisa.

O box era uma cortina, para meu alívio, então ele não teria como me ver.

Peguei seu celular de cima da pia. Estava bloqueado. Droga. Coloquei-o de volta exatamente como estava antes e parti direto para as roupas. Alcancei sua calça jogada no chão, verificando os bolsos com toda a pressa do mundo, contente por ele não ter tirado a carteira dali.

Ao contrário do que pensei que iria acontecer, não havia nada lá dentro que pudesse denunciar alguma coisa. Moedas, cartões e sua identidade. Ponto-final. Resisti ao impulso de xingar.

Guardei-a no bolso de novo, me levantando para sair do banheiro, quando o celular tocou em cima da pia, e eu congelei. Com certeza não teria tempo para sair antes que Kyle abrisse a cortina para pegá-lo.

Fechei os olhos, já esperando o momento em que seria pega, quando notei que ele havia apenas recebido uma mensagem. Ai, meu pai. Se eu tivesse um ataque cardíaco ali, seria por causa daquele demoniozinho eletrônico.

Me aproximei da pia mais uma vez, olhando enquanto a tela do aparelho permanecia acesa por causa da mensagem, e quase gritei de felicidade por conseguir ler pelo menos parte dela.

> Ok. Ok. Mas não se atrase.

Abri ainda mais o sorriso quando a outra pessoa começou a enviar mensagens freneticamente, em uma extensão que eu quase conseguia ver por inteiro.

> Nosso chefe não gosta de atrasos.

> Não acredito que está com ela.

Ela, no caso, era eu? Continue. Fale mais sobre isso antes que ele saia do chuveiro.

> Se o vampiro descobrir, você sabe que...

> E ela é boa?

Estava começando a ficar bom demais para ser verdade quando Kyle desligou o chuveiro e eu tive que sair do banheiro mais rápido que um raio.

Corri até a cômoda, passando um batom preto nos lábios apressadamente, ajeitando o piercing e enfiando as roupas por cima da cabeça do jeito mais destrambelhado possível. Quando ele saiu do banheiro, eu já estava calçando os sapatos.

Sorri enquanto ele se aproximava, me levantando para ficarmos de frente. Falou, com um olhar entre desconfiado e humorado:

— Você foi rápida.

Mais uma vez, quase tive um ataque cardíaco bem ali. Rápida em sair do banheiro? Ele tinha me visto. Tinha sim, e eu estava completamente ferrada. Ele ia me matar. Eu sabia que ia me matar ali, naquele momento, sem que tivesse a chance de me defender.

— Como assim? — perguntei, um pouco sem graça, com medo da resposta.

— Não precisava ter se vestido tão rápido assim — respondeu, me puxando para perto. — Talvez ainda tenhamos algum tempo pra...

— Ah, ah! — Aliviada, o afastei, sem parecer muito rude. — Acho melhor eu voltar para o meu posto. Nem devia ter saído de lá, pra começo de conversa.

Kyle me lançou um olhar desconfiado enquanto me via pegar a jaqueta do mancebo, colocando o robe de volta no lugar. Mandei um beijo para ele, querendo muito voltar logo ao meu expositor para pensar em que raios de mensagens ele havia recebido, tentando encontrar algum sentido nelas. Com sorte, Allana poderia me explicar, se tivesse desligado o microfone pelo restante da noite.

Mal tinha dado dois passos para fora do quarto quando alguém me pegou pelo braço, me arrastando entre a multidão na direção de um canto do bar. Estava prestes a gritar por ajuda quando notei que era ela, e suspirei aliviada. Estavam querendo mesmo me matar do coração naquele dia.

— Você vai me explicar agora o que está acontecendo. — Ela só me soltou quando chegamos a uma área mais vazia do lugar. — Não se preocupe, o microfone está desligado.

— Acabei de levar o líder da segurança do Instituto pra cama — contei.

— O QUÊ?! — Allana quase gritou, mas, quando todos ao redor olharam na nossa direção, lembrou que não podia falar muito alto. — Kyle? Ai, não... não... Justo ele, Celli? — Não sabia o que responder. Pela expressão de apreensão no rosto dela, não tinha sido a minha melhor ideia, mas o que passou passou. Agora só importavam as informações que eu tinha conseguido. — Você me pediu pra desligar a câmera e o microfone para xeretar as coisas dele?

— Sim, e foi até divertido, se você quer saber. Eu faria de novo... — admiti, mordendo o lábio inferior com um sorrisinho. — Ah, e eu descobri que tem um vampiro que vai ficar muito bravo com ele se descobrir o que nós fizemos — acrescentei, rezando para que ela soubesse de quem estávamos falando.

— Então ele está vindo — murmurou para si mesma, um sorriso enorme se formando em seu rosto.

Eu a encarei com expectativa, esperando que me contasse logo que raios era esse vampiro e o motivo de estar tão feliz por saber algo sobre ele. Allana pensou por alguns segundos, o olhar fixo no chão, antes de dizer, num tom sério e urgente ao mesmo tempo:

— Acho que está na hora de eu contar algumas coisas sobre quem você era.

Recuei um pouco. Então ela sabia? Esse tempo todo sabia informações sobre quem eu era antes e nunca me contou? Tudo bem. Eu precisava me acalmar. Primeiro, queria que me contasse o que quer que tivesse que contar. Depois brigaria com ela.

— Hoje, quando as luzes se apagarem nas celas, vou explicar tudo o que você precisa saber. Prometo.

— Como assim, "o que eu preciso saber"? — questionei, sentindo o coração um pouco acelerado com a expectativa.

— Depois nós discutimos isso — ela me cortou. — Agora você precisa voltar para o seu trono, antes que o Kyle estranhe o fato de você não estar lá.

Obedeci, mesmo contrariada, ainda hesitante e lançando olhares por cima dos ombros para ela enquanto subia no expositor sob o olhar de todos à minha volta e me sentava no trono de pernas cruzadas. Fiquei encarando o nada enquanto começavam o ritual de tirar fotos minhas e gritar meu nome.

"Se o vampiro descobrir...", era o que dizia a mensagem. Alguma coisa dentro de mim me fez sorrir involuntariamente ao pensar que havia um motivo para a preocupação contida no tom daquelas palavras. O tal vampiro não iria gostar de saber sobre Kyle e eu por quê? Eu e ele tínhamos alguma relação, por acaso?

Esse pensamento tomou uma proporção tão grande na minha cabeça que não consegui pensar em outra coisa durante as horas seguintes, tentando imaginar como ele era, qual seu nome e se um dia viria me buscar.

— Pode começar — foi a primeira coisa que falei quando as luzes se apagaram.

Estávamos todas de volta às celas, no que seria o nosso toque de recolher, mas não tinha me esquecido da promessa de Allana. Ela me devia algumas explicações, e eu ficaria acordada por quanto tempo fosse necessário até que me contasse toda a história direito.

— Allana? — chamei, quando não me respondeu. — Lana, você está aí?

Silêncio. Prendi a respiração, me apertando contra a parede, tentando ouvir algum som vindo da cela da minha amiga. Nada.

— Lana? — tentei mais uma vez.

Eu podia pensar qualquer coisa: que estava dormindo, que tinha sido pega antes de poder me contar a verdade, ou até que era uma traidora prestes a me tirar da minha cela e apagar minha memória mais uma vez para que eu nunca mais tentasse descobrir nada sobre minha vida. A segunda opção era a mais provável, por isso entrei em pânico.

— Allana?! — chamei, agora mais alto, com os olhos se enchendo de lágrimas. — Me responde, por favor. Por favor...

— Silêncio! — a ouvi murmurar, em algum lugar. Sua voz com certeza não vinha de seu quarto, mas eu podia ouvir como se estivesse ali dentro do meu.

Uma das paredes começou a se erguer. A mesma que levava à cabine de vidro que usavam como elevador para me transportar de um lado para o outro do Instituto. Quando uma brecha de menos de meio metro se abriu entre o chão e a parede, pude vê-la se arrastar por baixo, entrando no meu quarto.

Levei as mãos à boca, não acreditando que ela tinha invadido minha cela. Como aquela garota conseguia fazer aquilo? Era bom que me explicasse e ensinasse logo a fazer amizade com os caras do Instituto. Allana sorriu ao se colocar em pé, e a parede se fechou mais uma vez.

— Como você...? — tentei, mas ela levou o dedo indicador aos lábios, para pedir que eu falasse mais baixo. — Como você entrou aqui?

— Cada coisa ao seu tempo. — Seu tom era quase sussurrado. — Mas cuidado. Não podemos falar alto. Eles ainda podem nos ouvir, mesmo que eu tenha desligado a câmera e o microfone das nossas celas. Nós vamos ter cobertura por uma hora, mas isso é tudo.

Assenti, não querendo mais perder um segundo, e a levei até a cama, fazendo-a sentar de frente para mim antes de começar a falar. Estava tão nervosa que meu estômago parecia dar polichinelos.

— Primeiro quero perguntar se você recebeu a minha encomenda — ela disse, o que me deixou completamente confusa. — O colar.

O... colar? Tinha sido ela...? Assenti, ainda completamente em choque, pegando-o debaixo do meu travesseiro. Sempre o colocava antes de dormir. Era reconfortante, por mais estranho que isso parecesse.

Estendi o adorno em sua direção, mas ela fez um gesto para que eu o colocasse de volta, dizendo que não precisava de provas. Aquilo era algo pessoal meu, e ela não tinha que se intrometer.

Estranho, olhando agora, o fato de seus olhos dourados quase brilharem no escuro. A pouca luminosidade não parecia modificá-los nem um pouco, apesar de tudo. Vestia uma calça de moletom e uma camiseta, e o cabelo castanho quase preto, comprido e liso, estava solto. Como sempre, luvas cobriam suas mãos até os cotovelos.

— Achei justo que o tivesse de volta, afinal chegou aqui com ele. — Ela deu de ombros.

— Mas isso é meu?

Não havia nenhuma informação ali que identificasse o tal paciente como homem ou mulher. O primeiro nome estava abreviado, e os outros adjetivos serviam todos para os dois sexos.

— Pertence a você, mas não é *sobre* você — revelou, me vendo passá-lo por cima da cabeça, apertando as fichas militares contra o peito. — São *dele*. Do vampiro do qual a mensagem se tratava.

Surpreendentemente, mesmo sem saber seu nome, não pude deixar de sorrir ao ouvir aquilo. Eram dele. Dele para mim. Continuei em silêncio, esperando que Allana explicasse melhor sua história, apesar de só aquela informação já me deixar bem menos afoita.

— Eu fui a primeira a ser capturada pelo Instituto, antes mesmo que ele fosse criado — começou. — Eram só um grupo chamado Cavaleiros Vermelhos, e me sequestraram por causa de uma rivalidade no reino em que eu vivia, há quatro mil anos. Me venderam dois milênios depois para uma instituição científica que pesquisava a imortalidade e em poucos anos eles se tornaram o Instituto. Há mais ou menos trezentos anos, um vampiro foi capturado. O primeiro desde que este lugar especificamente foi construído.

— Evan — supus.

— Evan Moore — acrescentou, apontando para o meu colar.

Resisti ao impulso de xingar apenas pela minha animação. Então era ele. Era o vampiro que se irritaria com Kyle, que tinha sido o primeiro a ser capturado pelo Instituto e que era o dono do colar. Era com ele que eu tinha algum tipo de relação. Só lamentava nunca ter visto seu rosto, ou uma foto sua. Diziam que não tinham aparelhos tecnológicos o suficiente na época, o que devia ser uma baita mentira apenas para que eu não o reconhecesse se o visse no Lower Floor algum dia... assim como todas aquelas mudanças na minha aparência também deviam ser para que ele não me reconhecesse.

— Eu o ajudei a se libertar. — Parou de falar durante alguns segundos, pensando em como colocaria o restante das informações em ordem a partir dali.

— Fiz muitas amizades durante esses anos, Celli — contou. — E muitas das pessoas aqui são descendentes distantes de pessoas que conheci e que foram fiéis a mim. Por isso eu consigo todas essas coisas. Mas ainda existem aqueles, cada vez em maior número, que não têm ideia de quem eu sou e se importam tanto comigo quanto com qualquer uma das outras.

— E por que você nunca saiu? Por que nunca foi embora? — questionei.

— Estando aqui eu posso cuidar de todas vocês. Posso salvá-las e guiá-las. — Fez uma pausa. — Se eu sair daqui, mais ninguém vai poder ajudá-las, então preciso esperar até que tudo isso acabe para finalmente me libertar. Além disso... tem alguém aqui dentro que eu não posso abandonar.

Digeri as informações por alguns segundos. Então eu era muito mais do que pensei que fosse, e havia alguém procurando por mim.

— Você não deve nada a ninguém — falei, finalmente. — Não precisa passar a sua vida aqui por pessoas que nem sabem quem você é.

— É o meu dever, Celli. Você nunca vai entender isso, mas tem que confiar em mim quando digo que é a minha missão.

Assenti, baixando o olhar para o colar mais uma vez, feliz por saber que não estava sozinha no mundo e que havia, sim, alguém procurando por mim. Pelo menos era o que eu esperava.

— E quem é essa pessoa, afinal? — perguntei, atentando ao seu último comentário.

— É... uma conhecida. Não consigo ter contato com ela aqui dentro, por mais inacreditável que seja. É muito difícil, mas não posso deixá-la — respondeu, com o olhar vago, enquanto encarava uma das paredes da cela.

Concordei em silêncio, vendo claramente que não ouviria mais detalhes sobre aquilo e esperando que ela continuasse.

— Saiba que, se eu pudesse, tiraria você daqui também — continuou. — É só que não estou mais em vantagem como antes, e você tem toda a atenção das pessoas do Instituto. Se quiser sair daqui, vai precisar de uma ajuda de fora, que com certeza está vindo.

— O Evan vem me buscar — concluí e, pelo sorriso que Allana abriu para mim, eu estava certa. — Mas o que nós dois temos? Quer dizer... que tipo de relacionamento mantivemos que é tão forte a ponto de fazer ele se arriscar para me tirar daqui?

— Ele te ama. É tudo o que você precisa saber por enquanto. O restante ele mesmo deve te contar. São coisas que eu não tenho o direito de compartilhar.

Assenti, embora não gostasse nem um pouco daquilo. Pelo menos servia para me dar mais motivação e esperança.

BATALHA NAVAL

⌒EVAN⌒

Haviam se passado duas semanas desde que embarcamos no navio em direção à América do Norte. Pelas minhas contas, ainda tínhamos mais cinco dias até a Ilha de Terra Nova, que era o local da base do Instituto LTG, e eu me sentia receoso de que, por algum motivo, além de não se lembrar de mim, Lollipop tivesse mudado seu jeito gentil e ao mesmo tempo forte de pensar. Tudo o que eu não precisava era de mais uma Celena.

Mas o que mais me preocupava não era o fato de ela poder ter se tornado a pessoa mais sanguinária, cruel e dissimulada existente na face da Terra. Era pensar que talvez eu não fosse amá-la desse novo jeito. Ou pior: talvez *ela* não me amasse do jeito que eu era.

Enquanto não chegávamos ao nosso destino tínhamos que aturar as intermináveis brigas entre Jéssica e Jullie, nos segurando para não acabar jogando as duas no mar, deixando-as para trás.

— SAI DAQUI! — Jéssica berrou, para a vampira, demorando na última letra por uns bons dez segundos. — Que saco!

Revirei os olhos, sentado na barra de proteção de madeira do navio, que mais se parecia com uma caravela. Não tínhamos tecnologia suficiente para criar turbinas ou qualquer coisa que fosse fazê-lo andar mais rápido do que o vento e as velas permitiam. Eu quase parecia ter voltado aos meus vinte anos de vida mais uma vez.

— Essa menina não está nos seus melhores dias — Jullie murmurou, parando ao meu lado, se apoiando na barra para olhar o mar.

Sorri, vendo Jéssica voltando a se concentrar na história que Sam tentava contar antes de a vampira chegar até eles a fim de provocar um pouco. Vê-la espantar minha ex como se fosse um inseto não deixava de ser um pouco cômico.

130

— Você não colabora nem um pouco, tem que admitir — falei.

— Eu deveria? — brincou, me olhando de um jeito malicioso.

Apenas mantive o sorriso de antes no rosto, balançando a cabeça. Pelo menos o fato de ser quase insuportável contribuía com seu repertório humorístico. Na maioria das vezes. E agora ela sabia exatamente como fazer isso.

Não havia como planejarmos nada se não conhecíamos o método de funcionamento da estrutura do lugar. Tudo o que eu sabia era que a base do Instituto em que Lolli estava ficava embaixo de um tipo de bar chamado Lower Floor. Como funcionava, eu não tinha ideia.

— Onde nós vamos ficar quando chegarmos lá? — Jullie perguntou. — É uma cidade de pessoas ricas. Com certeza não existem casas abandonadas ou...

— Eu tenho uma casa lá. — Sorri quando vi o olhar de espanto, o que era muito raro ver na vampira, já que quase nunca alguém conseguia surpreendê--la. — Estou neste mundo há quatro mil anos, Jullie — interrompi. — Não preciso comprar comida, nem dormir, ir ao banheiro ou qualquer coisa do tipo, então nunca precisei gastar dinheiro com nada, e nunca gostei de ficar parado com os pés pra cima. Trabalhei com todo tipo de coisa, e ganhei muito por isso.

— Quer dizer que você é rico, então? — Levantou as sobrancelhas, surpresa.

— Mais do que você imagina — respondi, um pouco sem graça. — Mas essa é a única propriedade que eu sei que está do jeito que deixei depois da morte do Liam — continuei, sentindo a tristeza que sempre me invadia quando eu pronunciava o nome dele. — Apesar de passarmos a maior parte do tempo viajando pelo mundo, ou em um apartamento nos Estados Unidos, era nessa casa que nós ficávamos quando queríamos um pouco de paz.

Antes do apocalipse, Liam e eu tínhamos *muito* dinheiro. Depois das grandes guerras, e da morte do meu irmão, resolvi deixar tudo para trás e me isolar em outro continente. Até que Amélia e eu criamos a Área 4. Ninguém sabia, nem mesmo Samuel, mas boa parte dos recursos que eu conseguia vinha dos contatos que ainda mantinha na América.

— Mas são quase trezentos anos — argumentou. — Como você tem certeza de que tudo ainda está lá?

— Digamos que não deixei minha casa nas mãos de qualquer um.

Mesmo não sendo a melhor pessoa do mundo antes de meu irmão morrer (nem depois), eu ainda tinha alguns funcionários fiéis, que sempre tratei com muito respeito e reconhecimento. Eles nos ajudavam nos momentos de ressaca de absinto e em nossas piores brigas. Eram como os pais que perdemos aos dezessete anos, quando nosso irmão mais velho, Robert, os matou por causa da sede incontrolável de sangue enquanto se transformava.

Ele quase matou Liam também, mas achou que seria mais cruel deixá-lo viver eternamente com a dor de não ter conseguido salvar nossos pais, e o transformou em um vampiro. Eu não queria deixá-lo, então, pedi que me transformasse também. Ele se recusou, e eu dei o meu jeito, buscando em outros o que não consegui dele.

Não pude deixar de rir ao me lembrar do quanto Liam gritou comigo quando cheguei em casa com uma mordida no braço. O que eu podia fazer? Éramos gêmeos-espelho, ligados por mais que aparência física, e éramos a imagem do outro refletida em nós mesmos. Não tínhamos mais nossos pais, e nosso irmão nos abandonou durante uma guerra. Eu nunca iria deixá-lo. Além de na época achar bem legal o fato de ser eternamente jovem, forte e muito rápido.

Os funcionários que deixei cuidando dos nossos bens trabalhavam para nós fazia mais de três mil anos, vivendo por lá com suas famílias durante dezenas de gerações. Sempre que um deles morria, seus filhos o enterravam no cemitério particular que tínhamos, assumindo seu lugar. Não éramos muito exigentes nem ligávamos para o jeito como tudo era administrado; deixávamos as decisões sobre as tarefas domésticas nas mãos da governanta, cargo que era passado da mãe para filha, conforme elas iam se aposentando. Dávamos roupa, teto, comida, educação e tudo o que queriam, e por isso se mantiveram conosco por tanto tempo. Além disso, era como se Liam e eu fôssemos os convidados, já que só ficávamos lá uma parte do dia, para tomar um banho e deitar por algumas horas encarando o teto em silêncio.

Mesmo se tivessem gastado metade da nossa fortuna, ainda conseguiríamos comprar uma base inteira do Instituto se quiséssemos. Só que ninguém precisava saber desse fato.

— Mas eu sei que grande parte do meu dinheiro vai escoar pelo ralo quando chegarmos lá — continuei. — Afinal, todos vão ver que nós não pertencemos àquele lugar se continuarmos com essa cara de selvagens que não convivem com a sociedade atual há mais de duzentos anos. Principalmente vocês, que nunca viram como o mundo era antes de tudo isso acontecer.

— Quer dizer que nós vamos mudar de visual e ganhar roupas novas? Estou começando a gostar de participar dessa missão.

Infelizmente eu teria, sim, que gastar muito com coisas fúteis. Se tínhamos que armar um bom plano e ficar escondidos na ilha durante esse tempo, não podíamos correr o risco de desconfiarem de nossa procedência.

— A melhor parte é que, se as pessoas que deixei ainda viverem na minha casa, elas vão saber como funcionam as coisas lá e com quem nós podemos conseguir algumas informações — acrescentei.

— Essa não me parece a melhor parte — Jullie murmurou.

Materialista e egoísta como sempre. Não sei como ela ainda conseguia me surpreender com frases como aquela.

— Eu tô com tanta sede... — comentou, colocando a mão na frente da boca. — Não sei se aguento muito mais tempo neste navio sem beber uma gota de sangue.

— Não é minha culpa se você não consegue se controlar e bebeu metade do nosso estoque na primeira semana.

Eu já havia ficado meses sem beber nada quando virei um vampiro, não querendo matar pessoas para sobreviver. Depois disso, o máximo que consegui foi uma semana, mas, para minha surpresa, ainda não sentia tanta sede quanto ela. Talvez fosse porque estava tão desesperado em resgatar minha Lolli... Cellestia que não me importava com o que meu corpo precisava.

— Você também está mal, gatinho. Não minta pra mim.

Dei de ombros. Estava, sim, com sede, mas não era nada insuportável. Não ainda. Só que eu sabia que ela não estava falando aquilo por nada. Estava tentando chegar a algum lugar.

— E nós podemos resolver isso bem rápido se você quiser — propôs.

Continuei quieto, sabendo muito bem o que ela pretendia, e era óbvio que a resposta imediata para aquilo era não.

Podíamos, realmente, matar nossa sede com o sangue de outros vampiros, mas essa troca era muito mais pessoal do que se dormíssemos juntos. Se fizéssemos aquilo, com certeza eu me sentiria traindo Lollipop mais do que se simplesmente levasse Jullie para a cama. Mesmo que ela não fosse mais a mesma.

Além disso, se trocássemos sangue, corríamos o risco de nos "viciarmos" um no outro. Poderíamos criar uma relação de codependência maior que qualquer sentimento que eu poderia ter com Cellestia e que, mesmo não tendo nada a ver com amor, estragaria qualquer chance de ter um relacionamento saudável com a garota que eu... viria a amar.

133

Jullie suspirou, se afastando da proteção de madeira do navio e se colocando à minha frente quando não dei uma resposta.

— Não tem nada demais. Não faça essa cara — pediu.

— Você sabe muito bem que é demais sim — sibilei. — Agora chega. Essa é a última coisa de que preciso.

Desci da grade de madeira da proteção do navio, deixando Julie para trás e indo na direção da minha cabine. Não me deixavam fumar na frente de outras pessoas. Diziam que eu não podia usar uma coisa tão inflamável num navio feito de madeira. Idiotas. Como se eu fosse burro o suficiente para deixar um cigarro cair no chão.

Me joguei na cama, fechando a porta e acendendo um enquanto encarava o teto, algo que sempre fiz, desde os tempos em que tudo era mais fácil e não havia guerra. E quando meu irmão ainda era vivo.

ÚNICA SAÍDA

— BEM-VINDOS A TERRA NOVA! — NOSSO CAPITÃO ANUNCIOU ENQUANTO atracávamos num porto clandestino a alguns quilômetros da cidade.

Era estranho pisar em solo firme depois de tanto tempo, e os outros concordavam comigo. Sam até parecia um pouco nauseado! Hahaha. Mortais.

O capitão se aproximou, me cumprimentando com um aperto de mão enquanto eu lhe agradecia pela viagem. Fazia alguns anos que nos conhecíamos, já que ele costumava levar muitos suprimentos para a Oceania em meu nome. Era o continente que mais pedia negociações.

Depois ele nos indicou o caminho da estrada mais próxima, que ficava a poucos quilômetros. Tínhamos descansado o suficiente naqueles dias para poder avançar até lá a pé. Agora que estávamos no mesmo continente que Cellestia, eu me sentia supermotivado a resgatá-la o mais rápido possível.

Não demoramos muito para chegar. Estavam todos tão ansiosos quanto eu para dar um fim àquilo, apesar de saber que ainda levaria algumas semanas até conseguirmos bolar um bom plano.

Aquela era uma terra de ricos. Carros esportivos e limusines eram quase tão comuns quanto picapes em minha área, então não demorou muito tempo para roubarmos alguns veículos, matando os donos e nos livrando dos corpos.

Não nos importávamos com eles. Sabiam que estávamos presos do outro lado do mundo matando uns aos outros e passando fome e nunca fizeram questão de nos ajudar, então, quanto menos daqueles imbecis existissem, melhor o mundo ficaria. Além de terem dado a mim e a Jullie um ótimo banquete. Foi uma das melhores refeições da minha vida.

Apesar de fazer muito tempo (muito mesmo) que não ia até lá, quase nada havia mudado. Pelo menos não na estruturação das estradas e ruas. Só havia sido... melhorado.

Quando chegamos à cidade, apesar de me lembrar exatamente de como o mundo era antes das guerras, não pude deixar de ficar chocado, assim como os outros, com o que vi.

Havia apenas prédios baixos de estrutura extremamente sofisticada, estabelecimentos cujos produtos eram visivelmente caros e mansões enormes.

As pessoas que andavam nas ruas se vestiam de um jeito formal, com joias e riquezas à mostra para se exibir, e sempre mantinham o nariz erguido, sem ousar olhar nos olhos uns dos outros.

— Isso é... incrível — Jazz sussurrou, com a cara grudada no vidro do carro. — Nunca pensei que fosse ver um lugar tão limpo na vida. Nem parece que nós vivemos em um mundo pós-apocalíptico!

— E tão desenvolvido — Peter acrescentou. — Olha só esse sistema elétrico!

— E essas joias. — Jullie estava quase babando no visual das pessoas do lado de fora.

Permaneci em silêncio, concentrado em cada um dos prédios. Realmente parecia que aquele lugar tinha ficado dentro de uma bolha, e nada do que aconteceu com o mundo o tinha atingido. Olhando para toda aquela imponência e vendo as pessoas caminharem tranquilamente pelas ruas, dava para ter a impressão de que não havia existido guerra ou destruição. Acredito até que os que viviam ali nem imaginavam que do outro lado do oceano só havia ruínas e desolação, que a tecnologia era praticamente inexistente e que as pessoas lutavam para sobreviver. Era como se tivéssemos entrado em uma máquina do tempo e voltado para três séculos atrás.

Decidi que, antes de qualquer coisa, era melhor nos instalarmos. Depois disso e de dar um jeito em cada um do grupo, eu me preocuparia em procurar o Instituto, porque só então poderíamos andar livremente pela rua sem que nos notassem.

Nossa antiga mansão ficava a vinte minutos do centro, e senti uma animação quase inexplicável quando vi que continuava lá, no mesmo lugar, e do mesmo jeito que a deixei, séculos antes.

— Você... você morava aqui?! — Sam exclamou.

Sorri com satisfação ao estacionar na rua em frente ao palacete e esperei até que todos os outros carros parassem atrás do meu e todo mundo que participava da missão se juntasse a mim, para finalmente me dirigir à enorme porta de madeira escura.

Era mesmo uma casa grande, toda branca, com dezenas de janelas e varandas e um enorme jardim na entrada. Eu me sentia secretamente orgulhoso ao saber que Liam e eu havíamos construído aquilo com nossas próprias mãos.

Uma sensação estranha percorreu minha espinha. Desde a morte do meu irmão, não voltava àquele lugar. Acho que por não querer encarar as lembranças que me trazia e também por causa da culpa pela morte dele.

— Não se pode fugir do passado. O filho da puta sempre dá um jeito de voltar e nos assombrar mais uma vez.

— O que foi que você disse? — Julie perguntou, parando ao meu lado na entrada da mansão.

— Nada — respondi, só percebendo nessa hora que havia pronunciado as palavras em voz alta.

Toquei a campainha, e todos atrás de mim se sobressaltaram. Não era algo que tivéssemos em nossa área, e não pude deixar de rir da reação.

Era quase engraçado como destoávamos do ambiente. Até o asfalto parecia mais limpo que nós, e nossas roupas rasgadas, com toda a certeza, nos faziam parecer um bando de sem-teto.

Alguns minutos depois, uma senhora de mais ou menos oitenta anos usando um uniforme doméstico preto e branco abriu a porta. Quando me viu, uma expressão de surpresa e confusão tomou seu rosto, depois ela encarou cada uma das vinte e nove pessoas que me acompanhavam. Eu imaginava quão assustador aquilo devia ser para ela, ainda mais quando todos estávamos sujos, fedendo e vestindo roupas rasgadas e surradas.

— Com licença — comecei. — A família Marker ainda vive nesta casa?

— Sim, sim. O que você quer? — perguntou. — Não temos dinheiro para...

— Ah, não — interrompi, no tom mais gentil possível. — Não viemos atrás de dinheiro. É que os Marker trabalharam para a minha família por anos. Sou Evan Moore, irmão de Liam Moore. Não sei se já ouviu falar de mim, mas...

— Evan Moore? — ouvi alguém dizer dentro da casa, e não levou um segundo para que tomasse o lugar da velha senhora, escancarando a porta e abrindo um enorme sorriso ao me ver. — Não acredito! Meus pais sempre falaram tanto sobre você!

Quem falava também era idoso, mais ou menos da mesma idade, com cabelo grisalho ralo e uma expressão cansada no rosto. Estendeu a mão na minha direção a fim de me cumprimentar.

— Sou Ben Marker, o cuidador atual da mansão — se apresentou. — Mas por que não entram? Afinal, a casa é sua.

Assenti, retribuindo o sorriso e entrando atrás dele na casa, seguido de todos os outros membros da missão. A cada passo que dávamos, um deles comentava algo sobre como o lugar era incrível.

Não havia mudado muito. O chão ainda era de mármore amarelado, e as paredes, de madeira escura. Ainda havia uma escada enorme que levava ao segundo andar e dividia a sala de estar da de jantar, com um teto extremamente alto.

— Grace, peça que prepararem um lanche para essas crianças — pediu à senhora que nos recepcionou antes, e ela se dirigiu à cozinha no mesmo instante.

Sentamos nos sofás da sala e, quando os lugares acabaram, os outros se acomodaram no chão mesmo. Estavam todos esperando para ouvir a longa história que com certeza se seguiria.

— Foi por isso que ele não teve dúvida na hora de te reconhecer? — perguntou Sam, apontando para uma enorme pintura em cima da lareira que retratava a mim e a Liam.

Dei de ombros, desviando o olhar, um pouco sem graça. Meu estilo narcisista, apesar de continuar bem presente no comportamento que apresentava, me fazia repensar um pouco nossos gostos do passado. Mas o que eu podia fazer se era um costume das famílias antigas terem retratos familiares grandes?!

— Devo dizer que o seu retorno já havia se tornado motivo para lenda na nossa família, senhor Moore — Ben contou. — Nós pensávamos que nunca mais aconteceria, afinal se passaram quase trezentos anos!

— Eu sei disso. Confesso que também achei que nunca mais voltaria — expliquei. — Ainda vivemos em guerra do outro lado do oceano, os recursos são escassos e a vida é muito difícil. A maior parte do mundo sequer sabe da existência de um lugar como este. Para todos os que vivem lá, aqui também foi destruído.

— Faz sentido o que está me dizendo. Meus avós contaram que as grandes guerras ocorreram por culpa de uma nova raça que surgiu, que eles tentaram matar todos os humanos e, depois de muitas mortes, conseguiram isolá-los do outro lado do continente. Depois fizeram uma grande campanha de conscientização na população que ficou aqui na ilha, anunciando que o restante do mundo estava contaminado por radiação e não podíamos sair ou manter nenhum tipo de contato fora dos limites determinados pelo Instituto — murmurou. — Deixaram vocês lá para morrer por causa das mutações, à mercê da própria sorte. Enquanto eles vivem aqui, como se mais ninguém no mundo existisse.

Assenti. Conte uma história várias vezes, até que ela se torne verdade aos ouvidos dos outros: essa era a maior arma do Instituto. Não me surpreendia o fato de saber que as pessoas ali não tinham ideia do que acontecia com o mundo exterior. Conhecimento é poder, e não existe forma melhor de manter o domínio sobre um povo do que deixá-lo sem acesso à informação. Todos os meios de comunicação estavam sob o poder do Instituto. E, pelo estilo de vida que levavam, eu duvidava que alguém que morasse ali questionasse qualquer coisa dita pelo LTG ou se importassem com algo além do próprio umbigo. Também não era uma surpresa para mim saber que ali não existiam mutantes. Leonard e o Instituto não permitiriam algo assim. Foi por isso que tinham isolado o outro lado do mundo, exposto à radiação por causa das bombas nucleares. A ideia é que os metacromos nunca ousassem atravessar o oceano e permanecessem onde estavam, matando uns aos outros com o decorrer dos anos, até que não sobrasse mais nenhum.

— Mas agora o senhor está de volta, e confesso que estou curioso para saber o que o fez atravessar o oceano e voltar para casa.

— Vim salvar a minha mulher — revelei. — Não me importo com a casa. Só quero um lugar para passar a noite e comida para alimentar essas pessoas.

— Veio por uma garota, então? Posso saber o nome dela?

— Loll... Cellestia — falei.

Algo passou por seu olhar, um brilho de compreensão, e o sorriso que tinha antes sumiu de seu rosto. Ele sabia de alguma coisa. Sabia sobre Cellestia. Eu me mexi no sofá preocupado, esperando que ele desse uma resposta e contasse em que estava pensando.

— Você a conhece? — Jéssica perguntou a Ben.

— Eu... eu... — ele começou, contrariado, baixando o olhar. — Sinto muito.

Como assim, ele sentia muito? Haviam se passado semanas desde que tivemos notícias dela. Qualquer coisa poderia ter acontecido. Ainda mais quando sabíamos que ela estava em poder do Instituto. Engoli em seco. Se ainda estivesse vivo, meu coração estaria tão acelerado que pareceria querer sair pela boca.

— Ela ainda está no Instituto, não está? — interpelei, e, pela primeira vez, ficou óbvio pelo meu tom que estava sentindo medo.

— Está — ele respondeu.

— E...? — encorajei-o a continuar, querendo saber logo onde e como ela estava.

— Você não sabe o que fazem com ela, não é mesmo? — murmurou, e algo me disse que estava apenas pensando em voz alta, e era uma pergunta retórica.

— Ela trabalha num bar administrado pelo Instituto chamado Lower Floor — contou. — É a principal atração do lugar, e é conhecida como Angel.

— E o que ela faz lá? — Jazz quis saber, hesitante.

— Ela... as pessoas costumam comprá-la em leilões para poder... passar a noite.

Levantei, sentindo como se tivesse acabado de levar um soco no estômago. Aquele idiota do Tom só me falou o nome dela, o nome do bar e a localização. Não disse que...

Andei de um lado para o outro, tentando me acalmar, mas era impossível controlar a raiva que percorria minhas veias como se fosse sangue. Senti as presas descerem involuntariamente enquanto entrelaçava os dedos no cabelo.

— Não pode ser — rosnei. — Não pode. Eles... aqueles...

— Tem algum jeito de falarmos com ela fora de lá? — Jullie perguntou. Ela foi a única que não deu a mínima para a informação anterior.

— Acho que tenho mesmo muita coisa para contar a vocês... — Ben admitiu, num tom de pesar, e ali eu soube que aquele era só o início da história.

Havíamos ficado sentados por horas ouvindo-o falar sobre Cellestia e sobre o Lower Floor.

Ben contou que era um local de difícil acesso e apenas os mais ricos entre os ricos conseguiam entrar lá. Apesar de todos saberem da sua existência, era quase uma regra nunca citar o nome do lugar em público. Prostituição e tráfico de drogas não era algo sobre o que os moradores da cidade se orgulhassem de conversar em voz alta, apesar de contribuírem muito com isso ao estabelecer o objetivo de conseguir entrar lá como missão de vida.

O homem também relatou que ele mesmo a havia comprado em sua primeira noite a pedido de uma velha amiga, que a ajudou a se situar. Disse que se lembrava exatamente de que a garota tinha medo do que esperava por ela.

— Naquela época a Cellestia ainda não era conhecida — contou. — Agora é quase intocável. Os preços que estabeleceram por ela são absurdos, e ainda assim todos brigam para conseguir ao menos chegar perto dela.

Olhei para Jéssica. Eu sabia quanto aquilo a abalava, e, pelo olhar desolado, não parecia ouvir mais uma palavra sequer que Ben dizia. Era demais para ela. E eu precisava admitir que para mim também.

— Nós ainda temos dinheiro pra chegar até ela? — perguntei sentindo meu estômago embrulhar com a ideia de que agora minha garotinha era vendida como se fosse um pedaço de carne.

— Com certeza — respondeu, para meu alívio. — A nossa família nunca gostou de gastar seu dinheiro, e não fazíamos questão de ser espalhafatosos. E, se você quer saber, a sua fortuna praticamente dobrou por causa da política de rendimento dos bancos. A cada mês você recebia dois por cento do valor de todo o dinheiro aplicado, e, como ele ficou quase intocado, simplesmente se acumulou — esclareceu. — Nós só transferimos uma quantia para uma conta própria depois, para que não precisássemos viver mais à custa do que era seu.

Assobiei. Até que enfim uma boa notícia. Só que... o que eu faria com tudo aquilo? Como a resgataríamos se era vigiada vinte e quatro horas por dia pelo Instituto? E como poderíamos ter certeza de que era ela?

— A entrada no Lower Floor não é paga — Ben continuou. — Você precisa ser convidado por uma das pessoas do Instituto para ir até lá, depois recebe uma senha que vai informar na porta do bar para que eles autorizem o seu acesso. Por sorte, eu tenho alguns contatos, e posso resolver isso. Mas só consigo, provavelmente, uma vez antes que eles desconfiem, então vocês precisam ter certeza do que vão fazer lá.

Só tínhamos uma chance de conhecer o lugar, saber como funcionava, comprar Cellestia e tirá-la de lá? Era impossível, ainda mais sabendo que se tratava do Instituto. Perguntei:

— Não tem como entrar lá mais vezes de outro jeito? Nem que seja apenas um de nós?

— As únicas pessoas que entram lá sem precisar de uma senha e que têm acesso livre durante algumas noites são os artistas contratados para cantar e tocar — disse. — Mas é extremamente raro o Instituto chamar um deles, porque colocaram a Cellestia como atração musical nas noites de sexta-feira, dia em que eles geralmente eram chamados.

Eu não sabia se xingava alguém ou se me sentia orgulhoso por ser (ou pelo menos ter sido) casado com essa garota. O que eu podia fazer se ela era mesmo linda e talentosa?

— É a nossa chance de entrar lá sem usar as senhas — Dean falou. — Só que... não tem ninguém aqui que cante, né?

Automaticamente, como se tivéssemos combinado, olhamos todos ao mesmo tempo para Samuel, que já havia levado as mãos à frente dos olhos, provavelmente esperando por aquela reação. Ele balançava a cabeça como se não acreditasse que queríamos que fizesse isso.

— Vocês não podem estar falando sério — disse. — Foi só uma vez.

— Haha. Se ferrou, otário — brinquei, e ele mostrou o dedo do meio para mim sem nem ousar olhar na minha direção, o que me fez rir.

Era impossível esquecer a cena de Sam bêbado cantando "Feeling Good" no meu casamento com Lollipop, e era verdade que aquele garoto até levava jeito para a coisa. Por mais que precisasse treinar um pouco.

— Se forem fazer isso, quero que saibam que ainda existe uma chance de demorar meses para ele ser chamado — Ben alertou. — Isso *se* conseguir entrar para a lista de espera.

— E como funciona? — perguntei.

— Nós temos que levá-lo lá à tarde para tentar uma audição — respondeu. — O fato de ele ter boa aparência com certeza vai ajudar. Só precisa de...

— Um banho? Roupas novas? Um corte de cabelo? — Jullie interrompeu, empolgada. — Eu topo. Nós precisamos sair para fazer compras.

— É melhor vocês não saírem na rua assim — Ben recomendou. — Vou mandar um dos meus funcionários até o centro da cidade para comprar algumas roupas. Só preciso das medidas, e depois vou chamar outras pessoas para cuidar do restante.

A vampira gritou de animação, e eu revirei os olhos. Não gostava nem um pouco de ter que gastar meu dinheiro com aquilo, mas era necessário. Infelizmente. E o nosso pequeno Sam precisava virar uma estrela do rock, certo? Haha. Eu mal podia esperar para ver aquilo.

☗SAMUEL☗

Estava tudo acontecendo tão rápido que nem conseguíamos acompanhar. Na semana em que chegamos, Evan gastou um quinto de seu dinheiro com roupas e coisas do tipo para nos fazer parecer pessoas mais uma vez. Passei por tantas transformações no visual que mal me reconhecia ao olhar no espelho. Cortei o cabelo, estava com roupas novas e de tecidos tão macios que eu nem sabia que podia existir algo parecido. A única coisa que ainda deixava um traço do Sam da Área 4 eram meus olhos de cores diferentes. Até perguntei para Evan sobre isso, e a resposta foi: "Heterocromia já existia muito antes dos metacromos serem descobertos. Você não é tão especial, garoto".

Fiz minha audição, entrei para a lista de espera e começamos a mapear a cidade.

Na semana seguinte, terminamos o mapa, fizemos contatos graças a Ben e aprendemos melhor como as coisas funcionavam naquele lugar quando se tratava de interagir com pessoas podres de ricas.

Evan passou dois dias escolhendo um carro e uma moto para ele. Dizia que nada nunca iria substituir sua preciosa lata velha na Área 4, mas não seria nada mal comprar mais um de cada. Só que Ben teve que lembrá-lo de que ninguém ali costumava colocar a vida em risco em cima de uma moto, e explicou que só deveria usá-la em ocasiões especiais para não chamar a atenção. Isso desanimou um pouco o vampiro, mas ele fez a compra do mesmo jeito.

Depois continuamos conhecendo a cidade enquanto esperávamos o momento em que eu seria chamado, planejando passo a passo o que eu faria quando entrasse no Instituto. E todos os dias, por quase quatro horas, eu tive que ouvir as músicas que os caras do Instituto me mandaram cantar no Lower Floor.

Durante aquele período, foi quase como se vivêssemos num mundo normal. Ninguém falava sobre Europa, Oceania, Ásia ou África. Era como se esses lugares não existissem e nenhuma das guerras tivesse acontecido. Só que, quando estávamos sozinhos, era sempre o nosso assunto.

O que nos tirou da nova rotina foi uma carta que nos enviaram dizendo que eu devia me apresentar no Instituto na sexta-feira seguinte. Não que eu fosse cantar. Só devia comparecer ao local, assistir aos leilões e, se Cellestia fosse comprada, eu teria que fazer "meu show".

Evan teve um ataque de pânico, é claro, sentindo de repente que não estávamos prontos para lidar com aquilo, então passamos todos os dias daquela semana trancados em sua casa, revisando o plano.

Só que a hora havia chegado, e estávamos a caminho do Lower Floor para que me deixassem lá.

Estava tudo nas minhas costas. Eu teria que entender como o lugar funcionava, me apresentar se fosse necessário, descobrir quem era Cellestia, ver se ela era realmente a Lollipop que conhecíamos e gravar tudo na minha memória para contar a Evan depois, fora o fato de que eu teria que me controlar para não demonstrar que era um metacromo, ou, como eles costumavam nos chamar, um impuro. Era muita pressão. Eu sabia que, se deixasse algum detalhe escapar, o vampiro pegaria no meu pé pelo resto da vida.

— Sam — Ben chamou do banco de trás, enquanto eu saía do carro. — Não a chame de Cellestia. Só de Angel.

Assenti, fechando a porta e indo até o lado do motorista, no qual Evan estava sentado com o vidro aberto. Falou:

— Não estrague tudo, pirralho. E ache a minha garota.

Sorri para ele enquanto dava um soco de leve em seu braço, dentro do carro. Depois fui até a janela de trás, na qual Jazz esperava para se despedir também. Ela me puxou para um beijo antes que eu tivesse a chance de dizer qualquer coisa, se esticando para fora da janela e me segurando pela camiseta para que eu me abaixasse até ficar no mesmo nível.

— Arrasa, garotão — sussurrou, em tom de deboche, ao se afastar, me empurrando na direção do beco escuro onde Ben havia dito que ficava a entrada do Lower Floor.

Dei alguns passos pelo caminho escuro, olhando por cima do ombro para o carro em que todos me observavam por trás da película preta. Nossa única fonte de informações era Ben, que não conhecíamos direito. Ele podia simplesmente estar me mandando para uma armadilha, mas não havia o que fazer. Era aquilo ou nada.

Quando voltei a olhar para a frente, avistei um segurança enorme de terno a alguns metros e fui até ele. O cara não abriu a boca quando parei ao seu lado, e ficamos alguns segundos nos encarando enquanto ele esperava que eu fizesse algo ou dissesse alguma coisa.

Peguei a carta em que o Instituto tinha escrito minha senha, mostrando-a a ele com as mãos um pouco trêmulas, suando frio por causa do nervosismo. Não queria morrer. Não ainda. Era jovem e bonito demais para isso.

Depois de analisar a carta, o homem fez um gesto com a cabeça na direção de um pequeno painel com números atrás dele, dando um passo para o lado para que eu pudesse me aproximar.

Digitei um número de cada vez, rezando para que estivesse certo. Eram seis dígitos.

Depois de uma luz verde se acender e um alarme começar a tocar, como se um portão estivesse se abrindo, recuei alguns passos. Não havia um barulho sequer antes disso, e agora o mundo parecia estar desabando.

Meu queixo caiu quando, de um segundo para outro, a parede de metal atrás do cara começou a se abrir sozinha, liberando de trás dela um barulho ensurdecedor de música eletrônica.

Me apressei para o lado de dentro quando a parede parou de subir, e, assim que entrei completamente, ela voltou a se fechar atrás de mim.

Agora eu estava numa sala de paredes pretas minúscula, com um portão antigo de ferro completamente fechado. Podia ouvir a música alta explodindo atrás dele. Só quando a parede se fechou totalmente o portão começou a se abrir.

Assobiei.

Depois dele não havia nada que me separasse da multidão que lotava o bar. O ambiente era todo iluminado com luzes rosadas, azuladas e arroxeadas, e havia tanto gelo seco que eu não conseguia nem ver o fim do espaço. Estava lotado, e entre as pessoas, em certos pontos do espaço, havia algo parecido com expositores posicionados um metro acima da multidão. Cada um, apesar de não passar de dois metros quadrados, simulava um ambiente diferente: havia pedras com areia e algumas conchas em sua base, lembrando uma praia; um balanço de madeira adornado com flores e um chão de grama, para o que seria um jardim, entre outros.

No meio de tudo havia o expositor mais chamativo de todos, e o que ficava um pouco mais alto. Nele havia um enorme trono de mármore e couro negro, com tochas de fogo artificial colocadas na parte de trás, e dois dos holofotes presos ao teto do lugar estavam diretamente apontados para lá. Era como se fosse o trono do Inferno ou algo assim.

Só que nenhum deles estava ocupado. Não ainda. Pelo que Ben tinha dito, as garotas que eram vendidas ficavam expostas ali durante os leilões e nos dias em que tinham um descanso. E, pelo que eu sabia, aquele trono era o de Cellestia. Uau. Eles realmente a consideravam a atração principal.

Na parede contrária à da entrada havia um palco gigantesco, todo iluminado, e instrumentos musicais superlegais. Na que ficava à direita, havia um bar enorme, com um balcão de madeira e prateleiras repletas de bebidas de todos os tipos e cores atrás. Pelo menos dez barmen estavam trabalhando, e à esquerda uma parede de cortinas arroxeadas se estendia. Eram ali os quartos particulares, usados por aqueles que compravam as garotas.

No canto, entre o palco e o bar, havia uma escada que levava ao mezanino do segundo andar, onde estavam dispostas várias mesas, nas quais os mais velhos ou retraídos se sentavam e observavam tudo de longe, talvez jogando pôquer ou cartas, apostando fortunas de dinheiro ou fazendo reuniões mais acaloradas.

Não pude deixar de notar também as garçonetes que passavam entre a multidão, com uniforme curto e apertado, levando bebidas de um lado para o outro.

Atravessei o espaço na direção do palco, guardado por vários seguranças, e perguntei a um deles onde poderia conversar com o responsável. Expliquei que era o artista escolhido da noite para substituir Angel caso ela fosse comprada, e me indicaram uma porta preta entre o palco e a parede dos quartos particulares.

Fui até lá e coloquei o dedo no leitor de digitais que ficava no lugar da maçaneta. Haviam coletado as minhas no dia em que fiz a audição.

A porta se abriu logo depois, mostrando uma enorme sala com pessoas correndo de um lado para o outro carregando coisas, gritando e falando ao telefone.

— Você deve ser o substituto de hoje — disse uma mulher de terno preto, me abordando assim que dei um passo para dentro do lugar. Assenti. — Ótimo. Me acompanhe. Vamos te dar roupas e te maquiar, por precaução.

Me maquiar? Não tive nem tempo de fazer a pergunta, já que ela mandou que eu a seguisse, avançando entre as pessoas apressadamente. Se eu parasse para pensar por um segundo, era bem capaz de me perder. A única coisa que consegui entender era que estava nos bastidores do palco.

Ela me deixou numa sala com um cara usando roupas esquisitas, que me deu outras roupas, fez umas coisas estranhas no meu cabelo e passou um pó de procedência desconhecida no meu rosto para "evitar o brilho", como ele explicou. Depois, me jogou do lado de fora mais uma vez, e eu fiquei perdido em meio à confusão nos bastidores.

Eu agora usava coturnos pretos, calça jeans da mesma cor um pouco apertada, camiseta branca e uma jaqueta de couro vermelha com um tigre estampado atrás. Roupas que nunca pensei que usaria, só para constar. Era bem desconfortável. O que eu não faria por Evan e Jéssica, não é mesmo?

— Aqui está você. O Boris já terminou o trabalho? — a mulher de terno preto questionou, e eu assenti, um pouco em dúvida se Boris era o cara das roupas e do cabelo. — Ótimo. Preciso que você vá até o canto do palco, onde estão aqueles caras. — Ela apontou na direção aonde eu devia ir. — E espere o leilão terminar. Se a Angel não for comprada, pode ficar até o fim da noite, e na semana que vem nós te chamamos de novo. Se ela for comprada, você pode entrar depois de ser anunciado.

Obedeci, seguindo na direção que ela indicou, me sentando numa cadeira bem ao lado da entrada do palco. Havia outro cara lá também, mas vestido de forma bem mais elegante, com um terno brilhante verde-escuro e cabelo negro bem penteado para trás. Ele sorriu para mim.

— Eu sou Joel, o apresentador do lf — falou, estendendo a mão na minha direção. — Você deve ser o artista da noite, certo?

— Sou sim — falei, cumprimentando-o. — Meu nome é Samuel.

— Primeira vez?

Fiz que sim, sorrindo nervosamente. Daria qualquer coisa por um cigarro naquele momento. Não que eu continuasse fumando, mas em momentos assim sempre sentia falta. Respirei fundo. Tudo bem. Eram muitas pessoas, eu só tinha cantado uma vez com um microfone e estava bêbado na hora. Perguntei:

— Será que vocês não permitem uma dose antes de eu subir no palco?

— Está nervoso, garoto? — perguntou, rindo. — Relaxe. São só duas horas de apresentação.

— Se a Angel não for comprada.

— Exatamente — concordou. — Mas não conte muito com isso. Ela é cobiçada demais. Raramente vai ao palco.

Era um cara legal, pelo que pude perceber, então me perguntei se poderia tentar conseguir algumas informações dele. Será que ele desconfiaria de alguma coisa ou se irritaria com minha ousadia? Não. Ele parecia gostar de falar. Seria uma boa chance.

— Posso perguntar por quê? — questionei.

— Está falando sério? Não sabe quem ela é?

— Sei, mas... só ouvi falar no nome dela — expliquei.

Joel pensou por alguns segundos, tomando um gole da água que trouxeram para ele. Felizmente, também me entregaram uma garrafa. Então ele falou, depois de colocar as ideias em ordem:

— Ela é a nossa primeira atração que foi fisicamente melhorada através de procedimentos médicos. — Como fiz a expressão mais confusa do mundo, continuou — Aumento dos seios, clareamento dental, tatuagens, piercings, tingimento capilar, maquiagem definitiva... Coisas do tipo. As outras estão como foram trazidas. Com roupas novas e cuidados no cabelo, é claro, mas não tiveram grandes mudanças.

— Mas não mudaram o rosto dela, certo? — perguntei, tentando não deixar transparecer o pânico que cresceu em mim com aquela notícia. Mudanças na aparência física de Lollipop não fariam *nada bem* ao vampiro e também não facilitariam nem um pouco seu reconhecimento.

— Não, a não ser uma cirurgia de aumento dos lábios. Não foi nada demais, só para dar um pouquinho mais de volume.

Tentei não arregalar os olhos. A boca e o nariz pequenos e os olhos grandes de Lollipop eram uma de suas marcas. Se haviam mudado uma dessas coisas, eu sabia que seria quase... não. Tudo bem. Relaxe, Sam. Eu já tinha o foco em apenas uma das garotas. Se não era Angel, então Lolli não estava lá. Ponto-final. Só tinha que reconhecer os olhos verde-água, o nariz pequeno, a pele clara e as sardas desbotadas nas bochechas (essa foi a lista de coisas que Evan me fez decorar para notar na tal Cellestia). Só esperava que esse tal aumento nos lábios não a tivesse transformado num peixe ou um palhaço. Pobre Lolli...

— Está na hora, Joel — a mulher que cuidava dos bastidores avisou o homem com quem eu conversava.

Ele assentiu, se levantando e me desejando boa sorte antes de pegar o microfone que ela estendia em sua direção, entrando no palco.

— *Boa noite, senhores e senhoras!* — eu o ouvi dizer. — *Sejam bem-vindos a mais uma noite no Lower Floor! Estão prontos para o início dos leilões?!*

A multidão gritou de volta, animada. Pelo que Ben tinha nos contado, sexta-feira era o dia restrito aos jovens filhos, netos, sobrinhos, enteados ou qualquer coisa do tipo dos caras ricos que frequentavam o lugar no restante da semana. Fiquei me perguntando se os velhotes se comportavam daquele jeito animado também nos outros dias. Eu me mexi desconfortável na cadeira. A hora estava chegando.

Demorou mais ou menos duas horas até acabar o leilão das nove garotas que entraram antes de Cellestia. Eu sabia que não costumavam disputá-las muito. A atração principal e a mais cara sempre ficava para o final.

— *E agora o momento que todos estavam esperando!* — Joel exclamou, e a multidão começou a enlouquecer. Senti o estômago revirar. Era a hora dela. A música "Highway to Hell" começou a tocar no último volume, e os gritos ficaram ainda mais altos. — *Com vocês, a nossa maior atração! ANGEL!*

Resisti ao impulso de correr para perto dele para poder vê-la, já que só conseguia enxergar uma parte da multidão e o palco, e precisei me segurar na cadeira. Queria acabar logo com aquilo, mas me expulsariam ou me matariam se eu o fizesse, então respirei fundo e tentei relaxar. No máximo em duas horas poderia vê-la, quando terminasse o show.

Era ensurdecedor o som das pessoas gritando por ela, e eu sentia o chão, porque a multidão pulava como um bando de idiotas. Que droga. Eu só queria que aquele leilão começasse logo.

— *Ok, ok! Fiquem calmos. A melhor parte vem agora. Vamos saber quem vai poder passar a noite com esta bela dama. Ou não* — Joel continuou.

Os lances começaram baixos, com cinco mil moedas. Depois uma briga de leões começou. Eu ouvia Joel gritando valores maiores a cada segundo. De mil em mil moedas, eles tentavam fazer os outros desistirem sem pagar seis dígitos pela garota. Quando os lances acabaram em noventa e cinco mil moedas, Joel anunciou que não havia ganhador. O que eles queriam?! Vendê-la por cem mil moedas?! Que absurdo era aquele? Não que fosse ruim. Quanto mais cara, menos vezes seria vendida, e mais íntegra nossa Lolli continuaria. Não que ainda fosse ela.

— *Bom... vai ficar para a próxima. Mas nós vamos ter a honra de ouvi-la cantar hoje.*

Mais uma vez a multidão se agitou, e as pessoas nos bastidores começaram a correr ainda mais. Suspirei, aliviado por não ter que ir até lá ainda.

— Arrumem as coisas para ela! Onde está a guitarra? — ouvi alguém passar gritando ao meu lado.

— As músicas estão prontas?! — perguntou outra pessoa.

— O cara da iluminação já programou a máquina?

De um segundo para outro, tudo se tornou uma loucura ainda maior. Era como se o mundo estivesse acabando ali dentro. Só que todos pararam quando a porta se abriu e um bando de seguranças entrou nos bastidores.

Engoli em seco ao ver que eles a traziam consigo, para protegê-la da multidão.

— Desde quando eu preciso de seguranças pra conter as pessoas? — ouvi alguém perguntar. Era uma voz feminina agradavelmente rouca e grave. Uma das vozes mais sedutoras que já tinha ouvido.

Então a vi sair do meio deles. Tinha um cabelo branco que ia até a altura do pescoço, liso e bem cortado. Vestia uma regata preta grande e extremamente larga, que mais parecia um vestido, e as alças eram fundas, terminando na altura da cintura. Não pude deixar de notar que não usava nada para esconder o que havia embaixo. As meias pretas terminavam um pouco acima do joelho, e os coturnos tinham saltos enormes. Usava cintas-liga que prendiam as meias ao que quer que houvesse embaixo da enorme regata com o desenho de uma caveira decapitada branca na frente.

A menina usava braceletes enormes, e vários anéis nos dedos. Mas não pude ver seu rosto.

Se aquela fosse mesmo nossa Lolli, ela havia mudado muito mais do que pensávamos. Só o fato de o cabelo estar branco já era chocante.

Veio na minha direção, para entrar no palco, colocando a correia de sua guitarra preta e dourada por cima dos ombros, sendo seguida por todos. Engoli em seco. Faria o possível para ver seu rosto, mas se não fosse possível, sabia que teria de esperar mais duas horas para tentar.

Para minha surpresa, ela parou à minha frente antes de entrar no palco. Joel falava algumas coisas aleatórias do lado de fora que eu não queria saber.

Olhou para mim, e meu coração descompassou.

Ainda usava a gargantilha de couro preta ao redor do pescoço, e havia chifres pretos pequenos de diabinha em sua cabeça. Estava com uma maquiagem forte ao redor dos olhos, e tinha um piercing na parte de baixo do nariz. Se eu não a conhecesse tanto, tenho certeza de que nunca a reconheceria. Mas eu sabia muito bem que aquelas íris verde-água e as sardas pertenciam a Lollipop.

Ela tragou um cigarro que não notei que segurava antes, depois o jogou no chão, pisando em cima para apagá-lo e soltando a fumaça para cima. Agora ela fumava?!

Sorriu de forma quase imperceptível para mim quando comecei a encarar demais. Disse, enquanto davam mais alguns retoques em seu visual:

— Bonitos olhos, garoto.

Abri a boca para responder, completamente chocado pelo fato de ela estar parecendo uma supermodelo roqueira com toda aquela roupa, maquiagem e "procedimentos médicos", mas, antes que pudesse fazê-lo, ela piscou para mim e saiu correndo para o palco, me deixando completamente chocado na cadeira. Eu me perguntei em que momento da história ela havia virado uma versão feminina de Evan.

Os funcionários me expulsaram dos bastidores, dizendo que eu poderia passar a noite no Lower Floor e me chamariam de novo em duas semanas. Agora eu estava sentado no bar, usando as mesmas roupas com as quais chegara. Sim, tinham pegado de volta aquelas que o tal Boris me deu.

Assisti ao show inteiro completamente vidrado nela. Lollipop parecia nunca se cansar e tocava o instrumento como se sua vida dependesse disso. Jamais pensei que diria isso sobre Lollipop, mas acho que nunca tinha visto uma garota tão sexy quanto ela na vida. Evan que me perdoasse. E Jazz também.

Cada palavra, cada gesto e cada olhar pareciam uma forma de flerte, mesmo com ela a metros de distância. Não havia uma pessoa que não estivesse completamente hipnotizada com sua apresentação. Parecia ter nascido para fazer aquilo. Ou sido criada.

Depois que o show acabou, ela foi escoltada para seu expositor e ficou sentada lá como se fosse a rainha do mundo enquanto as pessoas tiravam fotos e gritavam seu nome em busca de atenção. Os outros simplesmente começaram a dançar a música eletrônica que tomou lugar no salão.

Eu daria qualquer coisa para falar com ela naquele momento, para saber se ainda se lembrava de nós, se ainda se parecia com a Lollipop que conhecíamos, mas não conseguia encontrar um jeito de me aproximar.

— Você precisa parar de encarar — alguém ao meu lado aconselhou.

Era uma garota mais ou menos da minha idade, usando uniforme de garçonete. O cabelo castanho-escuro estava preso num rabo de cavalo alto todo sofisticado, e os olhos tinham cor de ouro derretido. Metacromo. Eu soube disso no momento em que vi a cor das suas íris.

— Senão eles vão perceber — continuou.

— Me desculpe, mas quem é você? — perguntei, tentando não parecer rude.

— Alguém que trabalha aqui. E alguém que não quer que você seja pego — respondeu, em tom baixo.

Juntei as sobrancelhas e a encarei, desconfiado. Quem era aquela garota, e por que estava falando daquele jeito comigo? Era como se soubesse que eu não havia ido até ali para aproveitar as maravilhas do Lower Floor.

— Perceber o quê? — questionei.

— Não se faça de bobo. Eu conheço o Ben. Ele me falou de vocês — contou. — E achei uma bobagem te mandarem aqui sozinho. Podiam pelo menos ter trazido a vampira.

Meu queixo caiu. Mas o que...? *De onde* tinha surgido aquela garota? *Como* Ben havia falado com ela? E *por que* havia falado com ela? E como ela sabia que tínhamos uma vampira?

A jovem se aproximou de mim, colocando sua bandeja no balcão e se sentando ao meu lado, olhando em volta para ter certeza de que ninguém veria que estava conversando com um cliente.

— Escute. Daqui a uma semana vai acontecer um leilão especial — contou. — Vai ser o aniversário do Lower Floor, e eles estão doidinhos pra conseguir mais dinheiro. Enfim, vão vendê-la para alguém por uma semana. A pessoa vai poder levá-la para o lado de fora. Só que vai ser o leilão mais caro da história, então é bom que o seu amigo tenha bastante dinheiro.

— Uma semana?! — exclamei. — E como isso vai funcionar?

— O leilão vai ser transmitido ao vivo pelo site secreto do Lower Floor, para aqueles que moram em lugares mais distantes — explicou. — No dia seguinte a pessoa vai poder vir buscá-la aqui e levá-la embora e devolvê-la só uma semana depois. Só que é claro que vão implantar um localizador em um lugar escondido, e tem um limite de distância.

— Então nós não temos como levá-la.

Ela pensou por alguns segundos, me encarando com certo pesar. Só aí me perguntei como tinha me reconhecido. "Fale com o garoto loiro de olhos de duas cores sobre Cellestia", devia ter sido a ordem de Ben. Pelo menos minha heterocromia servia para alguma coisa antes de denunciar uma mutação para o mundo!

— Primeiro a convençam a sair daqui — orientou. — Deixe que ela conheça Evan melhor, e faça ele conquistar o coração dela. Depois, se conseguir fazer isso, nada vai poder pará-la. Bolem um plano juntos, e eu vou ajudar a tirá-la daqui.

— Como eu posso confiar em você? — questionei. — Nem sei quem você é!

— Se você não pudesse confiar, acredite, o Instituto teria invadido a casa de vocês há muito tempo e matado todos.

Era impossível não desconfiar da boa vontade daquela garota, ainda mais pelo fato de saber demais sobre nós, mas ela tinha dado algumas informações úteis. Uma semana. Evan ficaria feliz por saber disso. E Jéssica também.

POSTA A PRÊMIO

🐮 CELLESTIA 🐮

— QUEM ERA? — PERGUNTEI, ENQUANTO ALLANA SE APROXIMAVA TRAZENDO um copo de água com gás, limão e morango para mim.

— Sua salvação — sussurrou, quando me ajoelhei no expositor para ouvi-la.

Olhei para ele, o garoto dos olhos de cores diferentes nota 9. Ainda estava sentado no mesmo banco no bar, me encarando de volta. Eu não sabia se ria da piada dela ou se desconfiava do que estava falando. Questionei:

— O que você quer dizer com isso?

— O Evan chegou na cidade, Celli — ela disse, com a maior empolgação do mundo. — Ele veio atrás de você.

Revirei os olhos, me levantando com o copo e voltando a me sentar no trono. Evan. Tinha caído nessa história uma vez, mas não acreditaria de novo. Haviam se passado semanas desde que Allana me contou sobre ele, e não houve sinal do tal vampiro desde então. Como eu iria acreditar que, depois de todo aquele tempo, ele tinha vindo atrás de mim? Não. Não era possível.

— Se você não quiser acreditar em mim, tudo bem. Mas, quando ele vencer o leilão semana que vem, não diga que não avisei — falou, em tom irritado, me dando as costas e sumindo mais uma vez no meio das pessoas.

Ela acreditava mesmo naquela história, não é? Mas eu tiraria essa história a limpo. Quem aquele garoto pensava que era para chegar e enfiar coisas na cabeça de minha amiga daquela forma? Só porque era o artista da semana, não significava que tinha o direito de zombar das funcionárias do bar. Ainda mais usando o nome do tal Evan na brincadeira! Ele não estava só mexendo com ela, mas comigo também.

Mostrei o dedo do meio para o garoto, que pareceu mais surpreso do que devia quando percebeu que era com ele mesmo. Um grande "vai para o Inferno" bem direto a distância. Nada mais útil do que a comunicação não verbal.

Mas eu não podia deixar de dizer que era um grande desperdício um gatinho lindo daqueles ser tão babaca.

— Angel! Angel, qual a mágica de hoje? — perguntou um dos garotos na multidão, o que me fez desviar o olhar.

Aquele era o código para os jovens que haviam encomendado pacotes de drogas com o Instituto para vender nas ruas ou no próprio Lower Floor. Sorri, pegando a encomenda debaixo da almofada do meu trono e me inclinando em sua direção, escondendo-a nas mãos. Era um 7,5. Quase bonitinho.

— Primeiro o dinheiro, depois a magia — falei, e ele jogou algumas moedas no chão do meu trono.

Agradeci com um aceno de cabeça antes de me ajoelhar na base do expositor mais uma vez, me inclinando em sua direção e o puxando para perto.

— E você? Tem algo pra mim? — perguntei, sorrindo maliciosamente.

Olhei para o tal garoto "coleguinha de Evan", que ainda me observava, antes de beijar o rapaz da encomenda com todo o ânimo que eu tinha, mesmo em cima do expositor, colocando o saquinho com as pílulas dentro de seu bolso de trás. Que ele desse aquele recado para o seu amigo vampiro quando voltasse para casa: eu não estava esperando por ele. Nem perto disso. E não precisava de ninguém para me salvar.

Rá. Evan. Aquilo era tudo balela, com certeza. E eu não era idiota a ponto de acreditar naquela idiotice. Afastei o garoto da encomenda com um empurrão, sob os gritos das pessoas próximas, e ele foi abraçado e parabenizado como se tivesse recebido um tipo de bênção.

Ao contrário do que pensei que fosse acontecer, quando me voltei novamente para o amigo do "vampiro salvador", ele já não estava mais no bar. Tinha ido embora, com o meu recado muito bem gravado na memória, para entregá-lo ao seu amiguinho imaginário quando chegasse em casa.

Havia chegado o dia do aniversário do Lower Floor, e eu tinha que admitir que estava um pouco nervosa por causa disso. Não queria nem imaginar quem teria a coragem de pagar uma pequena fortuna para passar uma semana comigo. Esperava que não fosse um daqueles caras que gostavam de agressões e coisas do tipo, senão acabaria matando-o sem que o Instituto pedisse. Mais uma vez.

Em contrapartida, pensar que sairia dali pela primeira vez era animador. Finalmente poderia respirar o ar puro do qual Allana tanto me falava.

— Está pronta pra sua grande noite? — minha estilista perguntou, enquanto terminava de amarrar os cadarços das minhas botas de couro cujo cano ia até em cima do joelho.

Eu usava um short de cintura alta preto extremamente curto, que deixava a curva da bunda bem à mostra, e um top da mesma cor incrustado de espinhos. Ela havia enfiado luvas que iam até a altura dos cotovelos, mas que deixavam as pontas dos meus dedos à mostra, e a tiara de sempre com os chifres. Nunca tinha usado tão pouca roupa para um leilão, mas entendia. Era para incentivar compradores.

— Por que não estaria? — respondi. — É só um bando de velhotes babões que nunca dão conta do recado. Não tenho por que sentir medo deles.

Aliás, medo não era uma das coisas que o Instituto tinha me ensinado a ter. Assim como vergonha ou doçura.

Ela deu mais alguns retoques em minha maquiagem antes de começar a ajeitar meu cabelo recém-pintado de lilás. Comentou:

— Eles esperam que seja um dos leilões mais caros da história do Instituto. Venderam muito bem o seu peixe.

— *Eu* vendi muito bem o meu peixe — corrigi, o que a fez sorrir.

Incrível como, mesmo depois de terem se passado alguns meses, eu ainda não sabia seu nome, mesmo eu já tendo perguntado algumas vezes e sendo totalmente ignorada, nem como era seu rosto, por causa da máscara que ela sempre usava, assim como os outros estilistas. E ainda assim era uma das únicas pessoas de quem eu gostava naquele lugar.

Foi até a estante no fundo da sala, procurando algo entre os produtos de beleza enquanto eu analisava minhas longas unhas pintadas com esmalte preto fosco. Éramos as únicas ali. As outras garotas haviam sido liberadas para entreter os clientes antes que o leilão começasse. Naquela noite eu seria a única para qual a atenção estaria voltada.

Quando retornou, segurava uma seringa que eu nunca tinha visto, com um líquido prateado dentro.

— Isso é o seu localizador. Ele vai se misturar ao seu sangue e correr em suas veias por uma semana até se dissolver. Vai impedir que alguém tente tirá-lo.

Encarei a agulha com certa hesitação. Era tão grossa que eu duvidava muito de que fosse entrar na minha pele sem me matar. Fechei os olhos, esperando pela dor, quando ela a pressionou contra o meu antebraço, avisando:

— Vai doer um pouco.

— Nada que eu não tenha... — Antes que pudesse terminar, ela a enfiou em meu braço e injetou o líquido de uma vez, me fazendo xingar de dor. — Mas que merda! Precisava ser tão bruta?!

— Não reclame. Já acabou, não acabou?

Permaneci quieta, um pouco irritada por não ter sido avisada antes de aquele troço enorme entrar no meu braço. Surpreendentemente, não deixou marca alguma depois de ter sido retirada. O Instituto e suas engenhocas estranhas e complicadas.

— Vamos, senão você vai se atrasar — chamou, me fazendo levantar da cadeira.

Suspirei, acompanhando-a até a porta nos fundos da sala, que levaria ao corredor com as cabines.

Como sempre, paramos antes que eu tivesse a chance de entrar na minha, e ela me segurou pelos ombros, rosto com rosto:

— Nós não sabemos quem vai te comprar, nem por qual preço. Não tem como saber se vai ser um bom homem ou mulher, ou se vai ser mais agressivo do que qualquer outro anterior, mas lembre-se: você sempre deve ser destemida, rebelde, divertida, incansável e feroz.

Assenti, prendendo a respiração. Destemida, rebelde, divertida, incansável e feroz. Eram aquelas palavras que me davam energia todas as noites. Minhas palavras de ativação.

— Repita isso no espelho todas as noites quando estiver lá fora. Só para garantir — orientou, me fazendo entrar na cabine de vidro.

Eu me perguntei o que aconteceria se eu esquecesse uma delas, mas já tinham se passado tantos dias ouvindo-as sempre que duvidava de que pudesse acontecer. Trezentas e cinco vezes era o suficiente para decorá-las.

A cabine começou a subir assim que ouvi Joel, o apresentador e leiloeiro, anunciar meu nome e a multidão começar a gritar. Abri o maior sorriso desafiador que consegui, já me preparando para aparecer, enquanto a música

"Welcome to the Jungle" começava a tocar. Eu adorava como sempre escolhiam um rock arcaico diferente para minha entrada.

Quando a plataforma finalmente parou de subir, fui deixada no meu expositor, como sempre. Ao contrário do que pensei que fosse acontecer, o Lower Floor não estava organizado como sempre. Havia diversas cadeiras no espaço onde as pessoas dançavam, e todos estavam sentados segurando placas. Um verdadeiro mercado no qual eu era o produto. Também havia um telão enorme que mostrava os lances online.

Eu me sentei no trono, cruzando as pernas e mantendo a coluna ereta, sorrindo e piscando para as pessoas à minha frente. Estava começando a ficar empolgada, imaginando aonde aquilo chegaria. O valor máximo pelo qual já havia sido comprada tinha sido dois milhões de moedas. Eu duvidava um pouco de que passasse disso, mas imaginava quanto iria demorar. Aqueles caras pensavam muito antes de gastar dinheiro.

— *Os nossos lances vão começar com o valor mínimo de compra: duzentas mil moedas* — Joel anunciou, e o número apareceu no topo da enorme tela que mostrava os lances online.

Ah, então já havia começado assim? Ótimo. Quanto mais alta a quantia de moedas, mais interessante ficava a briga entre aqueles idiotas.

— Duzentas e dez mil! — uma mulher gritou, e o número na tela subiu.

— *Temos um lance online de duzentos e quinze mil* — Joel avisou.

220. 230. 235. 250... Os números subiam cada vez mais rápido, e eu já não sabia se tentava acompanhar com o olhar enquanto as pessoas levantavam suas placas o mais alto que podiam para dar lances ou se começava a rir de pura surpresa. Nunca tinha visto aquele valor crescer tão depressa. Não nos últimos meses.

Não pude deixar de notar que o nome dos compradores online aparecia ao lado de seus lances. Alguns tinham apenas sobrenomes, e outros, números. Um deles, HD92845, era sempre o primeiro a rebater quando um lance superava o dele. O cara ou a mulher realmente queria ter o prazer da minha companhia.

HD92845. Esses números não me pareciam muito estranhos, e me lembrava de tê-los visto em algum lugar, mas tudo acontecia tão rápido que não conseguia parar nem por um segundo para tentar recordar de onde. Estava curiosa demais para ver o rosto dos compradores presentes que davam lances.

Vi Allana se aproximar com um copo de água para mim, parando em frente ao meu expositor. Assim que me abaixei para pegá-lo, ela sussurrou, com certa urgência:

— É ele. O HD. Evan.

— Como você sabe? — perguntei.

Ela simplesmente me deu as costas antes que começassem a prestar atenção ao que falávamos. Voltei a me sentar, um pouco chocada. Ela continuava levando aquela história a sério? O que eu podia fazer era esperar para ver se o tal HD levaria aquilo adiante e me compraria logo, ou se desistiria e eu seria vendida a um dos velhotes que me encaravam como se eu fosse um prato de sobremesa.

❂SAMUEL❂

— Clica! Clica nesse botão, Evan! — Jéssica gritou, em pé atrás de Evan, tentando enxergar a tela do computador.

— Calma! — falou. — Não posso! Tenho que esperar outro lance.

— Não importa! OLHA! Clica! Trezentos e cinquenta mil!

Estávamos no meio do leilão, comprando Cellestia por um preço que eu não tinha ideia que pagaria por qualquer coisa na vida. Muito menos por uma garota que antes era minha amiga e agora nem se lembrava de mim. Pelo amor de Deus! A menina tinha mostrado o dedo do meio para um desconhecido sem nem hesitar. Para alguém que ela *pensava* ser desconhecido!

— Vou dar quatrocentos e cinquenta, pra ver se alguém rebate o lance — murmurou para si mesmo, digitando o número no computador.

Ouvi Jullie rir baixo, sentada na poltrona no fundo da sala, tomando uma garrafa de sangue de canudinho. Estava se divertindo tanto com aquilo que quase gargalhava da cara de desespero de Jéssica e Evan. E Peter estava ao seu lado, encarando-a com um misto de fascinação e descrença. A expressão mais engraçada que eu tinha visto em semanas.

— AI, MEU DEUS! O cara ofereceu quinhentos mil! — Jazz exclamou.

— Setecentos! Toma essa, imbecil! — Evan berrou.

Não pude deixar de rir, vendo que ele estava dando seu dinheiro sem nem hesitar para tê-la de volta. Perguntei:

— Tem um limite de valor?

— Tem, e, se quer saber, não estamos nem perto do primeiro décimo dele — falou, com um bom humor incrível.

☿ CELLESTIA ☿

— *Incrível! Já chegamos a três milhões!* — Joel exclamou, ao mesmo tempo que eu.

Eu estava tão empolgada que me apoiava de joelhos em cima do trono, apertando os braços do assento como se minha vida dependesse disso, ou como se precisasse disso para não sair voando de empolgação. Os lances passaram a subir tão rápido que eu nem conseguia acompanhar. Em um minuto estávamos em setecentos mil; em outro, em dois milhões.

Eu olhava para a tela atentamente. O HD rebatia tudo tão depressa que eu estava até torcendo para ele. E é óbvio que, no fundo, me perguntava se em algum momento desistiria de gastar dinheiro comigo e daria o lugar a outro babaca por ali.

— Um comprador ofereceu três milhões e quinhentos por telefone! — uma mulher gritou, no canto do salão.

Olhei para a tela, esperando que o tal HD rebatesse. Quatro. Isso! Que não fosse um velhote ou uma mulher. Eu não aguentaria saber que havia torcido para um tipo desses ganhar o leilão se fosse o caso. Passei os dedos pelo cabelo, sentindo o coração acelerar. Ao mesmo tempo em que queria que aquilo acabasse logo e o dia seguinte chegasse para eu finalmente poder sair daquele lugar, queria que o preço subisse ainda mais.

♨SAMUEL♨

Havíamos chegado a quatro milhões e meio, e Evan começava a ficar um pouco menos animado. Isso significava que ele não esperava que chegasse àquele ponto. Perguntei, pela milésima vez em uma hora:

— Estamos chegando perto?

— Não estamos nem na metade, Sam. Nem na metade — respondeu, concentrado na tela.

Ben entrou na sala segurando uma bandeja com uma jarra cheia de limonada e uma garrafa de sangue. Havia decidido não acompanhar o leilão para não acabar tendo um infarto ou qualquer coisa do tipo, mas de vez em quando passava para ver como as coisas estavam indo.

— Como estão os lances? — questionou.

— O senhor HD está inabalável. Ele não deixa passar uma — Jullie falou, irônica, abrindo a garrafa de sangue para Evan e a deixando ao seu lado.

O vampiro estava tão tenso que parecia ainda mais pálido. Precisava mesmo de um pouco de alimento, mesmo que não viesse de humanos — ele não gostava nem um pouco do sangue de animais. Dizia que eles mereciam viver mais que alguns mortais inúteis.

— Se quiser ouvir a minha opinião, deixe os lances subirem por algum tempo sem você — Ben orientou. — Está atraindo atenção demais sendo tão presente desde o início. Aproveite pra se alimentar. Se ele começar a contagem, você dá um lance.

Evan encarou a tela um pouco hesitante, dando um último lance antes de se afastar. Sem levantar da cadeira, pegou a garrafa e agradeceu a Jullie com um gesto de cabeça. Nunca tirava os olhos do computador, é claro. Comentou:

— Do jeito que está indo, o leilão vai terminar e logo posso ir buscá-la.

— Você está realmente ansioso, não é? — Comentou Dean, com um sorriso gentil, servindo a si mesmo um copo de limonada.

— O que você acha? — o vampiro brincou.

— Será que ela sabe que somos nós? — perguntou Jazz, de repente.

Na minha opinião, apesar de não admitir, ela sabia que era Evan. Sua amiga misteriosa provavelmente tinha avisado que o vampiro estava na cidade e, se me contou sobre o leilão, podia deduzir que estaríamos participando dele. A insistência de Evan em ser o primeiro a rebater todos os lances também era uma enorme dica da nossa identidade.

— É muito provável — falei, antes de me virar para meu amigo, que se segurava para não dar mais um lance. — É você quem vai buscá-la?

— Si...

— Não — Ben interrompeu. — Ele não pode ir. É procurado pelo Instituto.

Evan xingou baixo, lembrando esse detalhe só naquele instante. Lamentei por ele. Entendia que queria ser o primeiro de nós a vê-la. Propus, um pouco hesitante:

— Que tal se eu for? Posso pegá-la na porta para você. Depois deixo vocês dois juntos e o Ben me busca. — Fiz uma pausa. — Sei que você vai querer um tempo sozinho com ela.

— E eu? — Jazz perguntou. — Também quero vê-la. Eu...

Me aproximei dela, pousando a mão em suas costas e lhe lançando um olhar de "você sabe que a preferência é dele". Jazz bufou, concordando com um gesto de mãos, permitindo que eu a abraçasse em seguida, mesmo que eu soubesse que não estava nem um pouco contente comigo.

— Eles só precisam de um tempo.

Jazz não rebateu, enterrando a cabeça em meu ombro enquanto eu passava as mãos em suas costas. Era difícil para ela abrir mão de ver a amiga logo de primeira, já que eram como irmãs e, por muito tempo, só tiveram uma à outra. Mas Evan tinha ficado sem aquela garota por anos.

— Não faz diferença! — Jullie se intrometeu, rindo consigo mesma. — Ela não vai saber quem são vocês mesmo!

— Como você se suporta? — Jazz perguntou, irritada, se afastando de mim.

Eu a segurei pelo braço antes que tivesse a chance de se aproximar da vampira, dizendo que não valia a pena brigar e a puxando de volta. Apesar de não poder ver seu rosto, sabia que fuzilava Jullie com o olhar.

— Cinco milhões! — Evan berrou, dando um pulo na cadeira.

— E a conta vai aumentando... — Ben murmurou, com um sorriso, balançando a cabeça enquanto saía da sala.

CELLESTIA

— Cadê ele? Cadê ele? — sussurrei, entrando em pânico enquanto ouvia Joel fazer a contagem para o último lance.

Estávamos em 5,4 milhões, e nada do tal HD desde que tínhamos entrado em cinco.

— *Dou-lhe uma, dou-lhe duas...*

— Cinco milhões e meio! — berrei, me levantando do trono, vendo-o dar mais um lance online, e todos olharam para mim.

Voltei a me sentar, um pouco sem graça por ter deixado tão visível minha empolgação, tentando não parecer tão aliviada. Era como se, no fundo, uma parte de mim quisesse mesmo acreditar que aquele cara era o famoso Evan. Só não entendia o porquê de ficar tão feliz.

— *Seis milhões de moedas?* — Ofereceu Joel, e uma mulher sentada à minha frente levantou sua placa.

Agora até as outras garotas que trabalhavam no Lower Floor acompanhavam o leilão com atenção de cima de seus expositores. Fedra fez um sinal positivo com a mão na minha direção, como se dissesse: "Está mandando ver, hein!". Realmente, ninguém imaginava que chegaríamos àquele ponto, mesmo que eu fosse a atração principal do lugar. Só esperava que não demorasse muito mais, porque estava explodindo de ansiedade, me segurando para não roer as unhas até a carne.

☉SAMUEL☉

— Como está o limite, Evan? — perguntei, de novo, um tempo depois. Estávamos em sete milhões.

Não houve resposta. Isso não era um bom sinal, apesar de só terem restado ele e mais uma pessoa disputando Cellestia. Mais um pouco e eu sabia que ele conseguiria, mas não acreditava que tínhamos muito mais tempo. Ou dinheiro. Ainda mais considerando a quantidade de suprimentos e outras coisas que teríamos que comprar para nossa viagem de volta para a Área 4.

Jazz se afastou de mim, parando ao lado de Evan e apertando seu ombro carinhosamente, como se o encorajasse a seguir em frente. Ele colocou a mão por cima da dela, respirando fundo, como se o gesto o tivesse ajudado a ficar um pouco menos tenso. Não pude deixar de sorrir ao ver a cena. Era raríssimo presenciar um daqueles dois tão vulneráveis.

— Vá até onde puder — Jéssica sussurrou para ele. — Se não conseguir mais, nós destruímos aquele lugar tijolo por tijolo para tirar a Lolli de lá.

Evan assentiu, agradecendo o apoio, e ela se afastou, voltando para meus braços. Jéssica também estava tensa e abalada, e seus dedos estavam frios de tanto nervosismo.

Eu só esperava que, depois de tudo aquilo, Cellestia nos desse a chance de falar e acreditasse em nossa história. De nada adiantaria tudo aquilo se ela não quisesse ajuda.

☖CELLESTIA☖

Ele estava ficando hesitante. Eu podia sentir isso pela forma como demorava para rebater os lances. Mas o velhote sentado poucos metros à minha frente era o único que continuava na competição e também não parecia mais tão empolgado.

Subíamos de cem em cem mil agora e estávamos em oito milhões de moedas. Era um valor extremamente absurdo. A não ser que ambos tivessem bons motivos para me comprar, era inacreditável que alguém gastasse tanto dinheiro com uma garota de programa. Mesmo que ela fosse a atração principal do lugar, e mesmo que fosse eu.

Eu estava cansada por causa do nervosismo, e meu corpo já começava a doer. Estávamos naquilo havia quase quatro horas. Vi Allana se aproximar mais uma vez com outra garrafa de água.

— Logo vai acabar — disse, entregando-a para mim.

— É o que eu espero — murmurei, enquanto a via se afastar mais uma vez.

Por puro cansaço, me deixei levar pelos pensamentos de como poderia ser o rosto do tal HD, e os lances subiram até 8,3 milhões sem que eu percebesse. Pisquei algumas vezes, tentando espantar o sono que começava a me dominar.

O último lance havia sido do velhote na plateia, e meu colega comprador online não deu sinal de vida. Esperamos por alguns segundos em silêncio, tensos, na expectativa de que ele rebatesse. Não... não podia estar desistindo assim de mim.

— *Oito milhões e meio?* — ofereceu Joel, como se tentasse dar mais uma chance a ele. Fez uma pausa, e nada. — *Dou-lhe uma...*

Engoli em seco, sentindo o coração querer saltar pela boca, me colocando de joelhos no trono e encarando a tela, como se pudesse conversar com HD mentalmente, mandando mensagens por telepatia para que me comprasse logo e não me deixasse ser vendida para o senhor caduco que já começava a sorrir pela vitória.

— *Dou-lhe duas...*

— Vamos, seu idiota imbecil — sussurrei. — Só mais um lance. Dê um sinal de vida, por favor.

— *Dou-lhe três...*

— Se você for o tal do Evan, por favor, não desista de mim — murmurei, sentindo os olhos se encherem de lágrimas de repente.

Podia sentir cada partícula da esperança que ainda restava do possível aparecimento do meu salvador morrendo dentro de mim. Queria do fundo do meu coração que HD fosse mesmo Evan e que ele viesse para me levar para longe daquele lugar, mesmo que não o conhecesse e não acreditasse muito em sua existência. Aquela era sua última chance de provar para mim que era real.

163

— AI, MEU DEUS! — exclamei, quando o vi fazer seu lance seguinte no último segundo, me levantando do trono.

— *DEZ MILHÕES DE MOEDAS!* — Joel gritou, em êxtase.

Olhamos todos para o velhote que antes rebatia, e ele não parecia nem um pouco feliz. Balançava a cabeça com os braços cruzados, como se não tivesse mais o que oferecer ou se recusasse a gastar mais comigo.

— *Dou-lhe uma...* — Sorri, colocando as mãos na frente da boca. — *Dou-lhe duas.* — Não rebata. Não rebata, seu idiota. — *Dou-lhe três...* — Diga, Joel! Diga logo! Diga!! — *VENDIDA!*

Todos gritaram, excitados, para minha surpresa, e tive que me segurar para não me jogar no meio da multidão. Levantei os braços, berrando de felicidade. Dez milhões de moedas! Isso era inacreditável! Era dinheiro pra caramba!

◊SAMUEL◊

Quando a palavra "vendida" apareceu na tela, ficamos alguns segundos encarando-a, em choque. Tínhamos mesmo conseguido ou o outro comprador havia rebatido e ganhado sem que percebêssemos?

— Vendida? — Jazz sussurrou. — Vendida?!

— Nós conseguimos — Evan comemorou, e um sorriso começou a se abrir em seu rosto, em meio a uma expressão de surpresa. — Ela é nossa. Ela... ela é nossa!

Ele colocou as mãos na cabeça, rindo de alegria, e meu queixo caiu. Depois de tanto tempo... Levantei Jazz no ar, girando-a no lugar enquanto ela gritava de animação.

Pude ver Jullie sorrir quase imperceptivelmente no fundo da sala, enquanto Peter, por um segundo de puro impulso, a abraçou.

Evan continuava encarando a tela com surpresa, enquanto as informações de como iria buscá-la apareciam diante dele. A transação deveria ser feita naquela noite mesmo, antes de termos a chance de vê-la pessoalmente. E é claro que ele a fez no segundo seguinte, só para garantir.

Segurei o rosto de Jéssica com as duas mãos depois de colocá-la no chão, encostando a testa na dela, com o maior sorriso do mundo no rosto. Ouvi-a dizer, com a voz um pouco rouca por causa das lágrimas de alegria que ameaçavam cair de seus olhos castanhos:

— Ela vai voltar para nós. Vai voltar para nós.

— Sim, ela vai — confirmei, o que fez seu sorriso se abrir ainda mais.

Ela me abraçou com força, rindo, e olhei para Evan enquanto retribuía o abraço. Ele continuava sentado em sua cadeira, encarando o computador como se não acreditasse que tinha conseguido, mesmo que tivesse gastado toda a sua fortuna. Mas valia a pena, e eu sabia disso. Ele gastaria duas vezes mais se pudesse, e eu o apoiaria totalmente em sua decisão. Como sempre.

PROMESSAS

☿ CELLESTIA ☿

ACORDEI ANTES MESMO DE ACENDEREM AS LUZES. MAL TINHA FECHADO OS olhos naquela noite de tanta ansiedade. O fato de Allana ter praticamente dado uma festa em sua cela durante horas depois de termos sido levadas de volta não ajudou em nada, mas eu a entendia. Faria o mesmo se tivesse tanta certeza do meu destino quanto aquela garota tinha.

— Lana — chamei.

— Fala.

— Estou indo. Abriram a parede — avisei.

— Boa sorte, Celli — disse. — E... ouça o que ele tem a dizer. Ele passou pelo Inferno pra chegar até você.

Assenti, mesmo que ela não pudesse me ver. Faria o possível para ser o mais compreensiva que pudesse. Isso se toda aquela história fosse verdade, e o cara fosse mesmo o tal Evan.

Corri até minha cama, pegando o colar com as fichas militares debaixo do travesseiro, afundando meu rosto nele para fingir que estava espirrando só para disfarçar o fato de colocar minha mão na boca, enfiando o colar dentro dela e entrando na cabine de vidro no canto da minha cela em seguida, que começou a me levar para cima na mesma hora em que pisei nela.

Fui deixada no lugar de sempre, onde nos arrumávamos para ir ao Lower Floor. Não havia ninguém além de minha estilista no camarim, o que era bem estranho se considerasse que eu nunca tinha entrado naquela sala sozinha. Sorriu, me guiando até o banheiro.

Tomei um banho com essências. Depois fui levada ao pedestal onde sempre ficava para me vestir. Enquanto ela escolhia meus acessórios, me abaixei para amarrar os coturnos, aproveitando que ela estava de costa, e tirei o colar da boca e o coloquei dentro do sapato.

Eu me analisei no espelho enquanto ela amarrava algumas pulseiras em mim. Eu usava um short jeans claro de cintura alta, um top com a estampa de uma antiga banda de rock, uma jaqueta jeans da mesma cor do short com enormes franjas ao longo da parte de baixo dos braços, um cinto grosso de couro preto e meia-calça. A estilista amarrou uma bandana vermelha na minha cabeça, fazendo um laço em cima, e me entregou uns óculos escuros com lentes prateadas.

Assobiei, dizendo que tinha feito um bom trabalho, enquanto ela me entregava uma grande mochila de couro preta repleta de roupas e coisas do tipo. Perguntou, dando os últimos retoques no meu batom vermelho-vivo:

— Lembra como faz para arrumar o cabelo? — Assenti. — E para combinar cores? — Assenti. — Sabe que nunca pode ficar desarrumada na frente do cliente, né? — Assenti. — Nunca combine cinto, sapato e bolsa, certo? Muito menos se também for da mesma cor que a maquiagem toda — Assenti. — Batom vermelho e sombra preta forte não combinam. Lembre-se disso, tá bom? — Assenti mais uma vez.

Quando notou que estava começando a parecer preocupada demais, riu da própria reação e parou de falar. Finalmente!

Pedi para ir ao banheiro antes de terminar, tirei o colar do coturno e o pendurei no pescoço, o escondendo sob o top para que ninguém percebesse que ele estava lá. Depois voltei para o camarim.

Ela borrifou um pouco de perfume em cada centímetro do meu corpo antes de dizer que estava na hora de eu ir, e meu estômago pareceu dar uma cambalhota. Subitamente me dei conta do que estava prestes a acontecer, e a ansiedade de me encontrar com HD começou a dar seus sinais.

A estilista me guiou até a cabine de vidro de sempre, que me levava ao Lower Floor, e me segurou pelos ombros antes de me deixar entrar nela:

— Repita as palavras de ativação todas as noites. Não se esqueça disso. Destemida, rebelde, divertida, incansável e feroz.

— Destemida, rebelde, divertida, incansável e feroz — repeti, tentando gravá-las na memória pela milésima vez.

A mulher sorriu, tirando um fio teimoso de uma das costuras da minha jaqueta antes de me empurrar para dentro da cabine.

Prendi a respiração quando a plataforma começou a subir. Ok. A hora havia chegado, e eu ficaria cara a cara com meu comprador: HD. Ri sozinha. Era ridículo chamar o cara por um simples nome de usuário, mas não podia fazer nada se não sabia seu nome real. Ou não queria admitir que sabia.

167

A plataforma subiu pelo Lower Floor, e pude ver o salão vazio sendo limpo por algumas funcionárias. Demorou apenas alguns segundos para que alcançasse o teto e a cabine se prendesse a alguns trilhos. Então se deslocou uns cem metros para o lado antes de voltar a descer, me deixando numa sala escondida atrás do salão.

O chão era todo iluminado com uma luz branca, e as paredes eram de metal polido. No fundo havia uma porta do mesmo material.

Fui andando até lá de um jeito hesitante, enquanto ouvia os mecanismos começarem a se ativar. Coloquei a mochila no chão e vi a porta começar a se abrir de baixo para cima. Engoli em seco.

A primeira coisa que notei foram os tênis pretos completamente surrados. Ok. Não era um velho. Ninguém de mais de trinta e cinco anos usaria aquilo naquela cidade, certo? Depois vi uma calça jeans e uma camiseta azul. Era forte e tinha a pele bronzeada. Isso era normal para um vampiro?

Juntei as sobrancelhas ao ver o rosto da pessoa atrás da porta. Era o mesmo garoto da semana anterior, que convencera Allana de que Evan tinha vindo me buscar.

Ele sorriu, acenando nervosamente, e tudo o que fiz foi continuar imóvel no lugar, completamente confusa.

— O que você está fazendo aqui? — perguntei. — Foi você quem me comprou?

— Não — ele disse. — Eu vim te buscar e levar até ele. A propósito, o meu nome é Samuel, mas pode me chamar de Sam. — Estendeu a mão na minha direção para me cumprimentar.

Eu o analisei por alguns segundos, decidindo se acreditava nele. Que escolha eu tinha? O que importava agora era continuar e ver se havia mesmo um Evan ou não. Em vez de apertar sua mão, entreguei a ele minha mochila, passando ao seu lado antes que tivesse a chance de reclamar.

— Tão agradável quanto ele — eu o ouvi murmurar, enquanto apertava o passo para me alcançar.

Havia outra porta nos fundos do corredor, e aquela com certeza levava para o lado de fora.

— Só pra você saber, pode ser que ele fique um pouco em choque quando te vir — alertou. — A sua aparência não está igual à que tinha antes, e essa mudança depois de tanto tempo pode deixá-lo um pouco intimidado.

— Tanto faz — retruquei.

Eu queria menos palavras e mais ação. Se ele parasse de falar e me levasse logo até o tal vampiro, com certeza já teríamos nos encontrado com ele.

A porta se abriu, e uma brisa nos atingiu imediatamente, e não pude deixar de sorrir, me apressando para o lado de fora.

Estávamos em um beco vazio que dava numa avenida repleta de palmeiras. E acima de nós estava... O céu. Azul, sem nenhuma nuvem; o sol, quase a pino. Era tão bonito...

Sam deixou que eu tivesse meus segundos de reflexão, mantendo-se um pouco distante até que eu conseguisse me acostumar com o calor do sol e a brisa fria. Era tão bom que eu mal tinha palavras para descrever.

— Vamos? — perguntou, depois de algum tempo.

Dei alguns passos em sua direção, indicando que sim, e seguimos até a avenida, onde precisei parar mais uma vez. Uma rua de verdade... com prédios, casas e carros. Havia até algumas pessoas andando por ali! Sorri, feliz por estar vendo aquilo pessoalmente, e não em uma tela de televisão.

— Cellestia — chamou. — Tem alguém que quero te apresentar.

Voltei o olhar para ele, que indicava alguém um pouco à frente, encostado a uma enorme moto preta e brilhante. Recuei um passo, sentindo o coração descompassar quando minha visão focou em seu rosto. Um calor percorreu meu corpo, e senti algo dentro de mim se agitar. Algo que nunca havia sentido antes.

Era um cara alto, com jeitão de bad boy, calça jeans escura, coturnos e jaqueta de couro, uma bandana como a minha amarrada na cabeça, quase cobrindo o cabelo castanho-claro liso. Os olhos eram verde-claros, e me olhavam de um jeito intenso como se estivessem despindo até a minha alma.

Ficamos alguns segundos nos encarando antes que eu finalmente conseguisse me aproximar, dando alguns passos hesitantes em sua direção, sentindo as pernas um pouco trêmulas. Parei à sua frente, analisando-o mais uma vez. Era, com certeza, um 9,8. A nota mais alta que já tinha atribuído a alguém. Não era para menos.

— É você — ele disse, e até sua voz me pareceu mais linda que qualquer uma que já tinha ouvido antes.

Era eu? Quem era eu? Pisquei algumas vezes, como se despertasse de um sonho, e voltei a assumir a postura de durona indiferente de sempre, cruzando os braços. Perguntei:

— O que você vai me dizer? Que o tal Evan está me esperando na esquina? Já estou ficando cansada de me encherem de histórias sobre ele.

O bad boy sorriu, olhando para o amigo como se estivesse orgulhoso da minha resposta. Franzi o cenho, esperando que me dissesse algo, quando voltou a olhar para mim. Parecia esperar que eu começasse a rir, dizendo que era tudo uma brincadeira. Quando viu que eu não o faria, seu sorriso se apagou um pouco:

— Você não sabe mesmo quem eu sou, né? — Balancei a cabeça, como se fosse óbvio. E era. — Ou sabe, já que mostrou o dedo do meio pro meu amigo porque pensou que ele estava mentindo quando disse que eu existia.

Meu queixo caiu, e eu passei o olhar para Sam. Então... ele... ele era... Evan? Ele era o meu suposto salvador? O senhor HD? O vampiro maravilhoso do qual Allana tinha me falado? Aquele gato? Não podia ser. Ri. Não ia cair naquela tão facilmente. Dizer que era o cara do colar era fácil. Queria ver provar.

— Ótima tentativa — admiti. — Qual é a próxima piada?

— Vamos sair daqui primeiro — ele propôs. — Depois eu prometo contar várias piadas pra você.

Ele tinha bom humor, então? Eu precisava admitir que gostava um pouquinho disso. Então se desencostou da moto, me dando licença para que eu pudesse analisá-la melhor. Perguntei:

— Vamos andar nisso?

— Sim. Algum problema?

Balancei a cabeça. Estava até animada! Devia ser muito mais legal andar naquilo do que em um dos carros sem graça que passavam por nós. Só havia um problema: onde enfiaríamos o amigo bonitinho dele?

— Podem ir — Sam falou. — Eu vou ficar por aqui. A Jazz e o Ben vêm me buscar daqui a pouco.

Como nenhum daqueles nomes me pareceu familiar, continuei com a atenção voltada para a moto. "Evan" dispensou o amigo, deixando-o com minhas coisas, e me entregou um capacete, que coloquei na cabeça sem hesitar depois de guardar os óculos escuros no bolso da jaqueta.

Subi na moto logo depois dele, ignorando quando perguntou se eu precisava de ajuda. Como se eu fosse o tipo de garota que precisa dos outros para alguma coisa... Haha. Por algum motivo, pareceu surpreso porque não demonstrei nem um pouco de medo quando deu a partida.

— Fique à vontade. Vamos demorar um pouco pra chegar lá.

Segurei nas barras de metal atrás do meu assento quando ele acelerou antes que eu tivesse a chance de perguntar onde era "lá", e não pude deixar de rir enquanto arrancávamos. O vento superforte e o barulho alto da moto eram a melhor coisa que já tinha experimentado na vida. Pelo menos até aquele momento.

Quando percebeu que, quanto mais acelerava, mais eu me divertia, aumentou a velocidade até um ponto em que precisei me segurar nele, passando os braços ao redor de sua cintura. Idiota. Sabia que tinha feito de propósito. Então que soubesse que eu não me incomodava nem um pouco com aquela situação.

Todos nos acompanhavam com o olhar enquanto passávamos, mas eu não dava a mínima. Nunca tinha me sentido tão livre e, de fato, também nunca tinha estado assim. Era como se estivéssemos voando, fugindo para longe da minha prisão diária.

Eu só esperava que ele continuasse acelerando para sempre, até que estivéssemos tão longe daquele lugar que ninguém do Instituto pudesse me encontrar.

Só descemos da moto quando chegamos ao topo de uma montanha que tinha vista para o mar e para a cidade. Era o limite de distância aonde eu sabia que podíamos chegar de acordo com o Instituto.

Evan foi estacionar a moto na beira da estrada enquanto eu caminhava, maravilhada, até a mureta de pedra que nos protegia de um grande abismo. Eu me sentei em cima dela, com as pernas para fora, fechando os olhos e sentindo o vento bater em meu rosto. Aquela era a melhor sensação do mundo.

Pude ouvi-lo se aproximar, sentando-se ao meu lado. Mesmo sem poder vê-lo, sabia que estava me encarando.

— Você gastou bastante dinheiro comigo, né? — perguntei, voltando a abrir os olhos, mas mantendo o olhar grudado no horizonte à minha frente.

— Quer que eu responda como um cara que te amava mais do que qualquer coisa ou como alguém que você não tem ideia de quem seja? — questionou, o que me fez olhar para ele.

Sorria meio sem graça, olhando para a frente também. Com certeza, sutileza não era o jogo dele. Nem hesitação. Pensei por alguns segundos. Por que aquela pergunta tinha feito meu coração disparar? Chegava a ser difícil respirar quando olhava para ele.

— Como você achar melhor — respondi.

— Gastei sim, mas gastaria muito mais se fosse necessário pra ter você de volta — disse, e mais uma vez perdi o fôlego.

Ninguém nunca tinha falado comigo daquele jeito gentil, cuidadoso e preocupado. Muito menos me olhado como se eu fosse a pessoa mais importante do mundo. Ele me via. Não que eu fosse invisível para os outros. É só que... ele me via como uma pessoa, e não como um objeto. Diferente das outras pessoas.

— Você sabe que eu ainda não... — comecei.

— Não acredita no que eu digo. Sei disso — interrompeu. — A desconfiança sempre foi uma característica sua. Só que, ao contrário das outras vezes, eu decidi que é mais fácil mostrar pra você tudo o que eu sinto do que fingir que não tivemos uma vida juntos. Ainda mais sabendo que tenho tão pouco tempo pra te fazer confiar em mim.

Baixei a cabeça. Será que ele levaria aquela história adiante mesmo? Quer dizer... por que mentir daquela forma para alguém como eu? O que ele ganharia fazendo isso comigo? Chegava a ser cruel se aproveitar do fato de eu não ter memória para me contar tantas mentiras sobre minha antiga vida. Mas no fundo eu sabia que queria acreditar nele, que tinha que prestar atenção em cada palavra sua para poder me lembrar do que realmente aconteceu.

Não. Aquele joguinho dele estava começando a me irritar.

— Eu acho que você devia me contar logo qual é a história em vez de me encher com essas baboseiras de amorzinho — falei, sem conseguir sequer olhar para ele. — Não quero saber disso. Quero saber quem eu sou. Ou pelo menos quem você quer que eu acredite que eu seja, porque como você mesmo disse antes, ainda não acredito em uma palavra do que estou ouvindo.

Ficou alguns segundos em silêncio. Pude ver pelo canto do olho que segurava um sorriso, como se gostasse do fato de eu ter sido completamente rude com ele, mas também não estivesse acostumado com uma reação daquela vinda de mim.

— É uma longa história — começou.

— Nós temos uma semana — retruquei, sorrindo um pouco.

E então, ele falou.

Falou, falou, falou, falou... falou por horas. O sol chegou a pino, depois começou a se pôr. Várias nuvens passaram, pássaros, carros, pessoas e pensamentos pela minha cabeça. Eu tentava raciocinar e absorver cada uma daquelas informações, por mais incríveis que parecessem. Cinco vidas era muita coisa, mas ele me fez questão de contar sobre cada uma delas com detalhes.

Contou sobre nós dois, principalmente. Sobre como éramos felizes quando eu era Amélia, falou sobre minha fase depressiva como Destiny, como tínhamos o dom de fazer as pazes na cama quando eu era Celena e sobre como eu era a melhor pessoa que já conheceu quando fui Lollipop. Para falar a verdade, a parte que mais interessou foi a da tal Celena. Mas, enfim.

Quando ele finalmente parou, dizendo como havia chegado até ali, ficamos longos segundos em silêncio. O sol começava a se pôr, e eu via que o movimento na cidade começava a diminuir. Menos nuvens, pássaros, carros, pessoas e menos pensamentos em minha cabeça, ao contrário do que pensei que aconteceria. Parecia difícil pensar depois de ouvir tudo aquilo, como se meu cérebro tivesse dado algum problema técnico impedindo que eu conseguisse raciocinar direito.

Baixei o olhar para o colar que usava. As fichas estavam escondidas dentro do top, e duvidava de que ele as tivesse percebido. Agora, depois do que ouvi, eu sentia como se, sendo tudo o que me disse mentira ou não, não fosse justo continuar com elas. Não pertenciam a mim.

Tirei o colar do pescoço, e Evan o encarou com um misto de surpresa e pesar quando o estendi em sua direção. Falei:

— Era pra eu guardar pra quando você voltasse. Então, aqui está.

Ele pegou o colar da minha mão, analisando as fichas com atenção. Por um segundo, quase consegui ver lágrimas enchendo seus olhos antes de passá-lo por cima da cabeça. Depois, sem me olhar, se levantou e murmurou algo sobre precisarmos ir.

Me perguntei se eu tinha dito algo de errado ou muito rude, mas nada em minhas palavras me pareceu inadequado. Só que devia haver um motivo para ele, depois de eu ter devolvido o colar, não ter sequer olhado mais para mim.

Montou em sua moto, e eu subi logo em seguida, depois de colocar o capacete. Evan não fez questão de usar o dele.

Não disse nada ao dar partida, nem ao parar, minutos mais tarde, em frente a uma mansão gigante. Muito menos quando entramos nela, e eu fui recebida por um mar de rostos desconhecidos. Vi, por entre as pessoas, Evan subir as escadas para o primeiro andar sem olhar para trás. Quando ouvimos uma porta bater com força, todos ficamos em silêncio por alguns segundos.

— V... v... vem, Cellestia — Sam disse, colocando uma mão nas minhas costas, sem nem sequer olhar para mim, com toda a atenção voltada para as escadas por onde o vampiro tinha subido. — Vou te apresentar algumas pessoas.

Assenti, deixando que me guiasse, mas sem conseguir esquecer a reação do vampiro e como havia decidido se trancar em seu quarto do nada. Ainda tentava entender o porquê de ter ficado tão abalado com o fato de eu ter devolvido seu colar.

— Esta aqui era a sua melhor amiga, Jéssica — explicou, indicando uma garota minúscula de uns doze anos com cabelos castanhos extremamente longos e olhos da mesma cor. — Vocês duas eram quase como irmãs quando você era Lollipop.

A garota sorriu nervosamente, acenando, e eu a encarei, em confusão. Perguntei para Sam, num tom um pouco mais baixo, tentando não parecer muito grosseira:

— Uma menininha de doze anos era a minha melhor amiga?

Pelo jeito que caiu na risada, e a garotinha fechou a cara, a resposta era sim. Dei de ombros. Certo. Eu tinha uns gostos bem estranhos antes então...

— Não tenho doze anos. Tenho dezoito — ela retrucou. — E obrigada por dar mais motivos para esse aí zombar de mim pelo resto da semana.

— Pelo resto da vida, Jazz — Sam corrigiu, ainda rindo.

Jazz? Como o estilo musical? Era um bom apelido, tinha que admitir.

— Sério?! — alguém exclamou atrás de mim. — Você era a atração principal do Instituto?

Eu me virei para ver quem era. Uma garota da minha idade, com cabelo loiro liso, olhos escuros e roupas superapertadas. Quase diria que poderia trabalhar como uma das atrações do Instituto se não estivesse usando roupas que nenhum dos nossos estilistas indicaria.

— Jullie... — Sam chamou, em tom de alerta.

— Desculpe, mas é surpreendente o que um pouco de silicone e tinta de cabelo podem fazer — comentou, aproximando-se de mim.

Fechei a cara. Não estava gostando nem um pouco da forma como estava me olhando, como se fosse superior e estivesse encontrando defeitos em cada centímetro do meu corpo. Eu sabia quem era. A ex-namorada do tal "Evan", que havia sido trocada por mim.

— E você é a vampirinha invejosa que perdeu o lugar pra mim? — perguntei, em tom de pena. — Desculpe se demorei pra te reconhecer. É que... eu esperava um pouco mais.

Ouvi Jéssica abafar um riso atrás de mim. Pela expressão da tal Jullie, eu não costumava responder para ela antes. Bom saber. Só tornaria tudo mais divertido. Mantive a expressão dura enquanto ela parecia pensar em um jeito de me matar rapidamente. Se tentava me assustar, não estava dando certo. Não demorou muito até que simplesmente me desse as costas e saísse da sala.

— Alguém consegue mesmo levar essa garota a sério? — perguntei, me virando para eles mais uma vez.

Por algum motivo, em meio aos risos, pude ver um olhar triste no rosto da garota que diziam ser minha melhor amiga. Não demorou dez segundos para que seu sorriso sumisse e para que ela passasse por mim correndo, esbarrando em meu ombro e disparando escada acima. E é claro que eu me senti mal com isso. Era a segunda pessoa que eu magoava em menos de uma hora sem ter a menor intenção de fazer isso. Quem seria o próximo? Samuel?

— É difícil pra ela — o garoto explicou. — A melhor amiga dela, que no caso é a única família que ela teve por muito tempo, não a reconheceu. E ter você aqui, na nossa frente, sem se lembrar de tudo o que passamos é bem complicado. — Fez uma pausa, como se estivesse pensando em uma forma de me reconfortar com as palavras seguintes, mas o que acabou saindo foi algo bem diferente. — O seu quarto é o primeiro à direita, no primeiro andar. As suas coisas já estão lá.

Passou por mim, me deixando sozinha com as outras vinte e poucas pessoas que me encaravam em expectativa. Será que pensavam que eu me lembraria deles? Quando não falei nada, pensando no que Sam havia dito, começaram a se dispersar aos poucos, me deixando sozinha.

Fui até o sofá e me sentei em silêncio, ouvindo o movimento nos outros cômodos da casa. Em um deles, consegui ouvir algumas coisas se quebrando. Se pudesse apostar, diria que era o vampiro que estava fazendo aquilo.

Os outros só passavam por mim de vez em quando, fingindo que eu não existia, como se não suportassem me olhar sabendo que não teria como dar uma palavra de conforto a qualquer um deles.

— Oi — cumprimentou um homem idoso, parando na entrada da sala. Eu o reconheci. Tinha sido o primeiro a me comprar. Era o amigo de Allana: Ben. — Como está se sentindo?

— Péssima — admiti, sorrindo um pouco, enquanto o observava se aproximar e sentar ao meu lado. — Não pensei que seria assim. Pra falar a verdade, nem estava acreditando muito nisso até alguns minutos atrás.

Talvez o suposto "Evan" fosse simplesmente Evan, e eu não fosse só Cellestia, mas Lollipop, Celena, Destiny e Amélia também. Só que eu continuava a não me lembrar deles, e não tinha ideia de como ajudá-los. Como poderia agir como alguém que eu nem sabia quem era? Elas os conheciam. Eu não. Para mim, era só um bando de estranhos que ficavam emotivos quando chegavam perto de mim.

— Talvez eles só precisem de um abraço, já que você continua parecendo você — falou Ben, como se tivesse lido meus pensamentos. — Não precisa dizer nada. É só... deixar que eles tenham Lollipop de volta por alguns segundos.

— Só que eu não sou assim — retruquei. — Não deixo as pessoas chegarem perto. Muito menos aqueles que eu não conheço.

— É mais fácil do que o que você faz no Instituto. Isso eu posso garantir — ele disse, apertando o meu ombro com gentileza.

Suspirei, encarando a mesa de centro de madeira em frente ao sofá. Ben podia ter razão, mas isso não tornava as coisas mais fáceis. Nem um pouco, aliás.

Me levantei, pedindo licença ao homem, e subi a escada para ir até meu quarto. O primeiro à direita, certo? Caminhei até lá, ouvindo algum tipo de discussão vir do quarto de trás, e não pude deixar de me demorar de propósito para abrir a porta, querendo saber se tinha a ver comigo ou não.

Antes que eu pudesse entender qualquer coisa, a porta se abriu e Sam saiu de lá de dentro. Pude ver que, no fundo do quarto, Evan estava sentado no chão em meio aos destroços de alguns móveis. Seu olhar estava vítreo, e havia uma ou duas garrafas de uma bebida verde quase vazias ao seu lado. Parecia ter acabado de presenciar a morte de alguém que amava ou algo do tipo. Estava... arrasado. E eu sabia que era por minha causa.

Sam fechou a porta atrás de si antes que eu tivesse a chance de ver mais alguma coisa, e senti minhas bochechas esquentarem. Não falou nada antes de se dirigir à porta seguinte, entrando no cômodo e se fechando lá dentro.

Entrei em meu quarto, não suportando mais ficar tão exposta naquele corredor, e fiquei feliz ao ver que havia uma chave na fechadura. Tranquei a porta antes de ousar analisar outros detalhes do cômodo que não fossem a enorme cama de casal com um dossel alto.

As paredes eram de madeira escura, assim como o chão, e os móveis pareciam antigos, mas eram sofisticados. Havia uma varanda do lado esquerdo do quarto, e, do direito, uma cômoda e uma porta que provavelmente levaria ao banheiro.

Minha mochila estava em cima da cama.

Fui até ela, abrindo-a e analisando o que minha estilista havia colocado ali. Eram roupas curtas e provocativas, como as que eu normalmente usava, mas, considerando a situação, me sentia sem graça de usar aquelas coisas. Não precisava seduzir nem agradar ninguém ali. Só que não tinha mais nada que eu pudesse vestir.

Peguei a camisola de seda preta que ela havia colocado lá, levando-a para o banheiro com o robe de renda da mesma cor. Precisava de um banho. Um banho bem demorado, que tirasse toda a sujeira do Instituto de mim pela primeira vez desde que havia aberto os olhos naquele lugar.

Fiquei na banheira por alguns minutos, encarando a água, vendo como reagia ao movimento dos meus dedos, tentando organizar as ideias pensando no que Ben havia dito. Eu não era o tipo de pessoa que deixa os outros se aproximarem. Além disso, nem os conhecia direito! Tinha passado meses com Allana, e mesmo assim não me sentia completamente à vontade com ela. Não tinha sido criada para amar ou cuidar, e era por isso que me sentia tão estranha, como se houvesse alguma coisa errada.

A imagem de Evan arrasado em seu quarto não saía da minha cabeça, e me sentia mal por saber que ele havia chegado àquele ponto por minha causa. Se tudo aquilo fosse verdade, eu entendia o porquê de sua reação. Só de imaginar que alguém, um dia, havia me amado tanto quanto parecia amar, eu...

Afundei na banheira, tentando tirar os pensamentos da minha mente. Não havia passado nem um dia com aquelas pessoas e já estava completamente confusa, com a cabeça virada do avesso. Era como se um grande rastro de sentimentos continuasse dentro de mim, me fazendo sentir coisas que não deveria com relação a pessoas que conheci e não me lembrava.

Apesar de tudo, eu até gostava da minha situação no Instituto. Aquela era a vida que eu conhecia, e, comparada a tudo o que tinha sofrido desde o início, agora era melhor do que um dia eu poderia pedir. Tinha noites ruins. Sempre. Mas havia noites boas também. Eu tinha uma amiga, um trabalho, bebida e comida de graça todas as noites, e sempre estava com a aparência bem cuidada. Até uma cama boa haviam me dado. Então, por que eu desistiria daquilo? Abrir mão de tudo para atravessar o oceano e viver num lugar que mal tinha energia elétrica? Onde as pessoas se matavam para sobreviver? Não. Parecia demais para mim agora. Ainda mais pensando que queriam que eu fizesse isso por pessoas que eu nem conhecia.

Só quando todo o ar havia sumido dos meus pulmões me ergui, ofegante, esperando que aquilo tivesse me ajudado a voltar a mim. No caso... Não deu nem um pouco certo.

Saí da banheira, passando a camisola por cima da cabeça e vestindo o robe de renda e tule por cima. Sequei o cabelo em frente ao espelho, passando os dedos por entre os fios cor de lavanda. Era a cor de que eu mais havia gostado. Como será que devia ser antes de...? Eu precisava realmente parar de pensar naquelas coisas.

Voltei para o quarto.

O silêncio na casa agora era absoluto, e não havia nenhuma fresta de luz saindo por baixo da porta. Provavelmente estavam todos dormindo.

Eu me sentei na cama, levando a mão ao peito a fim de pegar as fichas de identificação do colar, algo que eu sempre fazia antes de dormir. Porém, quando meus dedos encontraram apenas pele, senti um vazio estranho. É claro que me lembrava de tê-lo devolvido a Evan, mas era quase um hábito automático e estranho.

— Algo me diz que esse não é o único hábito que você tem — sussurrei para mim mesma.

Quanto mais tempo passava naquele lugar, mais coisas pareciam vir à tona. Não lembranças, mas sim sentimentos, e a culpa que sentia por ter magoado Jéssica e Evan só conseguia crescer dentro de mim. Era como um sussurro em minha mente que dizia que eu podia ter impedido. Só não sabia o quê.

Saí do quarto. Precisava mudar aquela situação. Não podia deixá-los assim.

Havia apenas uma porta aberta no corredor, e fui até lá para ver de quem era. Jéssica. Ela estava sentada de pernas cruzadas em cima da cama, no meio do quarto escuro, concentrada na chama azul que saía do seu dedo indicador.

Bati na porta fracamente, chamando sua atenção, e ela pareceu confusa ao me ver ali. Perguntei:

— Posso entrar?

A menina assentiu uma vez, e dei alguns passos hesitantes até sua cama, me sentando à sua frente, pouco à vontade. Eu não estava ali para consolá-la. Precisava de tanta ajuda quanto ela naquele momento, e, se era ela minha melhor amiga, então era a pessoa que me ajudaria a descobrir a verdade.

— Eu não sei qual é o problema — comecei. — Não sei se é o jeito como eu falo com vocês ou a minha aparência, mas... preciso que você saiba que não sou Amélia, nem Destiny, nem Celena, e também não sou Lollipop. Sou Cellestia e fui criada pelo Instituto pra afastar todos que tentam se aproximar de mim. Fui criada para entreter homens e mulheres velhos e entediados, e para não ter medo de nada. Sinto muito se não é o que vocês esperavam, e, se isso magoa, também não estou feliz, mas é o que é, e eu não posso mudar quem sou agora.

Parei de falar, me sentindo um pouco melhor por poder admitir aquilo em voz alta sem ser interrompida. Jazz continuou me olhando por algum tempo com a mandíbula rígida, tentando absorver o que eu havia dito. Depois de um tempo, soltou:

— Você tem razão. Mas não pode esperar que a gente fique contente com as suas atitudes. — Algo me dizia que o que ela diria a seguir doeria no fundo da minha alma, mas me mantive lá, firme e forte, esperando que fosse até o fim. — Porque você, querendo ou não, tomou o lugar dela, da garota que o Evan amava e que era a minha melhor amiga. O fato de você estar aqui e dessa forma pode significar que nós nunca mais teremos a Lollipop que conhecíamos de volta. Que ela não existe mais. Você nunca vai nos olhar da mesma forma ou nos conhecer como ela conhecia. Esse é o problema.

Era bem difícil ter aquilo jogado na cara daquele jeito, mas, assim como eu havia falado aquelas coisas para ela antes, tinha que entender o que estava ouvindo agora.

Pousou a mão por cima da minha, sobre o lençol, apertando-a de leve para chamar minha atenção para o que diria a seguir. Agora sua expressão estava bem mais suave.

— Fique com ele — orientou. — Não precisa falar nem fazer nada. Só... fique perto dele. Por hoje.

— Eu não sei quem ele é. Não posso... — comecei.

— Ele também não te conhece, mas, se tem uma pessoa que pode ajudá-lo agora, é você.

— Eu não... — tentei mais uma vez, mas ela soltou minha mão, se enfiando embaixo das cobertas e ignorando completamente qualquer coisa que eu pudesse dizer.

Eu me levantei, deixando-a sozinha e considerando sua resposta. Era só ficar ao lado dele, então? Não era uma coisa impossível, se considerasse que havia me comprado, e eu já tinha feito coisas bem mais "íntimas" com pessoas menos agradáveis que gastaram muito menos que aquele vampiro.

Fechei a porta do quarto de Jéssica com cuidado, fazendo o possível para ser silenciosa enquanto andava na ponta dos pés até a porta do meu quarto.

Parei com a mão na maçaneta, me perguntando o que estava fazendo. Não com a minha vida, mas naquele momento. Não tinha dito a mim mesma que iria ajudar Evan? Bufei. Eu era mesmo uma anta. Não devia ter medo. Não tinha sido criada para isso.

Atravessei o corredor, parando em frente à porta dele e encostando o ouvido nela, esperando ouvir algum som vindo de lá de dentro. Nada. Como eu esperava. Prendi a respiração. Coragem. Ele não ia me matar, certo?

Girei a maçaneta devagar, abrindo a porta de um jeito hesitante enquanto entrava.

O quarto estava escuro, iluminado apenas pela luz da lua, que entrava pela enorme janela que dava na varanda. Uma brisa leve entrava pela fresta aberta, balançando as cortinas brancas de uma forma um pouco melancólica. Como se fosse de propósito, os raios de luz iam direto para a cama enorme.

Ele estava deitado nela, coberto até a cintura, as costas nuas à mostra. Com certeza olhava para o lado de fora, mas sabia que eu estava ali. Fechei a porta, ficando algum tempo encostada a ela, pensando no que fazer.

Eu poderia sentar na poltrona que com certeza havia lá antes, mas estava quase que destruída. E era por minha causa. Também podia ficar simplesmente parada em pé ao lado da cama, mas seria um pouco coisa de psicopata. A terceira opção era sair do quarto e voltar para onde nunca devia ter saído: minha cama. Já a quarta... ela era a mais assustadora e a única que não me deixaria com cara de idiota ou covarde.

Resolvi me aproximar da cama. O fato de se manter em silêncio mesmo estando acordado ajudava muito, e estava grata a ele por isso.

Peguei o cobertor, levantando-o para que eu pudesse deitar com ele, desviando do dossel tombado que ele, com certeza, havia quebrado mais cedo. Por minha causa também.

Puxei o cobertor para mim depois de deitar, sentindo cada músculo do meu corpo tremer por receio de Evan gritar me mandando embora dali, mas o que Jéssica havia dito não saía da minha cabeça. Eu não precisava falar nada. Só ficar ao lado dele.

Encarei suas costas por algum tempo, sentindo algo dentro de mim, um desejo quase insuportável de tocar nele. Como a lembrança de um sentimento muito forte que parecia estar querendo vir à tona. Talvez fosse disso que eu precisava também.

Me aproximei um pouco mais, e, quando toquei suas costas por um segundo, Evan se encolheu como se tivesse levado um choque. Coloquei a mão de volta no lugar, me afastando de novo. Sabia que estava avançando o sinal. Era coisa demais para uma noite só, e... ele estava se virando para mim.

— Por que está fazendo isso? — perguntou, me encarando com um olhar triste que fez meu coração apertar.

— Disseram que eu não precisaria falar nada — respondi, sorrindo um pouco sem graça.

Continuou me olhando com a mesma expressão de antes, como se estivesse prestes a desmoronar na minha frente, e senti como se devesse ajudá-lo. Então eu entendi o que significava só ficar ao lado dele, e soube o que fazer.

Passei um braço ao seu redor, me aproximando mais e o puxando para perto, apoiando o queixo no topo de sua cabeça. Continuei, passando os dedos pelo seu cabelo:

— Disseram que eu só precisava ficar ao seu lado.

Não houve resposta. O simples fato de se encolher contra mim, deixando que eu continuasse abraçada ao seu corpo daquela maneira, como se pudesse protegê-lo do mundo, já era o suficiente. Ele era o suficiente.

PROVA DE FOGO

EVAN

ERA DIFÍCIL. OLHAR PARA ELA, SENTIR O CHEIRO DELA, TOCAR NELA E ATÉ mesmo pensar nela. Não era mais a minha Lollipop; mas era como ela. Também era como Celena. Como Destiny. E como Amélia. Era todas e nenhuma ao mesmo tempo.

Quando veio até mim e me olhou como se eu fosse o tipo de cliente que ela adoraria seduzir, se pareceu com Celena. Quando ficou quieta enquanto ouvia nossa história, não ousando nem olhar para mim por não querer demonstrar sentimentos, foi como Destiny. Quando entrou no meu quarto durante a noite, mesmo que estivesse morrendo de medo, se pareceu com Amélia, e, quando me abraçou como se pudesse me proteger do mundo, foi como Lollipop. Não sabia se isso me fazia sentir melhor ou pior.

Não demorou muito até que ela caísse no sono, e fiz tudo o que pude para não acordá-la enquanto tomava seu lugar, envolvendo-a com meus braços e a apertando contra mim. Podia não ter ideia de quem eu era, e duvidar completamente da procedência da história que eu tinha contado mais cedo, mas ainda assim era ela. A minha garota, e eu a tinha de volta.

Fiquei imóvel até o momento em que percebi que ela estava acordando, e acho que aqueles foram os segundos mais assustadores da minha vida. Não sabia se devia me afastar, se era melhor não me mexer, ou se devia levantar e sair correndo do quarto. Ela tinha me abraçado, mas será que ver que agora era eu quem a envolvia seria uma boa ideia? Ainda mais sabendo que eu era um vampiro e que tinha feito aquilo propositalmente, e não durante o sono? Queria muito poder ler sua mente para saber o que ela queria, mas os merdas do Instituto... Não vou começar com aquele discurso indignado mais uma vez, é só que era tudo mais fácil quando podia ler sua mente quando eu queria e saber até onde eu podia chegar sem arriscar acabar com a cabeça arrancada em um rompante de raiva dela. Eu estava tão perdido que me sentia como um humano de novo.

Decidi que a melhor saída seria me levantar, apesar de lamentar muito por isso, e sair do quarto. No fundo, queria adiar um pouco mais a próxima sessão de questionamentos a que eu não saberia responder, olhares desconfiados e até aquela pontinha de desprezo que eu via na forma como ela olhava para mim. Estava sendo mais difícil enfrentar a situação dessa vez.

Só quando cheguei à cozinha, no andar de baixo, me senti a salvo. Não teria como ela ter me visto, certo?

— Você está *mesmo* entrando em crise — disse Jullie, ao meu lado, me surpreendendo. Não teria como ouvi-la. Era uma vampira e não tinha pulsação ou cheiro para mim. Pegou uma das garrafas de sangue bovino da geladeira para si. — Na minha opinião, tem que relaxar e agir como sempre. Foi assim que ela se apaixonou por você das outras vezes, e não agindo feito um adolescente apaixonado e assustado.

— Ela é diferente das outras — falei, me sentando no balcão. — Já é forte o suficiente, e não está acostumada com o amor. A única forma de relacionamento que ela conhece é com dinheiro envolvido.

Quando terminei de pronunciar as últimas palavras, meu estômago revirou. Só de pensar que ela tinha sido obrigada a vender o corpo para conseguir dinheiro para aquela empresa maldita, a raiva fervia dentro de mim.

— Mas ela adora uma pegação — a vampira retrucou, o que me fez rir. Jullie se sentou ao meu lado, dando um grande gole na garrafa de sangue antes de continuar. — Eu não gosto dela. Sendo Lollipop, Cellestia ou qualquer uma, mas gosto de você. Então, vou mandar a real: foda-se o amor. Foda-se o sentimentalismo. Se você quer tê-la de volta, tem que mostrar mais do que isso, porque tudo o que ela vê agora é o amor que você sentia pela pessoa que ela era, e não a atração pelo que é agora. Tem que aceitar quem ela é, e não insistir em quem ela foi.

Olhei para ela, surpreso. Jullie estava mesmo me dando conselhos amorosos com relação a Cellestia? Surpreendente. Talvez tivesse mesmo mudado. Ou talvez só estivesse, finalmente, interessada em outra pessoa. Se eu pudesse chutar, diria que era por causa de seu mais novo bichinho de estimação, para quem ela já devia ter dado uma "atenção a mais", e agora ele estava caidinho por ela. Mortais...

183

— Falando no diabo, ou melhor, no anjo — murmurou, tentado disfarçar o tom de desgosto em sua voz.

— Bom dia — falou Cellestia, entrando na cozinha.

Eu não havia notado na noite anterior, mas ela usava uma camisola curtíssima de seda preta e um robe de tule e renda da mesma cor. Quase melhor do que o shortinho de moletom preto que eu adorava. Resisti ao impulso de assobiar.

— Faça — Jullie sussurrou, cutucando meu braço. — Vai. Fala.

— Não! — sussurrei de volta. — Não posso...

— Bebezinho — respondeu.

— Gostei da camisola — comentei, fuzilando a vampira com o olhar, já que Cellestia estava de costas.

— Gostou da minha camisola ou de como a minha bunda fica nela? — a garota perguntou, olhando maliciosamente para mim por um segundo, antes de voltar a se concentrar no que fazia.

Meu queixo caiu. O que havia acontecido com a garota tímida da noite anterior? Sim, havia uma explicação lógica para ser mais fácil para ela fazer comentários como aquele do que se aproximar de alguém, mas não era algo com que eu estava acostumado. Eu precisava admitir que estava começando a gostar um pouco disso.

— Vai ajudar — Jullie ordenou, em tom baixo, me empurrando de cima do balcão enquanto Cellestia tentava entender como funcionava a cafeteira. — Vai!

— Relaxa — falei, rindo, enquanto me dirigia à garota. — Precisa de ajuda aí?

— O que você acha? — ironizou, me fazendo sorrir.

Liguei a cafeteira na tomada, facilitando muito seu trabalho. Era engraçado como, mesmo vivendo dez meses no Instituto, ela não teve contato com tecnologias simples como aquela. Eu me perguntava como devia ser sua vida lá.

Olhei por cima do ombro para Jullie, que se levantava para sair da cozinha. Ela soletrou a palavra PEGAÇÃO para que eu fizesse leitura labial, antes de se retirar do cômodo, rindo. Mordi o lábio, evitando que o sorriso que havia antes não se transformasse em gargalhada.

— Quer dizer que vocês são amigos agora? — Cellestia indagou, servindo a si mesma uma xícara de café.

Então se virou para mim com uma sobrancelha levantada. Eu conhecia aquele tom até mais do que ela mesma devia conhecer. Dizia: "Não importa a sua resposta, já tenho bolado na minha cabeça um plano enorme para te fazer cair numa armadilha para parecer que sou eu quem tem razão". Era uma descrição bem grande, eu sabia, mas já a conhecia fazia tempo suficiente para saber que cada uma dessas palavras passava, sim, por sua cabeça.

— Você sabe. Ela é bonita, você também. Gente bonita atrai gente bonita e... — começou.

— *Você* é bonita — interrompi.

— E você é não é nada sutil — retrucou, me olhando daquele jeito desafiador que eu conhecia tão bem.

— Que eu saiba, você prefere quando eu não sou sutil — sussurrei, me inclinando em sua direção.

Cellestia riu, passando por mim e me deixando inclinado na direção do ar. Suspirei, me endireitando. Estava começando a passar pela parte que eu chamava de "Não sei se estou atraído por ela pelo fato de saber o que significava cada gesto e por se parecer com a garota que veio antes, ou pelo simples fato de ela ser incrível". Sempre acontecia. Com Destiny, foi quando me olhou do jeito mais indiferente possível no momento em que falei que a amava; com Celena, foi quando me mandou ir para... o Inferno no momento em que disse "oi" para ela pela primeira vez; com Lollipop foi quando esmagou um cigarro na minha mão; e agora, com Cellestia, quando tudo o que fez foi sorrir e me deixar sozinho no momento em que estava prestes a dar "o próximo passo".

Cellestia piscou para mim antes de sair da cozinha, colocando a xícara vazia no balcão, me deixando completamente perdido ao olhar para ela. Pude ouvi-la cumprimentar Sam no corredor, e poucos segundos depois ele apareceu na porta.

— Me deixe adivinhar — ele lançou. — Ela é demais, e você está se sentindo culpado por estar atraído por ela em tão pouco tempo. — Achava mesmo que ele estava começando a ser o telepata do grupo, no meu lugar. — Vamos. Pode falar.

— Ela é tão direta, tão confiante... — analisei. — Não tem medo de dizer qualquer coisa que possa me magoar, e sabe exatamente como *não dizer* certas coisas, deixando que eu mesmo tenha que raciocinar pra entender.

— Temos, então, uma quinta versão direta, confiante, misteriosa e cheia de personalidade da garota que você amava — resumiu, abrindo a geladeira. — Ou seja, finalmente ela se tornou você. E está gostando muito disso.

— E não devia, certo? — questionei.

Fui até ele, observando enquanto pegava uma pilha de coisas e começava a jogar tudo numa tigela e batia. Ia fazer panquecas. Aquele garoto era realmente viciado nisso. Chegava a ser uma doença. Panquecas no café da manhã, no almoço, no jantar, de sobremesa. Suco de panqueca, sorvete de panqueca, bife de panqueca... não sabia de onde tinha tirado aquele vício. Não era assim quando fui embora, alguns anos antes.

— Você ama a Lollipop — disse, concentrado em bater os ingredientes. — E o fato de ela ter os mesmos olhos, o mesmo sorriso e a mesma voz te impede de ser indiferente. É como se ela tivesse uma vantagem na hora de te conquistar de novo.

— Só que ela é outra pessoa! — exclamei. — Não é a minha...

— Mas parece. E está dando bola pra você — interrompeu. — Isso é o suficiente. — Largou a tigela, virando para mim, e colocou a mão em meu ombro. — Ela não vai voltar, cara. Quanto mais rápido superar isso, melhor vai ser. Eu sei que é difícil. Eu também gostava dela, mas me preocupo com você. E, se é a Cellestia que você tem agora, então vai fundo. Ela é bonita, maluca e fuma que nem você, então...

— Ela fuma? — perguntei, surpreso.

— Você ficaria surpreso, lindinho — respondeu a própria Cellestia, passando pela porta em direção ao lado de fora, piscando para mim e levantando um cigarro aceso na altura do rosto.

Mais uma vez ela me deixava boquiaberto no meio da cozinha. Só que agora havia Sam para ver e rir da minha cara. Ele balançou a cabeça, sorrindo, e perguntou, colocando a primeira concha de massa na frigideira:

— Vai ficar aqui me olhando fazer isso ou vai aproveitar os dias que tem com ela?

— Eu não posso fazer isso. Não posso simplesmente aceitar o fato de que a Lolli não vai mais voltar. Eu... — Fiz uma pausa quando me olhou como se não acreditasse em uma das palavras que eu dizia. — Você tem razão, não tem?

— Tenho.

— Tudo bem. Estou indo. — E disparei para fora da cozinha até o quarto.

Tomei o banho mais rápido do mundo, vesti uma roupa qualquer e fui para o lado de fora, procurando por ela.

Cellestia estava deitada na grama do jardim, tentando tapar a luz do sol com os dedos de uma mão como se estivesse brincando, e com a outra segurando o cigarro, que estava pela metade. Quando parei em pé ao seu lado, fez um gesto para que eu me deitasse, e eu obedeci.

— Qual é o plano? — perguntou, ainda concentrada em sua brincadeira. Sabia que se referia à sua fuga do Instituto.

— Não tenho nenhum ainda — admiti. — A ideia era te fazer gostar de mim primeiro.

— Como se isso fosse me encorajar a sair — concluiu, e precisei concordar. Não mentiria daquele jeito para ela, negando tudo!

Tragou o cigarro com força, colocando-o no cinzeiro que eu não sabia de onde havia pegado. Continuou, com a voz baixa, como se estivesse prendendo a respiração:

— Não preciso que você me conquiste pra me convencer a fugir de lá. — Soltou a fumaça para cima de uma vez. — Se eu quiser sair, vou sair. Sem sentimentalismo. Isso não faz parte da minha personalidade.

Me ajeitei, apoiando a cabeça em uma das mãos enquanto me deitava de lado, para encará-la melhor. Ela havia desistido de tentar tapar o sol com os dedos, e agora havia fechado os olhos para se concentrar no calor. Ainda tinha as mesmas sardas claras no nariz e bochechas, e a mesma falha na sobrancelha. Eram coisas que o Instituto poderia ter concertado se pudesse, mas só a deixavam mais bonita. Mais humana.

— Me deixe adivinhar. Você está olhando pra mim e ficando completamente nostálgico.

— Talvez.

— Espere... me deixe continuar. — Ela abriu um dos olhos verde-água. — Está pensando que eu sou bonita e... — Estava começando a ficar um pouco apreensivo com o rumo que aquilo iria ter. — E se perguntando se devia me levar pra dar uma volta pela cidade.

— Isso é o que eu estou pensando ou é o que você quer que eu pense? — brinquei, tentando esconder o fato de ela estar completamente certa com relação às duas primeiras situações.

— Não sei com relação às duas primeiras coisas, mas a terceira veio da minha parte — admitiu, o que me fez sorrir, um pouco aliviado. Por sorte ela não levou a conversa para o lado complicado do nosso passado.

Cellestia se levantou, limpando a grama da roupa, antes de estender a mão na minha direção, me olhando do mesmo jeito desafiador de antes, com uma sobrancelha erguida.

187

— Então, vai me tirar daqui ou não, bad boy?
— Você gosta de apelidos, né?
— Isso foi um sim? — Perguntou. Como resposta, peguei sua mão, me levantando e a puxando na direção da minha moto.

Quando eu era mais jovem, aprendi com um grande sábio chamado Edward Murphy um dos maiores ensinamentos que o ser humano, vivo ou não, deveria aprender: se alguma coisa pode dar errado, vai dar. E mais: vai dar errado da pior maneira, no pior momento e causando o maior dano possível. Isso ficou conhecido como a famosa "Lei de Murphy".

O que ele esqueceu de dizer é que talvez a pessoa que foi vítima da lei não fosse exatamente quem sofreria o tal do "maior dano possível".

Cellestia e eu fomos para um bar no canto mais afastado da cidade. Não havia muito risco de fiscalização, então não corríamos o perigo de alguém me reconhecer e me denunciar, e ficava longe de qualquer um dos tarados idiotas que frequentavam o Lower Floor, apesar de todo mundo naquele inferno saber exatamente quem ela era.

Prometi que apresentaria a ela a melhor coisa que já pensou em ver, e, quando uma enorme pizza de queijo foi entregue para nós no balcão do bar, posso jurar ter visto o brilho da salvação e compreensão nos olhos dela. Não era algo que estivesse na minha "vasta" lista de alimentos, e qualquer pedaço daquela coisa me faria passar extremamente mal mais tarde, além de ter um delicioso sabor de terra, mas ler a mente das pessoas me ajudava com essas sensações. Às vezes, a vaga lembrança do gosto de algo vindo de outra pessoa podia ser mais satisfatória para mim do que a própria vivência daquilo. E acredite: minhas melhores "vivências" com comida vindas da mente dos mortais tinham sido com aquela coisa. Por isso decidi que seria legal mostrar a ela.

— Você vai comer isso sozinha — alertei. — Mas posso dar algum apoio moral, mastigando um pouco e cuspindo de volta na caixa, se quiser.

— Você é nojento — falou, fazendo uma careta e pegando um pedaço da pizza. — Mas foi engraçado.

Sorri, pedindo ao barman um copo de absinto que eu sabia que ele tinha em algum lugar daquele bar. Reconheceria aquele cheiro forte e adocicado a quilômetros de distância. Era quase como um perfume atraente para mim.

— Estou considerando o fato de você ser um vampiro alcóolatra — Cellestia comentou, enquanto o cara me entregava um copo extremamente pequeno com dois dedos da bebida. Ah... ele achava que eu era mortal. Idiota.

— Prefiro isso a ficar sóbrio o tempo inteiro neste mundo de imbecis que não sabem aproveitar os poucos anos de vida que têm — murmurei, bebendo tudo de uma vez, como se fosse água. Àquela altura, depois de tanto tempo, parecia mesmo.

Ela me encarou por alguns segundos com um sorriso quase imperceptível no rosto. Aquela não era uma expressão que eu tivesse visto antes, o que me deixou completamente intrigado. Depois de mais de cento e cinquenta anos, algo naquele corpo tão familiar era diferente. Parecia uma mistura de indignação, humor e... e o que mais? Eu não sabia. Não podia ler sua mente. Pelo Pai Eterno Sagrado dos Vampiros! Quando meus poderes iriam voltar para que eu pudesse de novo compreender aquela garota?!

— Isso vai parecer muito uma cantada, senhor Evan Moore — ela advertiu —, mas é a verdade: a minha vida nestes últimos meses teria sido muito mais fácil se existissem mais pessoas como você naquele Instituto.

Alguns momentos se passaram sob um silêncio extremamente constrangedor, até eu decidir que a melhor coisa a fazer seria pedir outra dose para o barman. Pelo menos manteria a minha boca ocupada e bem longe da dela. Eu sentia tanta falta que... mais uma dose.

Quando cheguei à sexta dose, já começando a sentir um pouco de euforia, o barman se recusou a me dar mais, dizendo que era bem possível que eu tivesse um ataque cardíaco nos próximos dez minutos. Precisei me segurar para não berrar na cara dele que não havia como eu ter um infarto porque o meu coração NÃO BATIA.

— Sabe... eu sinto falta dela — soltei de repente, chamando sua atenção. — Mais do que de qualquer coisa neste mundo. É engraçado porque eu tenho você bem aqui, e isso não muda nada.

Eu nunca diria uma coisa dessas se não tivesse bebido aquelas doses, mas, no fundo, me sentia melhor por estar abrindo a boca depois de tanto tempo. Pelo jeito como não conseguia nem olhar para mim, os dedos entrelaçados no cabelo lilás, soube que ouvir isso não fazia nada bem a sua autoconfiança, mas eu precisava continuar. Precisava que ela soubesse. Não Cellestia, mas sim Lollipop.

Estávamos passando pela fase da negação. Tentaria convencer a mim mesmo de que não poderia amar nem gostar daquela nova garota porque ela, de forma alguma, em nenhum aspecto me lembrava a que veio antes. Embora fosse tudo mentira.

— Não sei se é pelo fato de o Instituto ter mudado tantas coisas na sua aparência, que nem mesmo o cheiro é igual. Ou pelo jeito que você age, que não se parece em nada com o dela. Mas...

— O que você quer que eu faça? — ela interrompeu, passando o olhar irritado para mim. — Quer que eu mande aqueles caras devolverem as minhas lembranças? Quer que eu me mate logo pra evitar que a gente passe por tudo isso mais uma vez? — Então se levantou do banco, ficando à minha frente. Agora falava tão alto que tinha chamado a atenção de todos ao nosso redor. — Se você me trouxe aqui pra ficar criticando quem eu sou agora, é melhor...

— Nossa! — ouvi alguém exclamar atrás dela.

Cellestia parou de falar, se virando de costas e seguindo meu olhar, para o homem que havia dito aquilo. Devia ter uns *cinquenta anos*, e o cabelo *grisalho* estava penteado para trás com gel. Vestia um smoking elegante *e tinha olhos cinza sombrios*. Balancei a cabeça. Por que aqueles pensamentos pareciam estar tão distantes? Eu não... não entendia o que... *é só... amanhã já não vai doer mais.* Pisquei algumas vezes. Era como se aquilo não estivesse vindo da minha mente, como se fossem pensamentos meus, mas completamente aleatórios.

— Cellestia! Achei que não te veria de novo — o homem continuou, se aproximando.

Ela recuou, esbarrando em mim sem querer, por esquecer que eu estava sentado no banco atrás dela. Deu um passo para o lado, desviando de mim e se apertando contra o balcão. O rosto ficou pálido, e percebi que ela tremia.

E vai ser um novo dia. Novo dia? Como assim? Eu não... *Destemida, rebelde, divertida e incansável.* Respirei fundo, tentando acalmar a mim mesmo, como se aquilo fosse me ajudar a encontrar algum sentido no que estava pensando.

— Nós nos divertimos muito naquele dia, não é? — perguntou, se aproximando ainda mais, e ela murmurou algo para si mesma. Estava ficando ofegante.

A imagem de rastros de sangue em um chão branco invadiu minha mente como um soco, e cheguei a me sentir um pouco tonto com isso. Depois, um flash. Era um corredor, e, uma pessoa, seja quem quer que fosse, estava sendo arrastada. *Não me lembrava da... surra.* Surra?

— Naquela época você ainda não era nem metade do que é hoje — falou.
— Não sabia nada. Imagino o que não aprendeu durante esses meses! Nós podíamos repetir a dose pra você me mostrar. O que acha?

Cellestia colocou a mão em meu braço, pressionando os dedos ali como se pedisse silenciosamente para que eu a protegesse. Só que eu estava tão confuso com aquela mistura de frases e imagens que duvidava muito de que qualquer músculo do meu corpo pudesse se mover.

Nesse momento, uma sequência de imagens e cenas inundou minha mente, e tudo começou a fazer sentido. Vi Cellestia e aquele cara em um quarto, e... e... eram... eram lembranças dela. E aquele... aquele filho da... ele tinha... tinha machucado a Cellestia. Tinha encostado aqueles malditos dedos nela e... não. Não. NÃO.

Respirei fundo, tentando impedir minhas presas de descerem. Apesar de tudo, eu não podia perder o controle ali. Não na frente de todas aquelas pessoas. Só que aquele desgraçado tinha... ok. Ok. Relaxe. COMO EU IA RELAXAR?! Como ia fazer isso quando uma torrente de pensamentos sujos e cruéis passava da mente dele para a minha sem que eu conseguisse controlar aquilo?! A telepatia tinha que voltar *justo agora*?

Peguei a mão dela, finalmente despertando do meu choque, entrelaçando seus dedos aos meus, como se dissesse que estava ali para cuidar dela. E estava. Não deixaria aquele idiota chegar nem mais um centímetro perto de Cellestia.

— Ah, não! — ele continuou, agora olhando para mim. — Vai me dizer que está apaixonado por ela? Uma prostituta? — Riu, com um tom de descrença insuportável. — Você deve ter ficado boa mesmo, hein? Sabe que, na época em que eu a comprei, essa garotinha só conseguia...

Levantei do banco, fazendo-o parar de falar, e a puxando junto comigo. Consegui rir do olhar de pânico dele quando parei à sua frente e falei, tão perto que podia sentir o fedor de medo saindo de cada um daqueles poros nojentos:

— Foda-se a sua história, foda-se o que você pensa. Foda-se o que ela aprendeu ou deixou de aprender, e foda-se você. *Foda-se.*

Ele abriu a boca para responder alguma coisa, completamente pálido e trêmulo, mas, antes que tivesse a chance de continuar, fui para o lado de fora, levando-a comigo.

Subi na moto sem falar nada, ignorando qualquer tentativa dela de falar também. Não queria ouvir nada disso. As imagens foram o suficiente, e eu já estava irritado o bastante para querer matar alguém com minhas próprias mãos.

Se não saísse dali logo, acabaria voltando para aquele lugar e acabando com a raça daquel homem e na frente de todas as pessoas, e isso não seria bom nem para mim, nem para ela.

Assim que Cellestia passou os braços ao redor da minha cintura para se segurar, dei a partida.

Só precisava dirigir por alguns minutos para respirar e conseguir falar com ela com o mínimo de calma e educação. Se o fizesse naquele momento, sairiam mais palavrões aleatórios do que frases propriamente ditas.

Parei assim que chegamos ao mesmo ponto aonde eu a havia levado na manhã anterior, no topo da montanha, e saí de cima da moto sem nem me dar o trabalho de desligá-la. Pelo menos o ronco do motor seria uma boa desculpa para falar mais alto.

— Eu podia ter matado aquele imbecil! — gritei, jogando o capacete no chão, e as presas finalmente desceram. — Eu *vou* matar aquele imbecil. E ele vai se arrepender de ter encostado um dedo em você. Aquele filho da...

Os minutos seguintes foram cheios de palavrões, ameaças, reclamações e pedras sendo chutadas para algum lugar no meio do inferno que era aquela cidade. Pelo menos até eu perceber que Cellestia estava chorando sentada no chão, encolhida, os dedos entrelaçados ao próprio cabelo.

— Não. Você não vai chorar — ordenei, parando à sua frente e a pegando pelos braços, fazendo com que se levantasse. — Não vai.

— O que você quer de mim?! — berrou, se livrando do meu aperto. — Eu sou uma prostituta! Sou tudo o que ele disse! Ou você acha que virei a atração principal do Lower Floor porque tenho olhos bonitos?!

Ela se virou de costas para mim, dando alguns passos para a frente como se não suportasse ficar parada. Respirava rápido, como se estivesse com mais raiva do que eu. Só que o problema era que toda aquela raiva estava direcionada a mim.

— Eu não sou ela — continuou, depois de algum tempo, finalmente voltando a me encarar. — Nunca vou ser! E sabe por quê?! Porque eu sou um objeto. Um produto criado pelo Instituto para entreter! É por isso que *até o meu cheiro* é diferente!

Depois se aproximou, me empurrando para trás pelos ombros, e tudo o que pude fazer foi me manter parado, encarando-a em estado de choque. Nem mesmo Lollipop tinha gritado daquela maneira comigo.

— Será que você tem noção do que eu precisei fazer pra chegar até aqui?! — berrou. — O que aquele homem fez comigo não foi nada. NADA! E é por isso que eu nunca vou ser como uma daquelas garotas que você amava, porque elas tiveram chance de ser melhores. Não tiveram que trabalhar naquele lugar e não foram postas a prêmio quase todas as noites durante dez meses! Então não me venha com esse papo de "Você não se parece com ela", como se fosse o único que lamenta por isso.

Fez mais uma pausa, levando a mão ao rosto para esconder as lágrimas que continuavam caindo. Agora estava mais calma, e a raiva começava a dar lugar à tristeza. Repetiu, em meio ao choro:

— Eu sou um objeto. Um produto. E não importa o que você faça, nada vai mudar o número de pessoas que precisei levar pra cama pra continuar viva sem levar uma surra todo santo dia.

— Não estou nem aí pra isso. — Então me aproximei dela, finalmente encontrando uma chance de falar. — Não estou nem aí pro Instituto e pra quem quer que tenha dormido com você.

Segurei seu rosto com as duas mãos, fazendo-a olhar para mim. As lágrimas refletiam o brilho da lua no céu, tornando sua expressão ainda mais triste. Continuei, olhando o mais fundo que conseguia em seus olhos, para que ela visse que eu estava dizendo uma grande verdade:

— Você é mais do que isso. É mais do que um título, mais do que tintura de cabelo colorida e mais do que um monte de moedas inúteis. — Me inclinei um pouco em sua direção, para que prestasse ainda mais atenção, antes de continuar. — Você é mais do que tudo isso, Cellestia. E sempre vai ser, não importa o que faça ou diga.

Ficamos nos encarando por alguns segundos na mesma posição, nos perguntando o que fazer a seguir. Eu sabia que queria, mais que qualquer coisa, beijá-la naquele momento até o mundo acabar, mas sabia que não era a hora. Iria parecer que a estava consolando só para conseguir alguma coisa. Então a soltei.

— Vamos embora — chamei. — Está ficando tarde, e o pessoal pode se preocupar.

— Não — disse. — Eu não quero voltar pra lá. Não quero passar a minha semana em uma casa cheia de pessoas que esperam coisas de mim que não posso dar. — Fez uma pausa, chegando perto de mim com um olhar suplicante. — Quero que você me leve até o lugar mais distante aonde pudermos ir.

— Não é muito longe, você sabe...

— Não importa. Eu só não quero voltar pra sua casa.

Assenti, suspirando. O que eu não faria por ela? Chegava a ser cruel comigo me pedir as coisas daquele jeito.

Subimos na moto, deixando os restos do meu capacete no chão. Não precisava daquilo mesmo! Esperei que ela colocasse o dela antes de dar a partida, acelerando para não sabia onde.

Havíamos alcançado a estrada horas antes. Apesar de não podermos ir muito longe por causa das regras impostas pelo Instituto — e não estávamos em condições de nos metermos em problemas por enquanto, ainda mais estando sozinhos —, fiquei dando voltas e mais voltas ao redor da cidade pelo simples fato de parecer que estávamos indo a algum lugar. Ela gostava do vento, gostava da velocidade, e, se isso a fazia sentir melhor, então eu o faria.

Agora podia ler sua mente, o que era um enorme alívio para mim, apesar de não estar mais acostumado a usar meus poderes. Tinha me esquecido de quais eram as melhores ocasiões para fazê-lo sem parecer um idiota, então decidi que esperaria mais algum tempo.

Quando o céu começou a clarear, achei que seria bom para ela ver o nascer do sol pela primeira vez, então paramos na praia. A mesma na qual nosso grupo tinha atracado algumas semanas antes. Não havia sinal de vida.

Sentamos na areia. Ela abraçava os joelhos, encarando o horizonte de um jeito pensativo. Seria muita invasão de privacidade ler sua mente agora? Provavelmente, então decidi que seria melhor deixá-la aproveitar o momento sozinha, sem ter alguém remexendo em sua cabeça só porque estava curioso demais para saber se ela se lembrava de pelo menos alguma coisa.

Era impossível não a encarar, com todas aquelas mudanças na aparência que antes pareciam impensáveis e agora me pareciam indispensáveis. Cada detalhe havia sido criado pelo Instituto friamente, a fim de parecer algo que já era dela, mas não era, e isso chamava ainda mais minha atenção. Para mim, era como se Lollipop tivesse de repente decidido ser uma versão mais rebelde de si mesma. E a ideia tinha dado certo.

— Como ela era? — perguntou subitamente, ainda sem olhar para mim.

— Como você — respondi. — Só que menos intensa, e mais doce.

— Algo me diz que ela não é a versão com a qual eu mais me pareço — arriscou, com um sorriso torto, abraçando os joelhos e apoiando o queixo em um deles.

— Não, não é — assenti, olhando um pouco para baixo, para a areia branca, e os cantos dos meus lábios se ergueram sem que eu pudesse controlar.

— Ela era a sua preferida? — questionou, me fazendo olhar para ela mais uma vez.

— Quem? — Fiquei um pouco confuso. Eram versões demais da mesma garota para que eu soubesse diretamente de quem ela falava.

— Celena — retrucou, como se fosse óbvio.

Mordi o lábio inferior, suspirando enquanto voltava minha atenção para o horizonte. Era mesmo óbvio. Era com Celena que ela mais se parecia. E era provavelmente a garota da qual eu mais havia falado entre todas. Sempre foi assim. Era a ela que eu comparava Lollipop. E era a ela que eu mais comparava Cellestia agora.

— Não foi com ela que eu me casei, e não foi pra ela que eu disse "eu te amo", então acho que isso responde à sua pergunta — murmurei, finalmente, franzindo um pouco o cenho.

— Não. Não responde — ela falou. De canto de olho, pude vê-la olhando para mim. — Bem longe disso.

Balancei a cabeça, deixando bastante claro que estava dispensando o assunto, mantendo o olhar grudado ao mar à nossa frente enquanto minha mente era inundada de lembranças e pensamentos que eu não iria compartilhar. Não estava em uma sessão de terapia, e nem queria isso.

Cellestia estava me encarando, esperando que eu acrescentasse mais alguma coisa, e, quando não o fiz, simplesmente murmurou:

— Eu devo ter te amado muito mesmo.

Assenti, pois isso era o máximo que conseguia fazer naquele momento, voltando a olhar para o sol, que havia nascido pela metade, tingindo o céu de um laranja forte. Pelo canto do olho, pude vê-la se levantar de repente.

— O que você está fazendo?!

Ela se limitou a sorrir para mim antes de desamarrar a camisa que usava ao redor da cintura e tirar a camiseta. Não sabia se desviava o olhar ou se continuava a encará-la, atônito, enquanto tirava cada peça de roupa, até ficar só de lingerie. Olhou em volta, vendo se não havia outra pessoa na praia, antes de tirar até mesmo isso.

195

— Não me olhe assim — Cellestia pediu, rindo. — Até parece que nunca tinha visto isso na vida.

Não pude responder. Estava tão chocado que não conseguia nem lembrar meu próprio nome direito. Aliás... eles tinham feito tatuagens nela? Quer dizer, aquela da cerejeira, que pegava toda a lateral do quadril até bem em cima das costelas, era bem legal. Mas de onde tinha vindo essa atitude? Esse era seu jeito de terminar um assunto sentimental?

Correu até o mar, rindo da minha cara, antes de pular no meio das ondas sem hesitação alguma. Como era possível que existisse alguém como ela no mundo? De um segundo para o outro, havíamos passado de uma conversa daquelas para ela nadando sem roupa no mar. Talvez, no fim das contas, ela tivesse o mesmo problema que eu quando o assunto era expor os sentimentos. Só que eu não saía por aí arrancando a roupa. Só começava a ser insuportavelmente sarcástico.

— Isso aqui tá frio pra cacete! — gritou, ressurgindo da água e abraçando a si mesma.

Agora tínhamos ido mais longe ainda. Ela havia mesmo dito um palavrão?! O que tinha acontecido com a parte de Lollipop que restava dentro dela, da qual estávamos falando havia alguns minutos? Pelo amor de Deus. Tinham mesmo decidido trazer Celena de volta?

— Foi uma péssima ideia, não foi?! — perguntou, ao longe.

— Não tanto! — respondi. — Melhorou muito a paisagem, pelo menos.

Cellestia riu, usando como desculpa o fato de nunca ter visto o mar e estar superansiosa para descobrir se era legal.

Mais vinte minutos se passaram, e tudo o que eu fiz foi ficar sentado observando enquanto tentava impedir minha mente de se encher de pensamentos tendenciosos.

— Como foi a experiência? — questionei, depois que ela saiu da água e começou a se vestir ao meu lado.

— Interessante — replicou, abotoando o short jeans. — E pra você, como foi? Me pareceu bem entretido de onde eu estava.

Tudo o que fiz foi sorrir, me levantando enquanto ela passava a camiseta por cima da cabeça. Não havia uma resposta segura naquela situação, então a melhor saída era ficar quieto.

— Agora vamos — falou, me puxando na direção da moto. — Já estou sem dormir há quase um dia inteiro, e não posso ficar com olheiras.

Não questionei quando Cellestia disse que não dormiria no meu quarto quando chegamos. Eu não ficaria em casa, então não faria diferença. Além disso, dormir na mesma cama em que eu ficava não era uma obrigação. Ela havia feito isso na noite anterior porque estava com pena de mim, e o fato de não ter mais esse sentimento me deixava até que bem contente.

Assim que se trancou no quarto, saí mais uma vez da casa. Não havia uma alma viva acordada ali, então não notariam minha ausência. O que seria ainda melhor para o que eu iria fazer. Seria um segredo meu e da minha vítima. Talvez contasse a Cellestia também, já que era por causa dela que eu faria isso.

E nesse ponto vamos chegar ao que comentei antes sobre as vítimas da Lei de Murphy. Quem sofreria o pior dano possível pela volta dos meus poderes justamente naquele momento no bar não seria eu. Nem Cellestia.

Aliás, a melhor parte ficaria para mim.

FARÓIS VERMELHOS

CELLESTIA

NÃO SEI QUANTO TEMPO DORMI. O QUE SEI É QUE, QUANDO FINALMENTE acordei, o sol já estava se pondo mais uma vez e alguém estava batendo enlouquecidamente na minha porta, gritando meu nome como se o mundo estivesse acabando.

Corri até lá, abrindo-a apressadamente, esperando que quem quer que fosse estivesse em chamas ou sangrando por ter sido atacado por um leão, quando vi que era apenas Jéssica, e que ela estava bem. Sorriu, dando um passo para trás assim que terminei de abrir a porta. Mas o que ela queria, afinal? Tinha me acordado daquele jeito para me dar um sorriso?!

— Bom dia, flor do dia — falou, e tudo o que eu fiz foi fuzilá-la com o olhar. — Nós vamos sair mais tarde. Todos nós. Ben deu a ideia de conhecermos um bar que a família dele construiu do outro lado da cidade. Ele garantiu que seria uma "festa fechada", então decidimos ir. O que acha?

— Eu tenho escolha? — perguntei, levantando uma sobrancelha.

— Não, a não ser que você queira ficar sozinha aqui com o Evan. — Eu estava começando a aceitar a ideia, feliz por aquela ser a melhor segunda opção do mundo, quando continuou. — Brincadeira. Ele vai também. Te peguei no pulo, né? Está gostando dele?

— Que horas vamos sair? — questionei, ignorando totalmente cada uma das perguntas.

— Você tem duas horas. Nos encontre do lado de fora quando terminar.

Ela estava começando a me dar as costas quando perguntei se queria ficar no meu quarto para me fazer companhia. Ela já estava pronta mesmo! Assim, eu não ficaria sozinha no quarto enquanto me arrumava, e aproveitaria para saber um pouco mais sobre a garota.

Jéssica me esperou enquanto eu tomava outro banho, tirando o restante do sal que com certeza havia grudado em meu cabelo por causa do mar. Quando voltei para o quarto, me ajudou a escolher uma roupa entre as várias que minha estilista havia preparado.

— É tudo tão curto e apertado — murmurou, colocando no braço o que deveria ser uma saia, fingindo que era um bracelete.

— Pois é. Ninguém imaginava que eu seria vendida para alguém que não liga nem um pouco pra isso — comentei, pegando a saia do braço dela e a colocando de volta na mochila.

Acabei vestindo uma meia preta que ia até um pouco acima dos joelhos, um vestido de alças soltinho da mesma cor e uma jaqueta de couro por cima. Esse vestido era a única peça de roupa que eu tinha que não marcava nenhuma das minhas curvas, por isso me sentia tão estranha com ele. Só que, de acordo com Jéssica, eu ficava melhor com ele do que com qualquer uma das outras roupas que estavam ali. Isso era aprovação suficiente.

— Antes você não sabia nem o nome dessas coisas — comentou, apontando para a maquiagem que eu havia espalhado em cima da cômoda, enquanto passava um batom cor de boca.

— Eles nos obrigam a aprender a usar isso pra ocasiões como esta — expliquei, guardando todos os itens, já que havia terminado. — Assim como ajeitar o cabelo, combinar roupas... e toda essa chatice.

— A Emily vai ficar aliviada — a garota respondeu, mas, pelo tom baixo que usou, estava falando consigo mesma.

Fui em direção ao espelho, onde meu babyliss esquentava para que eu desse um pouco mais de volume ao meu cabelo. Não me dei o trabalho de perguntar quem era Emily. Eu provavelmente nunca a conheceria, então não faria diferença. Tinha feito algumas mechas em meio ao silêncio constrangedor que havia se imposto sobre nós quando perguntei, finalmente:

— E qual é a história entre você e o Sam?

— Ah... — Pela forma como suas bochechas coraram, eu sabia que havia coisa ali. — Nós estamos namorando há uns três anos e meio. — Quase deixei o babyliss cair no chão ao ouvir isso. Oi?! — Aliás, você deu o maior apoio na época.

E eu pensando que os dois estivessem se paquerando... Mas tudo bem. Era aceitável se considerasse o modo como ele foi atrás dela no dia em que cheguei, quando ela saiu correndo para o quarto. Não pude deixar de ficar feliz pelos dois. Eram uma gracinha juntos. E ele era bem bonito. Um lindo 9,5, perdendo por três décimos para Evan. Claro.

— Isso é tão estranho... — confessou. — Nós começamos a namorar antes de você e o Evan, e você nem lembra disso.

— Sinto muito — murmurei. — Mas vou aprender com o tempo. Você vai ver.

— Claro que sim.

Mais uma vez, ficamos em silêncio. Eu odiava quando deixava os outros naquele estado pensativo, lembrando como eu era antes de perder a memória. Só me fazia sentir culpada por estar no lugar da antiga amiga deles. Mas precisava ter em mente que não havia nada que pudesse fazer para mudar aquilo.

Depois de terminar de ajeitar o cabelo, fazendo uma pequena trança de cada lado da cabeça e amarrando as duas atrás com uma fita preta, alguém anunciou no andar de baixo que estavam todos prontos para sair.

Fomos juntas até os carros, já ligados e prestes a dar partida para irmos ao tal bar. Como estavam todos com pressa, acabamos entrando em qualquer um, e, já que ninguém reclamou, ficamos por lá mesmo. Não era uma viagem muito longa. Trinta minutos, se não tivesse trânsito, pelo que ela disse.

Realmente foi bem rápido. Quando voltei a prestar atenção à rua depois de uma discussão entre os membros do carro sobre quem conseguia beber mais copos de tequila de uma vez, havíamos chegado.

Saímos todos juntos, seguindo Ben até o lado de dentro do lugar.

Era um pouco rústico, com paredes, chão e bar de madeira, mas era um estilo legal se prestasse atenção. Um rústico sofisticado e aconchegante, com poucas luzes e música ambiente agradável. Assim que entramos, Ben virou a placa do lado de fora para "Fechado", a fim de que ninguém nos incomodasse. Quem estava lá dentro podia ficar, mas era melhor que ninguém mais entrasse.

Não havia se passado uma hora e tudo tinha se transformado em uma confusão. Haviam aumentado a música até o último volume e ligado as luzes de festa que Ben havia tentado, a todo custo, esconder de Evan e Sam. Os barmen tinham que correr feito loucos, já que todo mundo queria se embebedar o mais rápido possível, e umas boas garrafas já haviam se esvaziado.

Quando fui pedir desculpas a Ben pelo transtorno, ele disse que estava tudo certo, já que no final era Evan quem pagaria por tudo. Isso me fez rir. Se ele soubesse...

O vampiro e eu não havíamos conversado ainda, e eu duvidava de que tivéssemos sequer nos olhado direito. Estava tentando fazer amizade com as outras pessoas, afinal ele não era o único ali que me conhecia antes. Todos mereciam um pouco de atenção.

— UM! DOIS! TRÊS! — berrei para a fila de seis pessoas que estavam sentadas no bar esperando um sinal para virar copos enormes com várias bebidas misturadas. — JÁ!

Gargalhei vendo que a maioria tomava um banho com o líquido mais do que ingeria. Um deles chegou a usar tanta força para levar o copo até a boca que acabou caindo do banco. Agora as luzes que iluminavam o bar eram vermelhas, como um sinal de alerta de que estávamos começando a passar um pouco dos limites. Só que ninguém se importava. Estávamos nos divertindo tanto que nos esquecemos dos clientes que haviam chegado antes do nosso grupo.

Foi quando vi Evan atrás do mar de rostos que nos separava. Ele já olhava em minha direção, como se o estivesse fazendo havia horas sem que eu percebesse. Sorri um pouco, imaginando desde quando estava sendo vigiada e me perguntando no que ele estava pensando.

— Celli, vem! — Jazz chamou, me pegando pela mão de repente e nos tirando do nosso momento de "encaração mútua". — Vamos dançar!

— Dançar?! — gritei, em meio ao som. — Essa é a minha especialidade!

A garota sorriu, me puxando para a pista de dança lotada. Ok, havia só umas vinte pessoas nela, mas o espaço era um pouco apertado, então parecia haver uma multidão ali.

Eu me lembrava exatamente de quantas aulas de dança havia tido no Instituto. Era como um tipo de arma para atrair clientes que eu costumava usar antes de receber um expositor. Fazia algum tempo, mas sabia que não estava completamente enferrujada.

— Você ficou bem melhor nisso agora — Jéssica elogiou, assim que começamos a dançar.

— E eu achando que era um dom que havia nascido comigo — brinquei.

— Não pensaria assim se se visse antes. Parecia um espantalho — Retrucou, o que me fez sorrir.

Foi questão de tempo até as pessoas ao redor pararem de dançar para me ver. Pelo que eu tinha entendido, o grupo não estava muito familiarizado com passos de dança ou festas, então é claro que eles se interessaram.

Não sabia quanto tempo havia se passado quando alguém me pegou pelo braço, me puxando até um canto vazio do bar, que era um vão em uma das paredes para o extintor de incêndio. É claro que não pude deixar de ficar feliz ao ver que era Evan.

— Você está me evitando? — perguntou, depois de me soltar.

Me encostei à parede, cruzando os braços. Ele segurava uma garrafa de absinto azul em uma das mãos. Estava tão bonito que chegava a doer, com seu jeans preto, moletom da mesma cor com capuz e jaqueta de couro por cima. A mesma jaqueta de couro de sempre, algo me dizia. Sem falar naqueles coturnos, que realçavam seu jeito de *bad boy*. Como se o piercing na sobrancelha e os alargadores pequenos nas orelhas não fossem suficientes...

— O que te faz pensar assim? — retruquei, sorrindo de um jeito irônico.

Pelo cheiro forte e adocicado que emanava dele com o perfume, devia estar bem alterado, o que tornava tudo um pouco mais engraçado. Era a primeira vez que o via daquele jeito.

— Eu bebi demais — admitiu, como se aquela fosse uma ótima resposta.

— Por quê? — questionei, interessada em saber aonde ele queria chegar com aquilo.

Evan se aproximou, e eu me apertei ainda mais contra a parede, fazendo o possível para não parecer que estava com um frio na barriga que nunca havia sentido antes. Colocou o braço por cima da minha cabeça, apoiado na parede, ficando tão próximo que fez as batidas do meu coração falharem por um segundo. Como ele usava o capuz e o lugar estava escuro, seu rosto estava quase coberto pelas sombras, mas ainda assim era muito visível quão bonito parecia naquele momento, me olhando daquele jeito. E continuou:

— Foi proposital. Pra ter coragem de falar que sei que você me acha muito atraente.

— Uau. E você só descobriu isso agora?! Pra um vampiro telepata, não está se...

— Cala a boca — pediu. — Ainda estou falando.

Reprimi o riso. Como era possível que um vampiro ficasse bêbado àquele ponto? Quantas garrafas de absinto ele tinha bebido? Vinte? Ainda entornou o restante que havia na garrafa, sem se afastar. Depois a jogou de lado, não dando a mínima para o fato de ser de vidro. Como esperado, ela se espatifou no chão, soltando estilhaços para todas as direções e atraindo a atenção de todo mundo. Evan não se importou, e, quando fiz menção de me afastar para pedir a alguém para limpar aquilo, me pegou pelo braço e me colocou contra a parede mais uma vez sem nenhuma gentileza, voltando à mesma posição de antes.

— E também pra ter coragem de dizer que eu sei que você sabe que eu também acho você linda e que estou me esforçando muito pra não te beijar bem aqui e agora.

— Disso eu não... — comecei.

— Shhhhhhhhhhh! — ordenou, me fazendo rir mais uma vez. Evan se inclinou um pouco mais na minha direção. — Não queria precisar ficar tão bêbado para conseguir dizer isso a você.

— Se não tivesse bebido, você não teria dito nada disso? — perguntei, apesar de já saber a resposta.

Eu tinha mania de montar diálogos na minha cabeça antes mesmo de eles acontecerem, e só estava esperando a chance de dizer o que queria dependendo do que ele responderia.

— Não. Eu teria te beijado sem dizer nada — respondeu.

— E você acha que eu teria gostado?

— Não preciso ser um telepata pra saber do que você gosta ou não — sussurrou, no mesmo tom desafiador que eu.

— E do que eu gosto? — provoquei, sorrindo maliciosamente. Ele não precisava de permissão maior do que aquela.

Evan parou de se apoiar na parede, usando a mão para entrelaçar os dedos no meu cabelo, fazendo um arrepio subir pela minha coluna. Depois, com a mão livre, enroscou os dedos no tecido do meu vestido em algum ponto entre a cintura e o quadril, me pressionando um pouco mais contra a parede.

Só o fato de não ter me beijado ainda, criando toda aquela expectativa, já acabava comigo. Meu estômago parecia estar fazendo uma sessão de ginástica inteira lá dentro. O desgraçado. Ele sabia mesmo que eu gostava daquilo.

Depois se inclinou na minha direção tão lentamente que fiquei com vontade de puxá-lo logo de uma vez, para acabar com a agonia, mas, quando finalmente me beijou... ah... foi a melhor coisa do mundo.

Era tão intenso, e ele me pressionava tanto contra a parede, que eu sentia como se minha cabeça estivesse rodando. Naquele momento a sensação era a de termos sido feitos para completar um ao outro. Não sobrava um espaço sequer entre nós. Assim como ele sabia exatamente do que eu gostava, eu não precisava nem pensar para corresponder.

Não me importava nem mesmo com o gosto forte de anis do absinto em sua língua. Era bom. Tudo era bom, e eu não queria que acabasse nunca mais, porque, a cada segundo, mais parecíamos entender como o outro funcionava, e melhor o beijo parecia.

Enganchei os dedos em seu moletom, puxando-o para mim mais uma vez quando se afastou por um segundo, deixando bem claro que não queria que terminasse ainda. Pude senti-lo sorrir enquanto me beijava de novo, achando graça na minha atitude. Eu não dava a mínima para o fato de ele achar engraçado eu não querer parar de beijá-lo nunca mais, desde que não se afastasse.

Ele mordeu meu lábio inferior quando entrelacei os dedos da mão livre em seu cabelo, por baixo do capuz, me fazendo estremecer por causa do arrepio forte que tomou cada extremidade do meu corpo. Evan me beijou apenas mais uma vez depois disso. Um beijo intenso, mas breve, para minha tristeza.

— Não se preocupe — sussurrou, ao se afastar apenas um milímetro. — Podemos continuar depois.

Assenti, sorrindo, antes de ele se afastar, me deixando sem fôlego encostada à parede, rindo como uma idiota. Fiquei observando enquanto Evan ia em direção ao bar, onde Sam estava sentado fazendo um sinal de positivo com as mãos, como se dissesse "mandou ver, cara".

Me recompus, ajeitando o vestido e o cabelo antes de ir até Jéssica, que continuava na pista de dança. Assim que cheguei perto, ela passou um braço pela minha cintura, cantando a música que tocava o mais alto que conseguia. E falou, tentando superar o volume do som:

— Isso que dá ter que aguentar um namorado que precisou ouvir essas músicas umas mil vezes pra conseguir passar na audição do Instituto!

Para dizer a verdade, eu não me importava nem um pouco com o que Sam tinha feito ou deixado de fazer para conseguir entrar no Lower Floor. A única coisa na qual conseguia pensar naquele momento, enquanto encarava o vão na parede onde eu e Evan estávamos antes, era no quanto não queria que aquele momento tivesse acabado.

— Como foi? — perguntou, e eu sabia que falava do beijo.

— Foi a melhor coisa que já aconteceu na minha vida — admiti, e era verdade.

— Fico feliz que tenha gostado.

— E o seu? Por que eu ainda não vi vocês dois juntos? — questionei.

— Nós estamos juntos há muuuuito tempo, Celli — explicou. — Já passamos dessa fase.

Então existia mesmo a fase do relacionamento em que as pessoas não fazem mais questão de ficar completamente grudadas durante uma festa? Ainda mais sendo jovens como aqueles dois? Não. Eu não podia aceitar isso. Pedi que esperasse um momento e fui até Sam, que conversava com Evan no bar. Dei um cutucão nele, que abriu o maior sorriso do mundo para mim. Antes que tivesse a chance de fazer alguma brincadeira com relação ao beijo protagonizado pelo amigo dele, perguntei, indignada:

— Por que não está com a Jéssica? Quantas chances vocês têm por dia pra se pegar loucamente sem ninguém dar a mínima?

— Ela tem razão, né? — ele perguntou, olhando para o vampiro, que assentiu.

— Só não ocupe o meu canto — Evan alertou, enquanto Sam se levantava para ir até Jazz. — É bem provável que a gente precise dele daqui a pouco.

Revirei os olhos, empurrando o garoto enquanto se afastava. Idiota. Sentei no banco em que Sam estava antes, virada para o vampiro, pedindo uma bebida qualquer para o barman. Vi de relance que Jullie estava sentada do outro lado de Evan.

— Quando nós vamos começar a discutir o meu plano de fuga? Eu cheguei ontem e ninguém falou nada ainda, mesmo que todos pareçam estar bem interessados — indaguei, ignorando, com muito esforço, o fato de ele ter começado a me olhar daquele jeito que eu passava a conhecer bem, que significava "eu e você, aqui, e agora".

— Amanhã — respondeu. Já me parecia bem mais sóbrio do que antes, apesar de ter se passado pouco tempo. Coisa de vampiro. — Não vai ser muito complicado, apesar de tudo. Só vou precisar de mais uns dois milhões de moedas, alguns dias, os contatos certos e um pouco de inteligência. Já comecei a bolar o plano durante minha viagem pra cá. Só preciso acertar alguns outros detalhes e orçamentos, pra falar a verdade. Além, é claro, de precisar de algumas informações sobre o Instituto que eu espero que a senhorita possa me dar.

— Espero que nenhum desses itens esteja em falta — brinquei.

— Você me subestima muito — falou, se aproximando.

— E você tem excesso de confiança.

— Tenho bons motivos pra ser assim.

Sorri, gritando por dentro de felicidade quando vi que ele iria me beijar, mas não havíamos nem nos tocado ainda quando o barman chegou com minha bebida, e eu me afastei. Pude ouvir Evan xingando baixo enquanto eu me virava para a frente no banco, pegando o copo e dando o maior gole que conseguia. Era bom sentir o líquido descer queimando pela minha garganta.

— Eu o matei — contou, finalmente.

Juntei as sobrancelhas, olhando para ele do jeito mais confuso do mundo, fazendo uma enorme lista de pessoas na minha cabeça que ele teria algum motivo para matar e me perguntando quem poderia ser.

— O cara do outro bar — explicou. — Fui atrás dele e o matei depois que te deixei em casa.

Arregalei os olhos, não acreditando naquilo. Evan tinha matado o cara que me deu a surra?! Pensei que não ligasse para o que o homem tinha dito... Ai, meu Deus, ele tinha matado alguém por minha causa?!

— Mas... por quê?! Eu pensei... pensei que tivesse dito...

— Eu disse — interrompeu. — Mas não quer dizer que era o que eu estava pensando. Ele encostou em você. Te machucou. Isso é justificativa suficiente pra perder o direito de viver. Além disso, eu estava com sede — continuou.

Estava ficando cada vez mais difícil mantê-lo no 9,8 daquele jeito. Falando assim, ele ficava tão sexy que chegava a ser injusto. Só que isso não diminuía o fato de ter sido extremamente arriscado o que Evan fez. O Instituto controlava praticamente tudo e todos que moravam naquele lugar. Se encontrassem o corpo daquele homem, sabendo que eu estava fora com um cliente, e que aquele sujeito tinha sido o cara que me espancou, sendo que eu nutria um ódio mortal por ele, com certeza achariam que eu era a culpada pelo assassinato e viriam atrás de nós. Afinal, não seria o primeiro agressor que eu havia matado, e com certeza o Instituto sabia que eu era capaz de fazer isso de novo. Ainda mais estando livre pela cidade.

— Não se preocupe, garota. — Ele me deu um sorriso quase imperceptível, pegando minha mão e entrelaçando os dedos aos meus. — Sei o que estou fazendo.

— Eles podem...

— Não podem. Relaxa. Tudo vai ficar bem, eu prometo.

— Vocês dois são nojentos — Jullie comentou de repente, antes de levantar do banco e sair andando.

Não pude deixar de rir com sua reação. Nós dois ficamos observando enquanto ela caminhava até a pista de dança, seguida por Peter, como sempre, antes de voltarmos nossa atenção um para o outro. Evan perguntou, levantando do banco:

— Que tal fazermos alguma coisa útil agora?

Sorri, deixando que ele me puxasse na direção da pista, para que nos juntássemos a Sam e Jazz.

Não sei em que momento as coisas começaram a desandar entre o vampiro e eu. Talvez fosse o seu medo de gostar de mim e esquecer quem eu era antes, ou minha hesitação por saber, no fundo, que ele não merecia ficar com alguém como eu, uma pessoa que havia sido criada para... entreter. O que eu sei é que, a partir do momento em que nos afastamos daquele bar, foi como se nada tivesse acontecido antes.

Cada um foi para seu próprio quarto, e só me senti aliviada depois de trancar a porta do meu e ter certeza de que estava sozinha. Apesar da hesitação e de toda a problematização, havia ficado insuportável olhar para ele sem querer tocá-lo ou beijá-lo. Era como se algo dentro de mim tivesse despertado, e por alguns instantes eu havia permitido que aquela voz interna controlasse minhas ações, mas começava a pagar um preço muito alto por isso.

Sentia dor de cabeça só de pensar que ele estava do outro lado do corredor. Fui até o banheiro e lavei o rosto, tirando toda a maquiagem e tentando colocar os pensamentos no lugar.

Depois me joguei em cima da cama sem nem mesmo tirar os sapatos, abraçando um travesseiro e fechando os olhos com força. Tentei me obrigar a dormir antes de entrar num transe eterno repleto de lembranças sobre o que havia acontecido entre nós.

Como esperado, não deu certo. Bufei, dando um soco no colchão, antes de me sentar de joelhos na cama, colocando as mãos na frente do rosto. Não acreditava que aquilo estava acontecendo.

— No mundo inteiro, tinha que ser ele?! — perguntei, irritada, para ninguém em especial.

A ansiedade era tão grande agora que parecia haver alguma coisa esmagando meu coração com as mãos. Quanto tempo levaria para passar? Será que ia passar? Que merda era aquela que estava acontecendo comigo?

— Quer saber? Que se dane — falei, levantando da cama.

Fui até minha mochila. Se meu cérebro havia mesmo decidido ficar só pensando nele e naquele beijo, e no que poderia ter acontecido depois, então ok. Daríamos um jeito nisso.

Abri o zíper depois de colocá-la em cima da cama, pegando uma porção de peças de lingerie. Tomei mais um banho, dando a mim mesma um tempo para tentar mudar de ideia, mas nada me veio à mente. Era tarde demais.

Depois de sair do box, alinhei todos os conjuntos sobre a cama, um ao lado do outro. Acabei escolhendo um preto, que me parecia o mais bonito. Vesti as peças, coloquei o robe preto de seda por cima e passei um pouco de maquiagem só para dar uma cor. Desmanchei as tranças do cabelo.

— Se é pra fazer isso, então vamos fazer direito — murmurei, colocando a tiara com os dois chifres de diabinha que eu usava como Angel.

Vesti uma meia-calça com cinta-liga e passei o perfume que minha estilista havia colocado na mochila. Depois, fiquei parada alguns segundos em frente ao espelho, tentando tomar coragem para atravessar o maldito corredor. Não sabia o que era maior: a ansiedade, inquietude e agonia que sentia por estar, pela primeira vez, nervosa para tomar a iniciativa com alguém ou o medo de ir atrás do vampiro e ser rejeitada.

— Eu sou muito idiota mesmo — falei, rindo, só então me dando conta do meu medo infantil.

Quantas vezes já havia feito coisas piores com pessoas que nem conhecia e não chegavam aos pés dele? Ok, era diferente. Dele eu gostava mesmo, e dos outros não, mas isso só piorava a situação para mim. Não melhorava nada.

Ajeitei a tiara na cabeça antes de sair do quarto. A parte fácil. Era só me lembrar de que eu era Angel, não? Agir como sempre agia?

Andei na ponta dos pés até sua porta e, quando parei em frente a ela, mais uma onda de ansiedade me atingiu. Parei com uma mão na maçaneta fria e outra na porta, o rosto quase encostado nela, enquanto tentava respirar fundo.

Girei a maçaneta, sentindo a respiração tremular um pouco.

Não. Não. Eu não devia ter medo. Não tinha sido criada para isso. Destemida, certo? Pois então. Não era aquele vampiro que ia me fazer perder essa característica.

Abri a porta, prendendo a respiração e mantendo o olhar grudado no chão enquanto entrava e a fechava. Só então ergui o olhar para o quarto.

Todas as luzes estavam apagadas, e a cama, vazia. A janela e as cortinas estavam abertas, permitindo que a luz da lua iluminasse o cômodo por completo. Em frente a ela, sentado numa cadeira, estava Evan, imóvel, olhando para o lado de fora.

Então me aproximei com cuidado. É claro que ele percebeu que eu estava lá, mas não olhou para mim até que eu o alcançasse. Quando o fez, uma expressão de surpresa surgiu em seu rosto. Sabia que eu estava lá, mas provavelmente não leu a minha mente para saber o motivo.

Parei à sua frente sem dizer nada. Ele usava uma camiseta preta e uma calça de moletom cinza-claro. Quase me parecia mais bonito com aquela roupa e sob aquela luz do que em qualquer outra ocasião anterior.

Continuei me aproximando um pouco mais dele, colocando uma perna de cada lado das suas antes de me sentar em seu colo, pousando as mãos em seus ombros. Estava rezando para que Evan não dissesse nada. Isso só tornaria tudo constrangedor.

Para meu alívio, ele retribuiu quando o beijei, entrelaçando os dedos em seu cabelo e o puxando para perto. Pressionou os dedos contra minhas costas com força por baixo do robe, intensificando ainda mais o beijo.

Minha respiração havia acelerado, assim como meu coração, e era quase como se eu tivesse corrido uma maratona. A cada segundo que se passava, mais perto dele eu queria ficar, como se houvesse uma coisa dentro de mim que sentia tanta falta daquele vampiro que parecia que eu ia morrer se não o tivesse naquele momento.

Tirei sua camiseta, e ele arrancou meu robe, descendo os lábios pelo meu pescoço até meu ombro. Finquei as unhas em suas costas, fazendo-o estremecer enquanto tirava meu sutiã. Evan me ergueu no colo, depois de jogar a peça longe, me colocou na cama e deitou por cima de mim, pressionando meu corpo contra o colchão.

Passei as pernas ao redor de seus quadris, arranhando suas costas com tanta força que precisou parar de me beijar para recuperar o fôlego. Meu corpo todo tremia e queimava como fogo. A cada movimento do meu corpo sob o seu, ele soltava um pequeno gemido, como se não conseguisse controlar o desejo que o consumia.

Eu o queria tanto que chegava a doer. Não importava quão próximos estivéssemos, a vontade incansável e insaciável só aumentava, impedindo que eu pensasse em qualquer outra coisa que não fosse senti-lo dentro de mim. Pelo jeito como ele correspondia a cada gesto meu, tive a certeza de que ele sentia o mesmo. Como se estivesse lendo meus pensamentos naquele exato momento, realizando o desejo que fazia meu corpo pulsar, senti Evan me possuir por completo, e fui tomada por uma onda incontrolável de prazer no exato momento em que nos tornamos um.

ABSTINÊNCIA

ERA COMO UMA DOENÇA. UMA DOENÇA MORTAL E INFECCIOSA. EU NÃO PO-
dia parar, não *queria* parar. Precisava dele o mais perto possível pelo máximo
de tempo. Quando até ele disse que precisava de uma pausa, percebi que estava passando do limite que meu corpo poderia alcançar.

Não demorou um minuto, depois disso, para que eu caísse no sono. Quando acordei, horas mais tarde, parecia que tinha dormido por dias inteiros. Nunca me senti tão relaxada e completamente feliz como naquele momento.

Sentei na cama, ouvindo o barulho do chuveiro. Passei as mãos pelo cabelo, completamente desgrenhado, surpresa por notar que a tiara continuava em
minha cabeça — a única coisa que havia restado intacta depois da noite que tivemos. Meus olhos ainda estavam pesados, e sentia que podia dormir mais algumas horas, mas a fome me fazia desejar, quase tanto quanto desejava ser de-
vorada por aquele vampiro de novo, um grande café da manhã.

Olhei para o relógio ao lado da cama. Ainda eram seis e meia, e a maioria
das pessoas lá acordava por volta das nove, então eu sabia que não deveria haver ninguém perambulando pela casa.

Levantei da cama, pegando a camiseta preta dele do chão e a passando por
cima da cabeça. Também vesti a parte de baixo da lingerie antes de sair, tentando não fazer barulho.

Desci as escadas até o térreo, cambaleando até a cozinha e ligando a cafeteira. Precisei esperar alguns minutos para o café ficar pronto, e acho que dormi em pé, apoiada no balcão, durante alguns segundos. Talvez tivesse bebido
mais do que pensei na noite anterior.

— Eu podia fazer isso pra você, se tivesse pedido — Evan falou, aparecendo de repente do outro lado da cozinha, sentado no balcão.

— Você sabe que não sou do tipo de pessoa que pede as coisas — respondi, sorrindo, enquanto tirava a jarra da cafeteira, não muito surpresa com sua
aparição repentina. Ele já tinha feito isso mais de uma vez naqueles dias.

Evan me abraçou por trás, passando os braços pela minha cintura e beijando o ponto logo abaixo da minha orelha enquanto eu colocava um pouco de café na xícara. Quando mordeu a base do meu pescoço, quase me fez derrubá-la. Brinquei, me virando para ele e me encostando ao balcão:

— Parece que alguém está de bom humor.

Sorriu, me observando enquanto eu terminava de tomar o café. Estava com a mão no meu rosto, acariciando minha bochecha com o polegar.

Além do fato de ser ótimo na cama, Evan tinha sido o único que havia se importado em me fazer sentir prazer, e isso havia ajudado no processo de ficar completamente louca por ele. Nunca tinha dormido com alguém que gostasse de mim de verdade, e o fato de ter me tratado com tanto respeito era algo que me fazia admirá-lo ainda mais.

Pousei a xícara vazia no balcão, me sentando em cima dele e puxando Evan para um abraço, enterrando a cabeça em seu pescoço, sentindo seu cheiro maravilhoso de âmbar e sabonete. Ouvi o seu sussurro, com os lábios pressionados contra o meu ombro:

— Você é a única responsável por isso.

Naquele momento, fiquei muito feliz por ele não poder ver meu rosto. Senti as bochechas esquentarem, e elas chegaram a doer por causa do tamanho do sorriso que dei.

Evan se inclinou um pouco para trás, colocando a mão em meu queixo e erguendo meu rosto para o dele, apertando os lábios contra os meus gentilmente. Com o beijo, aquela sensação de "abstinência" voltou imediatamente. Eu quis mais de Evan. Passei os braços ao redor de seu pescoço, impedindo-o de se afastar, e rezei para estar lendo meus pensamentos e saber o que eu queria sem que eu tivesse que me pronunciar.

Evan me puxou pelos quadris até a beirada do balcão com uma das mãos, e com a outra apertou os dedos contra minha coxa, para que eu passasse as pernas ao redor dele. Ele sabia, sim, o que eu queria.

A coisa estava tão intensa que não demos a mínima quando, sem querer, bati a mão na xícara que estava ao nosso lado, fazendo-a se estilhaçar no chão.

Desci as mãos até a cintura da calça dele, começando a desabotoá-la em meio aos beijos. Nem liguei para o fato de estarmos no meio da cozinha, com a porta aberta. Eu o queria ali, naquele momento, e...

— Ah, não! — alguém exclamou de repente, e nos afastamos com um salto. Era Sam. Ele estava tampando os olhos com as mãos. — Vocês só podem estar brincando. No meio da cozinha? Bem em cima do balcão onde a gente faz a comida?

Reprimi o riso, sentindo todo o sangue do meu corpo subir para o rosto. Desci do balcão, vendo o garoto começar a sair da cozinha resmungando.

— Não é nossa culpa se você decidiu acordar cedo! — Evan respondeu.

— Vocês vão ter que limpar isso.

— Mas nós nem... — começou.

— Não importa! — Sam berrou, já bem longe da cozinha.

Antes que Evan terminasse de falar que podíamos começar mais uma vez, já que o garoto não voltaria por um bom tempo, passei por ele, sorrindo, e corri até o andar de cima para trocar de roupa. Nós tínhamos que começar a traçar meu plano de fuga. Essa era a prioridade agora. Durante a noite, poderíamos fazer qualquer outra coisa, mas enquanto o sol estivesse no céu, tínhamos que nos preocupar com isso.

🔥JÉSSICA🔥

Era tarde da noite e tínhamos passado o dia inteiro sentados em volta da mesa da sala de jantar discutindo como seria o plano de fuga de Cellestia. Uma hora parecia simples demais, na outra era mais complicado do que podíamos encarar. Havíamos reformulado tudo umas mil vezes, e depois de muito discutir resolvemos que era hora de descansar.

Depois de subir para o quarto, completamente esgotada, desabei na cama. Sorri ao ver Sam entrando logo atrás de mim e fechando a porta. Ele se deitou ao meu lado, encarando o teto, e comentou:

— Ela é bem intensa, né?

Assenti. Eu sabia que falava de Cellestia, e não havia palavra melhor para descrevê-la. Completamente diferente de Lollipop.

Passou um braço ao meu redor, fazendo que eu me aproximasse e apoiasse a cabeça em seu peito.

— Sente falta dela? — perguntou.

Aquela era a coisa que estávamos praticamente proibidos de falar em voz alta na frente dos outros, principalmente quando Cellestia estava presente, mas com Sam não tinha nada que eu não pudesse falar. Eu o conhecia muito melhor que qualquer outra pessoa no mundo.

— Sim e não — admiti. — Sinto falta do jeito como a Lolli se importava comigo também, e não só com o Evan. Mas a Celli é legal e sabe ocupar o espaço muito bem. — Fiz uma pausa. Não fazia muito sentido perguntar isso a ele, então decidi que era melhor falar de seu melhor amigo. — E ele? Como acha que está se sentindo?

— Eu presenciei uma cena não muito apropriada entre os dois hoje cedo na cozinha — contou, e logo imaginei do que estava falando. — Isso mostra que ele está superando, mas duvido um pouco que tenha esquecido a Lolli. Ele a amou demais, e sei que o fato de a Cellestia se parecer com ela a faz ganhar uns pontos a mais.

— É tão estranho a gente se referir à Cellestia como se ela não fosse a Lollipop... É como se fossem duas pessoas diferentes.

— Se você pensar bem, é isso mesmo — respondeu, continuando a encarar o teto como se seu pensamento estivesse longe, buscando uma explicação para tudo aquilo. — Lollipop e Cellestia podem até ser o mesmo corpo, mas são duas mentes completamente diferentes. Isso é muito insano!

Realmente era louco, duas mulheres e ao mesmo tempo uma. Era de deixar qualquer um fora do eixo. Até mesmo um vampiro com milhares de anos de experiência.

Resolvi mudar de assunto, já que continuar divagando sobre essa situação não nos ajudaria em nada.

— E acha que esse plano vai dar certo? — perguntei, tentando descobrir se ele acreditava que conseguiríamos voltar com Cellestia para nosso continente.

Apesar de não parecer, essa resposta era bem mais complicada. Tinha mais a ver com esperança e confiança em Evan e Cellestia do que qualquer outra coisa, já que os dois tinham sido praticamente os líderes da mesa enquanto tentávamos descobrir uma forma de ajudá-la a sair da ilha.

— Espero que sim — Sam respondeu. Esperto. Tinha escapado da pergunta direitinho. — Só não sei se essa coisa de tentar resgatar as amigas dela da boate vai prestar. O Evan não gostou muito da história, mas...

— Não importa — interrompi. Sabia que era isso o que ele diria. — Ela é bem mais cabeça-dura que a Lolli, e parece que o Evan não quer bater de frente com ela, justo agora que está mais receptiva.

— É isso — Sam falou, soltando o ar dos pulmões, como se até aquele momento estivesse se sentindo sufocado. — Mas agora não é um bom momento para ele deixar a Cellestia tomar a frente da situação. Tem muita coisa em jogo, principalmente a vida das pessoas que a gente ama.

Assenti. Evan era forte, decidido, e não era fácil encontrar alguém que pudesse convencê-lo de alguma coisa quando já tinha definido algo, mas Cellestia tinha esse poder. O fato de a garota não baixar a cabeça e saber usar um tom firme não importava a situação era demais para o vampiro. Estava óbvio o quanto admirava isso nela, e mais ainda o quanto ele temia perdê-la outra vez.

Ficamos refletindo sobre aquilo por um tempo, até Sam suspirar e apertar mais os braços ao meu redor, passando as mãos pelas minhas costas como se quisesse me acalmar.

— Só tenho medo de nós dois acabarmos nos perdendo no meio de tudo isso — admitiu.

— Como assim?

— Eles são adultos, Jazz. E nós também. Não é mais como era há quatro anos — explicou. — Nós dois temos a nossa vida juntos, e eles têm a deles. Só que eu acho que estamos começando a nos esquecer disso.

Eu o encarei com pesar. Desde que admitimos de verdade que estávamos juntos, há três anos e meio, nunca havia dito que o amava. Nem uma vez sequer.

Sei que é algo totalmente condenável, mas havia acontecido tantas coisas naqueles anos que acho que nem cheguei a pensar nisso. No primeiro ano, ainda não o amava, então não mentiria para ele. No segundo, Evan havia desaparecido. Estávamos abalados demais, e eu estava consolando duas pessoas inconsoláveis, ajudando-as a se reconstruir e a construir uma área. No terceiro, houve a briga entre Lolli e Sam por causa de Chris, o que abalou um pouco o nosso relacionamento, querendo ou não. E depois começou a busca por Cellestia, e tudo aconteceu tão rápido que nem imaginei qual seria a melhor ocasião.

Será que devia fazê-lo agora?

Eu me afastei um pouco, beijando-o com gentileza por alguns segundos, e, quando nos olhamos, encostei minha testa na dele. Sussurrei:

— Sam, não se preocupe com isso. Não vamos nos esquecer. Eu...

Alguém bateu na porta, o que nos sobressaltou. Eu me afastei, observando-o se levantar da cama bufando para atender quem quer que fosse. Era Evan. Suspirei. E lá se foi minha chance. Nossa chance. Mais uma vez.

— Evan... — começou.

— Eu sei. Desculpa — o vampiro interrompeu. — É que... eu só tenho alguns minutos.

Sam se virou na minha direção, me lançando um olhar de desculpa antes de sair. Fiquei sozinha na cama, me perguntando o que tinha feito para ter tanto azar nos últimos anos em relação às pessoas de quem gostava.

⚘SAMUEL⚘

— Você vai ter que me dar um bom motivo pra ter me interrompido desse jeito, Evan Moore — ameacei, enquanto parávamos na cozinha, e ele se colocava atrás do balcão.

— Ela está tomando banho. E eu precisava falar com você.

Sentei no banco, me apoiando no balcão e esperando que ele falasse logo. Evan era como um pai para mim, meu melhor amigo, mas eu sabia que Jéssica e eu estávamos chegando a uma ótima conclusão para nosso assunto. Era quase imperdoável que ele, como vampiro que podia ouvir do que estávamos falando, nos interrompesse.

— Você não acha que eu gosto dela de verdade, acha? — perguntou, e me pareceu um pouco assustado antes de ouvir minha resposta. — Você está pensando que eu só fiquei com ela porque ainda amo a Lollipop.

— Eu nunca disse isso — rebati, sendo sincero. — Acho que você gosta dela, sim. É compreensível. Ela está ainda mais bonita, mais desafiadora e não tem problema nenhum em admitir que gosta de você e se sente... fisicamente atraída. — Fiz uma pausa, tentando encontrar a melhor forma de continuar sem estragar tudo. — Mas é impossível que você tenha esquecido a Lolli. Você a amava mais do que qualquer coisa. Vocês se casaram. Passaram pelo inferno pra ficar juntos e ela se foi no pior momento possível. Eu não acho que você tenha ficado com a Cellestia porque projeta a imagem da Lolli nela, mas talvez tenha ficado mais receptivo porque sabe que a garota que você ainda ama é ela.

Evan me encarou por alguns segundos, como se tentasse achar uma prova de que eu estava mentindo, mas não havia nenhuma, até porque eu não estava. Ele precisava da verdade. Ele *trabalhava* com a verdade e não suportava mentiras. Ainda mais vindas de alguém em quem confiava.

— E você acha que estamos indo rápido demais? — questionou.

Ah, aquela pergunta... ele queria mesmo ouvir uma resposta meio torta, não é? Será que não era óbvio que estavam, sim, indo *muito* mais rápido do que deveriam? Só se conheciam havia quatro dias praticamente e já estavam... Certo. Eu precisava ser um pouco razoável também. Evan era impulsivo, e Cellestia não estava acostumada com um relacionamento. Para ela, tudo se resumia a encontrar um cliente e dormir com ele dez minutos depois. Além disso, a garota ainda tinha (em parte) a mesma aparência da pessoa que meu melhor amigo amava antes. Era quase como se a tivesse de volta.

— Acho que vocês dois poderiam sentar e conversar direito hoje. Sem piadinhas maliciosas ou brigas. *Conversar*. Sobre o que você sente e sobre o que ela sente. É uma novidade para os dois, e talvez estejam tentando evitar isso ocupando o seu tempo com coisas mais interessantes. — Ele sorriu, me entendendo. — Só conversar — repeti.

Nesse momento, vimos Dean entrar na cozinha com Peter. Conversavam sobre Jullie. Acho que Evan e eu não éramos os únicos que ficavam trocando conselhos sobre relacionamento. Haha.

— Está tendo problemas com a Jullie? — o vampiro perguntou, levantando uma sobrancelha, em tom irônico.

— Ela não me nota, cara — o garoto reclamou, desanimado. — Não importa o que eu faça, nunca parece atrair a atenção dela.

— Acho que vocês são todos um bando de problemáticos carentes — Dean brincou, o que me fez rir.

Ele foi até a geladeira, pegou algumas garrafas e as jogou para cada um de nós. Para Evan, uma cheia de sangue; para Peter e para ele, cerveja; e para mim... suco de laranja. Dean só podia estar zoando com a minha cara. Provavelmente estava, já que os três se entreolharam, rindo. O fato de ser o mais novo da missão não significava que eu era uma criança. Tinha 20 anos. Isso não era adulto o suficiente para aqueles idiotas?

— Isso é exatamente o que uma criança diria pra convencer os pais de que já é grande o bastante — Evan retrucou.

— Quer dizer que você voltou a ler mentes? — perguntei, surpreso, e ele deu de ombros.

Então o nosso querido Evan telepata, que usava nossos pensamentos contra nós mesmos fazendo zoação, estava de volta? Bom saber. Resisti ao impulso de revirar os olhos ao vê-lo rir.

— Acabou o tempo — Evan anunciou, do nada, saindo da cozinha e deixando sua garrafa intocada em cima do balcão.

Nos entreolhamos, como se disséssemos "se ele realmente não quer encarar isso, tudo bem". Sabíamos que ele tinha um problema grande quando o assunto era lidar com questões importantes, mas não significava que Evan podia ignorar tudo aquilo em que preferia não pensar.

— Com licença. Tenho uma coisa pra resolver lá em cima — falei, sorrindo para eles enquanto saía da cozinha também. Os dois foram deixados sozinhos para continuar o assunto deles.

Eu imaginava que Jazz não tentaria falar o que quer que fosse mais uma vez, já que havia sido interrompida, mas não custava nada tentar. Afinal, era isso o que eu tinha feito a cada dia desde que a conheci, quatro anos antes. Estava acostumado com isso e podia dizer que também não era nenhum sacrifício.

EVAN

Quando entrei no quarto, Cellestia estava sentada de pernas cruzadas na cama, encarando todos os papéis nos quais havíamos anotado nosso plano. Era visível sua preocupação, e bem compreensível também, já que seu destino e sua liberdade dependiam daquilo.

Sorriu de relance para mim enquanto eu fechava a porta, logo voltando a se concentrar. Vestia uma das minhas camisetas e estava de calcinha. Sem um pingo de maquiagem, o cabelo lilás estava preso em um rabo de cavalo, com alguns fios escapando. Estava mais bonita do que nunca. Eu sempre a preferi assim. Sem nada, só com sua beleza natural, e não montada como uma boneca.

Sentei ao seu lado, observando a anotação no caderninho que apoiava na perna. Era estranho ver sua letra depois de tanto tempo e perceber que era muito diferente daquela que eu via nas cartas que trocava com Amélia.

Não abriu a boca por um bom tempo. Estava tão focada que parecia nem pensar em conversa. A conversa que Sam havia pedido para termos.

— Não vai funcionar — sussurrou, de repente, para si mesma.

Juntei as sobrancelhas. Como assim "não vai funcionar"? Ficamos horas planejando aquilo, e Peter, que tinha o tal poder da superinteligência, havia nos ajudado. Ele não podia estar errado. Nós não podíamos estar errados.

— Eles não são idiotas, Evan — explicou. — Vão te reconhecer assim que pisar naquele lugar.

— Eu não posso deixar isso nas mãos de alguém — falei. — Não posso deixar sua vida nas mãos de outra pessoa. Não confio...

— Se não confia neles, não devia ter escolhido essas pessoas para a missão, muito menos estar bolando um plano nessa escala de dificuldade e que dependa de mais alguém além de você — interrompeu.

Em algum ponto entre o momento em que ela me encarou como se procurasse algum tipo de segurança, esperando que eu a contrariasse e dissesse que tudo daria certo, e o instante em que voltou a olhar para a frente, me lembrei de uma coisa: fazia muito tempo que eu não dizia que a amava.

Não disse a ela na noite em que nos reencontramos, depois de dois anos. Eram quase três anos sem que ela ouvisse isso de mim.

Eu sabia que não era a mesma pessoa. Isso era óbvio, e esse motivo por si só zerava a conta, mas era inevitável não me lembrar desse fato. Ela tinha acreditado em mim, apesar de tudo. Algo tão característico de Lollipop que me fazia perguntar com qual das quatro personalidades de antes ela se parecia mais.

Era mais forte que a maioria delas, e ao mesmo tempo era mais frágil e insegura que a própria Amélia. Era sincera quase a ponto de ser cruel, mas sabia exatamente qual era o limite, ao contrário de Celena. Tinha um humor exatamente igual ao meu, e na maioria das vezes pensava nas mesmas coisas quase ao mesmo tempo, mas não era nem de longe tão egoísta quanto eu.

Era como se tivesse sido feita sob medida para mim, e era isso o que me preocupava. Cada detalhe, cada gesto... tudo era tão atraente aos meus olhos que parecia uma ilusão. Só que eu sabia muito bem que era proposital. Queriam me provocar, e sabiam que eu iria atrás dela. Cada uma daquelas coisas foi pensada exclusivamente para que eu me apaixonasse o mais rápido possível por ela, para que partisse meu coração a cada vez que dissesse que não se lembrava de mim.

Mas era inevitável. Sempre foi.

A cada vez que ela voltava para minha vida eu me apaixonava mais rápido. Só que dessa vez eu não ia esconder dela o que sentia. Se era para ser diferente, então eu não tentaria mudar minha cabeça, como sempre tentei.

— Eu amo você — falei, de repente, porque foi a única coisa que consegui pensar em dizer.

Cellestia congelou na posição em que estava, parando até mesmo de escrever o que quer que estivesse anotando em seu caderno. Prendi a respiração, embora não precisasse de ar, esperando algum tipo de reação. Só que, quando finalmente voltou a raciocinar, balançou a cabeça e continou a escrever, como se tivesse apenas imaginado ter ouvido o que falei e aquilo não tivesse realmente acontecido.

Quando pensei que iria mesmo me ignorar completamente, Cellestia falou, segurando a extremidade de uma folha do caderno e passando os olhos atentos pelas linhas:

— Não ama não.

— Por que não? — questionei.

— Você ama a garota que veio antes de mim — respondeu, como se fosse a coisa mais óbvia do mundo. — Além disso, faz só cinco dias que nos conhecemos. Não tem como você estar sentindo alguma coisa real por mim.

Sorri, achando graça no fato de Cellestia pensar ser impossível que eu sentisse qualquer coisa verdadeira por ela. Será que tinha noção do quão incrível ela era?

— Eu te conheço há mais de 150 anos, Cellestia. Isso é o suficiente pra saber que amo você independentemente de quem você é ou do seu jeito.

Ela mordeu o lábio, balançando a cabeça mais uma vez. Não estava mesmo acreditando em mim. Peguei os papéis de sua mão e os que estavam esparramados na cama e os coloquei em cima do criado-mudo, impedindo-a de se esconder entre todos aqueles planos e dúvidas. Tínhamos que conversar, certo? Pois era o que iríamos fazer, querendo ela ou não.

— Por que eu? — perguntou, finalmente. — Não eu, Cellestia, mas sim... eu. Esta pessoa. Este corpo.

— Antes de qualquer coisa, tem algumas características suas que nunca mudaram, e foi por elas que eu me apaixonei. O restante não importa — respondi. — É como duas peças de um quebra-cabeça que se encaixam perfeitamente. Mesmo se uma delas for pintada ou a imagem em cima dela for trocada, ainda vai se encaixar como antes, porque elas foram feitas para isto: para completar uma à outra.

Para mim, aquela era a melhor comparação que conseguia fazer. Era a que melhor explicava o que eu sentia, apesar de ser um grande clichê. Cellestia assentiu, mostrando que havia entendido, apesar do ar pensativo que a tomou. Ela encarava os lençóis, tentando organizar os próprios pensamentos.

220

— Ela não merecia você — falou, de repente. — A Lollipop, quero dizer. —
Antes que eu tivesse a chance de perguntar o que queria dizer, explicou. — Eu
ouvi vocês falando sobre ela. Se fosse eu, não teria deixado você ir. Ou então
teria ido com você. Ela simplesmente te deixou ir, chorou um pouco e logo su-
perou. Isso não é amor. Eu acho.

— Não tem como você saber o que ela estava pensando.

— Tem sim — disse. — Tem sim, porque o que eu sinto aqui dentro só tem
a ver com você. Não tem sinal algum de outra pessoa que me faça falta. E é por
isso que eu sei. Além disso, pelo que me contou, ela não parecia o tipo de pessoa que aceitava a escolha de um líder se não concordasse.

Foi a minha vez de desviar o olhar, quieto. Não queria falar sobre Lollipop.
Quanto mais pensasse na garota que tinha perdido, menos conseguiria me
concentrar nesta que estava à minha frente. Cellestia pegou minha mão, entrelaçando os dedos aos meus, antes de continuar:

— Não estou dizendo que ela era uma má pessoa. Não era. Ela te amava
também. Só digo que ela não te merecia. Assim como nenhuma das outras, e
assim como eu.

Sorri com descrença. Eu não era nenhum tipo de divindade para ser intocável a esse ponto. Não era perfeito a ponto de ela não merecer ficar comigo
por não ser boa o suficiente.

— Evan, você veio até aqui por mim. Atravessou o planeta por uma esperança vazia — insistiu. — Gastou a maior parte do seu dinheiro só pra ter uma
pequena chance de me resgatar. Arriscou o que tinha pra me proteger. Eu já fiz
isso por você alguma vez?

— Eu sei aonde está querendo chegar, e...

— Talvez eu não tenha sido feita para ficar com você, no fim das contas —
ela continuou, ignorando o que eu iria dizer. — Já parou pra pensar que nós
só não ficamos juntos durante todo esse tempo porque eu sempre vou embora em algum momento?

Ela era mesmo engraçada. Como conseguia fazer uma piada assim sem nem
mesmo rir no meio da frase? Não era para a gente ficar junto? Haha. Ela não
acreditava mesmo nisso, acreditava? Pelo jeito como me olhava, acho que sim.

Segurei o rosto dela com uma das mãos, me aproximando até conseguir
sentir sua respiração.

— Você sente isso?

Cellestia me encarou por alguns segundos, tentando entender a que "isso" eu me referia. Não havia nenhum outro sentido em minha pergunta. Tudo o que ela tinha que fazer era responder com sinceridade.

A ligação entre nós dois era inquestionável. Nossa química era quase palpável quando estávamos perto um do outro, e dava para sentir uma corrente de energia correndo entre nós quando nos tocávamos. Não era algo que eu sentisse com qualquer outra pessoa. E o simples fato de me apaixonar por ela de novo a cada vez que a olhava já era certeza suficiente.

— Evan...

— Sente ou não?

— Não, mas...

— Então isso é o suficiente.

O INFERNO

🜨 CELLESTIA 🜨

DE ACORDO COM AS INFORMAÇÕES QUE EVAN RECEBEU DEPOIS DE ME COM-
prar, eu teria de ser devolvida ao Instituto no sábado, às sete da manhã, que
foi exatamente a mesma hora em que me entregaram a ele. É claro que não faríamos isso.

Como sabíamos que havia um localizador em minha corrente sanguínea,
que circularia até vinte e quatro horas após o prazo final, o plano era fugir no
dia da minha entrega ao Instituto e nos afastar o mais rápido possível para que
não me pegassem antes que o localizador sumisse. Assim, quando eu estivesse livre, poderíamos ir para qualquer lugar e o Instituto não teria mais como
me rastrear.

Durante toda a semana traçamos cada detalhe do plano de fuga. No plano
final nos dividiríamos em dois grupos. Um iria direto para a Área 4, com o navio que Evan tinha conseguido e que levaria um carregamento com uma quantidade insana de suprimentos e equipamentos para o outro lado do oceano,
aproveitando a tecnologia da ilha para proporcionar mais qualidade de vida
a todos do clã. O outro, no qual eu estaria, iria para a direção oposta, já que a
Área 4 seria o primeiro lugar onde me procurariam assim que soubessem do
envolvimento do vampiro no meu desaparecimento. Nós só iríamos para lá
quando tivéssemos certeza de que estariam todos seguros. Infelizmente, aban-
donamos a ideia de resgatar as meninas do LF. Samuel conseguiu convencer
Evan de que aquilo seria uma missão suicida, e o risco de me capturarem de
novo era muito grande. Doeu saber que eu teria que deixar Allana pra trás, presa naquele inferno, depois de tudo o que ela fez pra me ajudar, mas eu não
desistiria de voltar para resgatá-la depois. Esse seria o maior objetivo da minha vida.

Não dormimos durante a noite. Como eu deveria voltar às sete horas da manhã, e precisávamos ganhar distância do Instituto, usamos o dia anterior inteiro para carregar o barco e arrumar as coisas. Planejávamos partir às cinco horas da manhã para termos duas horas de vantagem.

— Tudo certo? — perguntei a Samuel, que se comunicava com alguns dos integrantes do grupo encarregados de transportar os alimentos até o barco.

Estava começando a ficar bem nervosa e tinha de admitir que sentia insegurança com o plano. O Instituto tinha tecnologia demais. Eles seriam rápidos. Fugiríamos por pouco, eu já sabia disso, mas ninguém podia garantir que não nos alcançariam antes do que esperávamos.

— Sim, estão terminando de embarcar as caixas — respondeu, assentindo para reafirmar suas palavras, como se tentasse convencer a si mesmo de que estava dando tudo certo.

— Vão partir assim que terminarem de carregar os suprimentos ou vão nos esperar para sair? — questionei.

— É melhor que eles saiam ao mesmo tempo que a gente. Assim fica mais fácil confundir quando o localizador sumir.

Suspirei. Era o melhor, e o plano era bom, mas isso não significava que eu estava tranquila. Desde que havia pisado naquela casa, contava com trinta Guerrilheiros para nos ajudar caso algo acontecesse. Mas agora estávamos em dez. Era estranho ver a casa tão silenciosa e vazia. Ben e sua família haviam partido dali para uma de suas outras casas na ilha. Assim, caso fôssemos capturados, não haveria provas de que eles estavam envolvidos.

— Ei, vai ficar tudo bem. Pare de roer as unhas — Jazz disse, sentada ao meu lado no sofá, pegando minha mão para que eu a afastasse dos dentes. — Vai acabar comendo os dedos se roer mais um pouco.

Sorri para ela, com o olhar grudado em minhas pernas, me segurando para não balançá-las nervosamente. Só ficaria calma quando o prazo do localizador terminasse e eu não estivesse mais sob o radar do Instituto. Cada som, cada carro passando em frente à casa chamava minha atenção e a de todos nós. Eu não era a única visivelmente tensa. A diferença era que eu era a única que admitia em voz alta.

Levantei do sofá, esfregando as mãos enquanto andava em direção ao vampiro, que falava pelo rádio com Dean, o líder dos Guerrilheiros no outro grupo coordenando tudo. Quando viu que eu me aproximava, ele levantou uma das mãos para que eu me aconchegasse a ele. Passou o braço ao redor dos meus ombros, terminando de dar as últimas instruções no aparelho que segurava antes de me apertar contra seu corpo, baixando a cabeça para me encarar.

— Não podemos ir mais cedo? — perguntei, enquanto o encarava de volta, tentando encontrar um pouco de confiança.

— Você sabe que não. Precisamos que eles te vejam parada o máximo de tempo possível — explicou, me apertando um pouco mais enquanto me trazia para perto. — Nada de chamar atenção, lembra?

Assenti, apoiando a cabeça em seu peito enquanto observava os membros restantes do grupo andando de um lado para o outro na sala. Com exceção de Jullie. Ela estava pintando as unhas dos pés de vermelho, sentada em um dos sofás, com fones de ouvido e assobiando no ritmo da música. Parecia se preparar para ir ao shopping, e não para uma fuga arriscada.

— Eu queria ter toda essa calma. Ela nem parece estar ligando se vai morrer ou não — comentei com Evan, enquanto olhava na direção da vampira.

— Ela não liga — respondeu, com certo humor. — A maioria de nós já se acostumou com a ideia da morte. Onde vivemos, pode acontecer a qualquer momento.

— Ainda assim... os outros pelo menos parecem preocupados.

— Bom... é a Jullie. Você quer mesmo encontrar uma explicação pro comportamento dela? — Ele sorriu, usando sua mão livre para tocar meu queixo, me fazendo olhar para ele mais uma vez. — Você quer comer alguma coisa? Beber? Tem certeza de que arrumou tudo e de que está pronta para ir?

— Não, não. Tudo bem. Eu tô bem. Só preciso me mexer um pouco. Ficar parada nesta sala está me dando nos nervos — expliquei, coçando um pouco a cabeça.

O vampiro me analisou por alguns segundos, e não tive dúvidas de que, naquele momento, lia a minha mente para saber no que eu estava realmente pensando. Belisquei sua cintura de leve, chamando a atenção dele para fora da minha cabeça:

— É sério. Você precisa parar de fazer isso. É uma baita invasão de privacidade.

Ele sorriu, mordendo o lábio inferior. Quase consegui identificar o início de um riso quando ouvimos alguém bater na porta. Apenas três batidas simples e pacientes. Olhei imediatamente na direção dela, esperando que algo acontecesse, ou que todos ficassem em alerta, mas... não aconteceu.

— São os outros Guerrilheiros. Eu pedi que cinco deles voltassem, pra não ficarmos em número reduzido — Evan informou, dando tapinhas de leve em minhas costas para me acalmar.

Sam foi até a porta para abri-la, enquanto os outros continuavam fazendo suas tarefas. Respirei fundo para me acalmar. Estava entrando em pânico, e enlouquecer não ia ajudar nem um pouco.

— Sam? — ouvi Jazz chamar, quando o garoto demorou demais para voltar à sala, e, mais uma vez, prendi a respiração.

Quando a menina chamou o nome dele novamente, ouvimos passos em nossa direção. Evan e eu não estávamos no campo de visão de quem se aproximava. Então, quando vi os olhos da garota se arregalarem e nossos Guerrilheiros começarem a se agrupar, caminhando de costas, mantendo-se juntos, o pânico tomou conta do meu corpo. Evan se colocou à minha frente, sabendo o que estava acontecendo sem precisar ver, provavelmente lendo a mente dos outros. Estiquei o pescoço para olhar por cima dos ombros do vampiro.

Dei um passo para trás involuntariamente quando vi um bando de homens desconhecidos usando uniformes pretos e armados até os dentes entrar na sala. Um deles segurava Sam pelo pescoço contra o peito, o cano de uma arma pressionando sua têmpora.

Todos congelaram no lugar, não querendo fazer movimentos bruscos ou algo que pusesse a vida de Sam em risco, e esperamos em silêncio que dissessem alguma coisa. Os olhos de todos estavam grudados no dedo daquele homem, no gatilho, pronto para apertá-lo a qualquer movimento.

— Sam... — Jazz balbuciou, em pânico, mas sua fala foi cortada pela do homem que o segurava.

— A garota — foi tudo o que ele disse, já olhando para mim, mesmo que eu estivesse atrás do vampiro.

Evan me olhou por cima dos ombros, sabendo que não havia como me esconder ou me tirar dali. Prendi a respiração, dando um passo lento para o lado e me colocando mais à frente do vampiro. Sam, por sua vez, segurava o braço do homem ao redor de seu pescoço com as duas mãos, o olhar fixo em Evan. Fixo demais.

— Você vem com a gente — o homem ordenou, e assenti lentamente para mostrar que havia entendido.

— Tudo bem, eu vou, mas abaixe a arma primeiro, por favor — pedi, tentando manter a calma, mas com os olhos um pouco arregalados involuntariamente ao encarar aquele cano colado contra a têmpora de Sam.

— Acho que você não está em posição de pedir qualquer coisa — ele rebateu, engatilhando a arma, o que me fez prender a respiração.

Olhei de relance para Jéssica. Podia ver suas mãos tremendo mesmo a distância, enquanto se mantinha parada no lugar, olhando para a cena aterrorizada. Ela movia o olhar do garoto para mim várias e várias vezes, como se esperasse que eu fizesse alguma coisa para ajudar.

— Venha até aqui agora ou eu mato o rapaz! — o homem continuou, bem mais impaciente, e eu assenti mais uma vez, dando um passo lento enquanto via Sam continuando a encarar Evan atentamente, quase sem piscar.

Eu podia ver a ponta de seus dedos começando a adquirir um tom avermelhado, anormal. Era como se todo o seu sangue estivesse começando a se acumular ali lentamente, enquanto se agarrava ao braço do homem que o segurava, apertando seu pescoço.

Senti algo contra a parte de trás de minhas costas, me puxando discretamente para que eu não me aproximasse mais do grupo de homens à nossa frente — que eu tinha certeza que eram do Instituto. Me mantive parada no lugar quando reparei que era a mão de Evan segurando minha camiseta.

— Solte o Sam primeiro, e ela vai até aí — o vampiro disse, em tom pausado, e não ousei olhar para ele. A impressão era a de que, se eu tirasse os olhos daquela arma, o homem iria apertar o gatilho imediatamente.

— Será que você não entendeu? Eu não... — o homem começou, mas, antes que pudesse terminar, Evan largou minha camiseta e desapareceu de repente, reaparecendo do outro lado da sala, bem atrás do homem, empurrando o punho que segurava a arma contra a cabeça de Sam, que, simultaneamente, levantou as mãos na direção da cabeça do cara. Seus polegares, que já tinham um tom forte de azul flamejante, foram pressionados contra os olhos dele, que gritou de dor.

E nesse momento começaram os tiros. Eu me abaixei imediatamente e soltei um grito quando senti alguém me puxar para um canto quase um segundo depois. Olhei para ver quem era. Reconheci o rosto de Jullie imediatamente enquanto ela me largava às pressas atrás de um sofá e corria para cima dos guardas. Não tentei sair dali, ou me mover, sabendo que o fundo da sala, atrás daquele sofá, era o lugar mais seguro para me esconder.

Jéssica avançou com toda a ferocidade do mundo, para cima de um homem que estava prestes a pegar Sam pelas costas enquanto ele deixava cair o corpo morto daquele que antes o segurava. A garota se lançou contra as pernas do cara, desviando de um tiro ao mesmo tempo em que Jullie se aproximava dele para arrancar a arma de sua mão em velocidade vampírica. Jazz usou seu peso e força para derrubá-lo no chão enquanto saltava em cima dele, com as mãos em chamas ao redor de seu pescoço.

Do outro lado da sala, Evan derrubava Eles e mais Eles com sua força, mordendo pescoços e usando as mãos para arrancar as cabeças. O sangue espirrava nos móveis ao redor, e não pude deixar de gritar quando um Ele, que se aproximava do sofá, foi atacado pelo vampiro. Sua cabeça quase me acertou quando do rolou no chão ao meu lado.

Gritei de espanto uma segunda vez quando senti o sofá ser atingido por uma rajada de tiros. Sam, interveio, lançando uma bola de fogo azul no atirador. Mas o garoto foi agarrado pela parte de trás da camiseta por um Ele, que havia sido desarmado por Jullie. Assim que atingiu o chão, um segundo depois, o cara sumiu, reaparecendo contra a parede com a vampira grudada contra seu corpo, a cabeça dela enterrada em seu pescoço. Quando o largou, o homem caiu morto no chão. Pude ver a boca, o queixo e as roupas da garota completamente manchados de sangue. Mas ela não parou: avançou imediatamente para o próximo, com as presas à mostra e o olhar feroz de um animal.

Vi um dos nossos Guerrilheiros usar um vaso da decoração para se defender, estourando-o na cabeça de um adversário, que tropeçou desnorteado e caiu em cima do sofá atrás do qual eu me escondia. Antes que o homem notasse minha presença ali, Jazz correu até ele e pulou em cima do sofá, fazendo o móvel se mover para trás e me empurrar no chão. A garota usou suas mãos flamejantes para quebrar o pescoço do cara e deixar o corpo dele em chamas, só que o sofá começou a ser consumido pelo fogo, me obrigando a me arrastar pelo piso para me afastar rapidamente.

Bati contra uma parede, me encolhendo no chão. Sentia o coração prestes a explodir no peito e todos os músculos tremendo. O que não reparei é que estava encolhida logo abaixo de uma janela, cujo vidro explodiu em poucos segundos e alguém pulou por cima de mim, entrando na casa já atirando para todos os lados. Gritei mais uma vez, me arrastando para longe enquanto via mais dos caras do Instituto entrarem pela porta, pelas janelas e descendo pela escada como se tivessem entrado na mansão pelo andar de cima.

Os dez membros do grupo lutavam ferozmente, derrubando qualquer um que vissem pela frente, tentando diminuir a desvantagem. Eu queria ajudar, mas não sabia como. Não tinha aprendido a me defender em uma luta corporal. Tudo o que podia fazer era me esconder em um canto. Eu não podia ajudar. Não sabia o que fazer, eu... eu não sabia lutar e estava em pânico.

— Sam! — berrei, quando vi um dos Eles apontar em sua direção e atirar, mas logo em seguida Evan apareceu à sua frente e deixou a bala atingi-lo em cheio, o que me fez gritar, o coração quase parando em meu peito.

Só que ele não caiu. Não havia acertado o coração. Apenas olhou para o atirador com um sorriso cheio de raiva e avançou em cima dele com um brilho de ódio e um olhar que parecia de loucura.

Mas o meu grito chamou atenção para o canto onde eu estava escondida, levando vários Eles a avançarem na minha direção. Eu me encolhi contra a parede, mas fiquei pronta para me debater caso alguém me pegasse. O primeiro Ele me alcançou, agarrando meu braço para me puxar. Tentei empurrá-lo para longe enquanto gritava, lançando socos para todos os lados e fazendo de tudo para chutá-lo, mas o cara me atingiu na cabeça com a coronha da arma, quase me fazendo perder os sentidos. Acabei caindo com o corpo mole em cima dele. Minha visão estava embaçada e minha mente girava enquanto o sentia me arrastar em direção à janela, cercado por outros que o protegiam. Ele estava prestes a passar a perna pelo parapeito quando alguém, do lado de fora, o puxou pelo pescoço e bateu sua cabeça contra um dos cacos de vidro presos à janela quebrada, fazendo seu sangue espirrar contra meu rosto. Era Dean, o líder dos Guerrilheiros.

Fui puxada para fora pela mesma janela e acabei me cortando com o vidro. Quando nos afastamos um pouco da casa, pude ver uma nuvem de fumaça saindo pelas janelas. Luzes laranja e azuis vinham do lado de dentro, por causa do fogo de Jazz e Sam.

Olhei em volta. Havia cinco Guerrilheiros do lado de fora, contando com Dean, que já lutavam com Eles que avançavam em direção à casa, saindo de enormes carros blindados. Outros integrantes do grupo que lutavam na casa saltaram pelas janelas, e me coloquei de pé no gramado enquanto via a mansão começar a ser consumida pelas chamas, com nosso grupo sendo cercado por mais e mais inimigos.

Estavam nos encurralando na frente da casa, nos cercando cada vez mais e nos deixando sem saída. Quanto mais o número de Eles aumentava, mais ferozmente nosso grupo lutava. Alguns saíram pela porta, e o restante pulou da janela quando uma explosão aconteceu do lado de dentro, quase me derrubando no chão com o impacto.

— Faz alguma coisa. Acorda! — alguém berrou para mim. Uma das Guerrilheiras, cujo nome eu não sabia, me olhava como Jéssica fizera quando Sam estava preso na mão do invasor, com a arma em sua cabeça. Esperava que eu fizesse algo. Mas... o quê?!

— Cellestia, abaixa! — Jazz gritou, e obedeci antes mesmo que a ordem fizesse algum sentido no meu cérebro.

Meus olhos se arregalaram quando ela lançou, com um grito feroz, um jato de chamas com as duas mãos contra um grupo de inimigos. Fiquei paralisada no chão enquanto via o fogo laranja tomar conta de todo o seu corpo e explodir em uma onda de calor que derrubou cinco Eles que estavam próximos. Nunca imaginei que alguém pudesse fazer aquilo. Logo em seguida o fogo se extinguiu, e eu a vi tremer dos pés à cabeça. Jéssica estava exausta. Todos estavam.

De repente, me vi sendo arrastada pela grama por Evan, levada para longe do jato de chamas que Jazz lançou, antes que eu acabasse pegando fogo com os Eles. Foi no breve segundo em que ele me tirava do estado de transe, me puxando para longe, que ouvi um grito agudo de dor. Jéssica caiu no chão em seguida.

— Jazz! — ouvi Sam gritar, e esquecendo de todo o restante enquanto corria para ela.

Meus olhos se encheram de lágrimas. O que eu estava fazendo? Por que deixava tudo aquilo acontecer por minha causa? Olhei para a garota, tentando ver se estava bem, e suspirei aliviada quando vi que estava viva, tendo sido atingida no braço. Mas os Eles só precisavam daquele momento de distração. Foi o suficiente.

Evan me segurava em seus braços quando nós dois vimos Dean ser atingido no peito por uma bala, caindo no chão sem vida. Gritei de desespero. Ele havia me salvado... ele... ele era o líder dos Guerrilheiros.

— Dean! — Um dos Guerrilheiros se desesperou, se aproximando de seu corpo, mas foi agarrado pelo pescoço e puxado para trás por um dos Eles.

Olhei na direção de Sam e Jéssica, e um grupo de homens usando roupas que pareciam ser à prova de fogo os imobilizava e colocava de joelhos com armas apontadas para a cabeça deles. Quando olhei em volta mais uma vez, todos, com exceção de Evan e eu, haviam sido imobilizados em uma roda à nossa frente.

Eu me agarrei com mais força a Evan, sentindo meus músculos tremerem pelo medo e desespero, com os olhos grudados no corpo de Dean, caído bem próximo de nós, com dois ou três outros corpos de pessoas do nosso grupo. Só depois percebi que Jullie também estava caída no chão, desacordada, um pouco atrás de onde todos haviam sido rendidos.

Aquele era o fim, não tínhamos mais como fugir. Eles iam matar todo mundo e depois me levar de volta ao Instituto.

Então nós ouvimos. Uma... duas... três... quatro palmas. E mais e mais delas, todas vindas de uma única pessoa, que se aproximava por trás do grupo de Eles armados ao nosso redor.

— Muito bom! Muito, muito bom! — disse a pessoa que se aproximava. Sim, era *ele*. Reconheceria aquela voz em qualquer lugar. Já a havia escutado muitas vezes, mas nunca tinha visto a figura pessoalmente.

O caminho se abriu para o homem, e a primeira coisa que vi foram seus sapatos chiques de couro marrom-escuro e um terno cinza-claro bem alinhado, com uma camisa azul por baixo. Tinha até um lenço no bolso do paletó, e usava luvas de couro. Atrás dele, uma mulher segurava um grande objeto em forma de círculo que criava uma sombra no ponto onde ele estava, protegendo-o dos raios do sol que começava a nascer no horizonte. Então pude ver que o dono daquela voz que eu conhecia tinha uma cabeça cuja pele extremamente pálida deixava entrever facilmente veias roxas, e usava óculos escuros enormes, que escondiam metade de seu rosto. Não tinha um só fio de cabelo, nem sobrancelhas. Parecia... um monstro. Alguém que não era deste mundo. Aquelas veias, a pele quase transparente... Era... assustador, e perturbador de certa forma.

Do meu lado, ouvi quando Evan soltou um som estranho, como o sibilar de um gato, e vi seus olhos verdes atingirem um tom extremamente forte enquanto as presas cresciam mais uma vez. O jeito como olhava para o homem mostrava tanto ódio que eu não sabia nem como descrever, e não tinha ideia de como era possível encarar alguém daquele jeito. Ele tinha se colocado mais uma vez na minha frente, com uma postura protetora e ao mesmo tempo ameaçadora, olhando para a criatura que se dirigia lentamente em nossa direção.

— Evan... você não lutava tão bem da última vez que nos vimos. Não consegui nem... — o homem começou, e Evan sibilou mais uma vez.

231

— Leonard... — falou, e a raiva em sua voz fez quase todos os pelos do meu corpo se arrepiarem.

Leonard? O mesmo Leonard do vídeo de programação? Leonard Travis Goyle? Como era possível? A Quarta Guerra havia acontecido havia mais de duzentos anos. Era para ele estar morto. O vídeo dizia que estava morto. Meu olhar passou rapidamente de um para o outro enquanto tentava entender aquela situação, e pude ver o choque nas expressões de todos os Guerrilheiros e membros do nosso grupo que estavam imobilizados. Jullie havia acordado e agora se debatia. Cinco homens grandes a mantinham presa no lugar.

— Fico contente em saber que ainda me reconhece — Leonard respondeu, e, mesmo que parecesse amigável, eu sabia que aquele sorriso anormalmente branco de lábios arroxeados estava longe de ser sincero. Eu reconhecia alguém segurando a raiva quando via. E aquele era exatamente o caso.

Evan apertava minha roupa entre os dedos a cada vez que aquele homem abria a boca, como se eu o estivesse segurando no lugar de alguma forma, e sentia que suas mãos tremiam um pouco sobre o tecido da minha camiseta.

— Bom, direto ao assunto. Não vamos perder o nosso tempo aqui — anunciou Leonard, fazendo um movimento em minha direção para que eu fosse até ele. — Cellestia, vamos para casa.

Olhei para Evan mais uma vez, sentindo como se fosse apenas uma terceira pessoa assistindo à cena de longe, e quase esqueci que era o meu nome que Leonard tinha chamado. Eu o encarei novamente, com a boca um pouco aberta, ainda atônita.

— Vamos — repetiu, naquele tom que sempre usava para falar comigo, como se fôssemos amigos de alguma forma.

— Casa? — perguntei, finalmente. — Aquele lugar não é a minha casa.

— E onde é a sua casa, então? Você conhece algum outro lugar? — questionou, com um sorriso debochado, como se encarasse uma criança que falava besteira.

— Não, graças a você. Não vou voltar para lá. De jeito nenhum — falei, num tom mais firme, sem medo dele.

Leonard suspirou, erguendo a mão e dando uma boa olhada em seu relógio caro e brilhante, por trás dos óculos escuros enormes que nos impediam de ver seus olhos. Evan quase rosnava ao me segurar, mas, por algum motivo, nem uma palavra havia saído de sua boca além do nome de Leonard.

— Ok. Então vou passar a palavra para alguém um pouco mais sensato — Leonard disse, finálmente, voltando-se mais para Evan. — Vamos fazer um acordo, certo? Cellestia vem comigo, e eu não mato o garoto.

Não precisei de um segundo para entender de quem ele falava. Era óbvio. O único ponto fraco de Evan naquele lugar estava de joelhos a alguns metros de distância, mais uma vez com uma arma na cabeça. Mais de uma, para falar a verdade, e eu sabia que ele não conseguiria fugir dessa vez antes que alguém atirasse nele. Sam.

Senti Evan vacilar por um momento enquanto me segurava. Estava distraído. Não tinha reparado na posição em que haviam colocado Sam. Olhou na direção de seu melhor amigo, o garoto que ele havia criado desde que era um bebê, e depois para mim, balançando a cabeça.

— Não — rosnou, olhando para Leonard com ainda mais ódio que antes, mas algo me dizia que não estava falando com ele.

— Evan... — Sam começou, com os olhos tristes, enquanto encarava o vampiro.

— Não — Evan repetiu, em tom mais firme, olhando para o garoto por um momento. Era com ele que falava antes. Havia lido algo em sua mente.

— Não vou dar uma segunda opção — Leonard avisou, ainda olhando para seu relógio, como se estivesse impaciente e aquela fosse a escolha mais fácil do mundo a fazer.

Prendi a respiração, e dessa vez reparei que era eu quem segurava mais em Evan do que o vampiro em mim. Todos esperavam que ele tomasse uma decisão. Era eu, a garota que havia lutado tanto para conseguir de volta, e que havia amado por mais de um século, ou seu melhor amigo. Quase seu filho. Minha vida pela dele. Ou vice-versa.

Não era uma troca justa. Eu sabia o que aquilo implicava, mas... eu não iria morrer, certo? Sam estava correndo esse risco. Eu ainda tinha uma chance.

— Para... — Evan murmurou, olhando para mim, e notei que seus olhos verdes começavam a se encher de lágrimas. Ele tinha ouvido o que eu estava pensando. — Não posso te deixar ir de novo.

— Então você vai permitir que ele morra? — perguntei, me referindo a Sam. Engoli em seco enquanto tentava parecer mais forte, certa da minha decisão.

— Não... — Balançou a cabeça, como se dispensasse a ideia ou qualquer opinião que eu estivesse disposta a dar.

233

Um som quase doloroso escapou de entre seus lábios quando escutamos todas as armas apontadas para Sam, de joelhos e rendido no chão, sendo engatilhadas quase ao mesmo tempo.

— Tudo bem... — sussurrei para ele, levantando a mão para tocar seu rosto, obrigando-o a olhar para mim. — Tudo bem — repeti, assentindo com a cabeça para reafirmar minhas palavras. — Eu vou ficar bem. Não tem problema.

— Por favor... Você precisa... — Evan sussurrou, baixando a cabeça para pressionar a testa contra a minha. E, pela primeira vez, seu tom de voz era como o de alguém que implora por algo. — Precisa lembrar. Precisa fazer alguma coisa.

— Ela não sabe — Leonard interveio de repente, com certo humor na voz. — Você acha mesmo que eu arriscaria treiná-la antes de ela ser devidamente programada? Fiz questão de não dizer a Cellestia o que sabe fazer. E nem adianta tentar falar agora. Os poderes não foram acionados.

Eu me senti ainda mais confusa e triste por saber disso. Ainda mais quando ouvi o tom de súplica na voz de Evan, implorando para que eu ajudasse. Ele esperava que eu conseguisse fazer algo que nos tirasse daquela situação, mas eu não sabia o que era. Poder? Que poder era esse que Leonard tinha falado que não tinha sido acionado? Eu não tinha tempo para descobrir. A única solução que eu podia tentar era trocar minha liberdade pela vida de todos eles.

— Por favor... — sussurrou, e sua voz quase falhou enquanto dizia essas duas palavras. — Por favor... Por favor, Lena...

Eu o encarei por mais alguns segundos, sentindo meu estômago revirar quando Evan me chamou por esse nome. E foi ali que eu soube que ele não falava comigo. Não era de mim que não queria abrir mão. Não era a mim que não queria perder. Não era eu quem ele queria que lembrasse. Olhei para baixo, para o pequeno espaço entre nós no gramado, ouvindo a casa atrás de nós começar a ruir, prestes a desabar com as chamas.

— É Cellestia — corrigi, lentamente largando suas roupas. Evan olhou para mim como se seu coração tivesse acabado de se partir. Ou como se tivesse percebido que não tinha volta. Não havia o que fazer. Olhei para Leonard em seguida. — Eu vou com você — afirmei, finalmente, e, quando dei o primeiro passo em sua direção, os braços de Evan caíram um de cada lado do corpo, como se não tivesse forças para me segurar, olhando para mim em silêncio. — Mas solta ele primeiro — Continuei, falando de Sam.

Leonard assentiu, murmurando o que eu identifiquei ser a palavra "justo", e, com um movimento de cabeça, os Eles entenderam a ordem, empurrando Sam deitado no chão e abaixando as armas.

— Mande os seus homens recuarem — acrescentei, e foi o que ele fez. Sabia que eu não iria voltar para o Instituto se eu não tivesse certeza de que os Guerrilheiros não seriam mortos.

Observei enquanto largavam um por um os membros do grupo, dando passos para trás, aproximando-se de Leonard para protegê-lo caso algo acontecesse. E ninguém se moveu depois disso. Todos sabiam que não havia o que fazer. Se reagissem, matariam mais alguns dos Eles, mas acabariam morrendo no fim. Estavam em muita desvantagem.

Olhei por cima dos ombros para Evan, que continuava a me encarar como se esperasse algo. Era isso. Não era a mim que ele estava vendo. Não mais. Era alguém que eu já havia sido. Após apenas alguns segundos, ergui a cabeça mais uma vez e comecei a caminhar na direção de Leonard.

Ninguém me impediu. Ninguém disse nada. E, então, simplesmente fui guiada até um dos carros, e a última coisa que ouvi e vi antes de o motorista dar a partida foi a casa em chamas desabando no chão.

PRESA

QUANDO CHEGAMOS AO INSTITUTO, A PRIMEIRA COISA QUE FIZERAM COMI-go, antes mesmo que eu saísse do carro, foi injetar algo no meu pescoço que fez minha cabeça começar a girar e minha visão ficar embaçada, me impedindo de dizer qualquer coisa ou me mover. Acho que desmaiei por alguns minutos. Não tenho certeza. Em um momento estávamos entrando, e no outro estavam me amarrando em uma cadeira de rodas do lado de dentro.

Minha consciência ia e vinha, e a visão escurecia de vez em quando. Não conseguia acompanhar a sequência de acontecimentos. Quando voltei a raciocinar, estava em uma sala cheia de gente tirando amostras de sangue e injetando mais coisas em minhas veias.

Apaguei mais uma vez, e quando acordei, me senti aliviada por lembrar quem era Evan e quem eu era. Eu me lembrava de tudo e conseguia repassar cada segundo daquela semana em minha mente para ter certeza de que continuaria a me lembrar. Aquilo me ajudaria a me certificar de que continuava a ser eu mesma.

— Que desperdício — ouvi alguém dizer, ao longe, antes de apagar mais uma vez.

Agora sentia que não estava mais na cadeira, e sim deitada num chão frio e molhado. Tentei me levantar, abrindo os olhos, mas, antes que tivesse a chance de focar a visão em algum ponto, um jato de água extremamente forte foi lançado em minhas costas e voltei ao chão.

Estava completamente nua, e, pelo que podia enxergar, tinham me colocado em um tipo de cabine com pouca iluminação. Alguém usava uma mangueira para dar banhos de água fria extremamente dolorosos em mim.

Quando consegui pensar, estava na cadeira de rodas mais uma vez, sentindo um frio quase insuportável, vestindo uma calça e um casaco, ambos de um tecido branco superáspero e duro e uma regata da mesma cor.

Estávamos atravessando um corredor com paredes, teto e chão de concreto, com luzes brancas penduradas no teto e diversos seguranças armados com uniformes. Era tudo tão grande que parecia ter sido construído para que um caminhão circulasse lá dentro.

No final do corredor, havia uma luz forte que me impedia de enxergar o que vinha depois. A cada metro que avançávamos, porém, mais visível ficava um espaço aberto com uma grande cela de metal no meio.

Quando chegamos lá, pude identificar melhor.

Era um tipo de pátio de concreto a céu aberto, com uma cela cúbica de uns cinco metros de dimensão. Ao seu redor havia um tipo de estrutura de dois andares cheia de corredores e seguranças, como se aquilo tudo fosse um grande labirinto, e a tal cela fosse o final do caminho.

Não havia nada dentro dela. Nada mesmo. Nem uma cama, nem um vaso, nem um simples tapete. E cada um dos acessos para aquele lugar tinha uma grade.

— O que é isso? — perguntei, com a voz trêmula, para quem quer que estivesse me empurrando. — O que é isso?!

Não houve resposta. A pessoa apenas parou para que abrissem a grade que nos levaria ao pátio. Tentei me debater enquanto abriam também a cela, mas não tinha força nem para aguentar a cabeça em cima do pescoço!

A pessoa que me empurrava cortou as faixas que me prendiam e, depois, inclinou a cadeira para a frente, me fazendo cair de cara no chão. Tentei me levantar, mas meus braços não tinham forças.

Tudo o que pude fazer enquanto o via fechar a cela foi continuar deitada, em choque e confusa. Não entendia o que estava acontecendo.

Demorou alguns minutos para que eu finalmente conseguisse me sentar no chão, sentindo cada um dos meus membros doer e tremer por causa do esforço. Já começava a recuperar os sentidos. O efeito do gás estava passando.

— Você jogou tudo fora, não é mesmo? — alguém perguntou de repente, parado do lado de fora da cela. Era Leonard. — Nós te demos a melhor vida que qualquer uma das garotas que trabalham para o Lower Floor poderia ter, e você não deu a menor importância para isso — continuou.

— Eu não...

— Não entende? — ele questionou. — Parecia entender enquanto bolava um plano para fugir daqui.

Como ele sabia? Eu ainda não entendia como era possível. Como ele descobriu? Como soube quando nós iríamos sair e o momento certo para ir até a casa? Então me arrastei um pouco para trás, com medo do que ele diria a seguir. Será que eu estava ali para ser morta?

— Você não achou que nós te deixaríamos sair sem nenhum tipo de supervisão, achou? — suspirou, achando graça na minha idiotice. — O que nós injetamos em você era muito mais que um localizador, menina burra.

— E o que vão fazer comigo? .

Leonard deu alguns passos ao redor da cela, e fiz questão de nunca dar as costas para ele. É claro que alguém podia simplesmente atirar em mim, mas confiava menos nele do que nos seguranças idiotas que rodeavam o pátio. Prosseguiu:

— Estamos planejando tudo há tanto tempo que você não tem ideia de metade do tamanho disso. — Fez uma pausa para me observar enquanto eu me colocava em pé. — Nunca precisamos de você, Cellestia. Você agora é só uma mente ocupando um corpo do qual nós precisamos.

— O que... o que você quer dizer? — balbuciei, e ele assentiu.

Foi uma pergunta retórica. Eu sabia exatamente o que queriam. Iriam apagar minhas lembranças mais uma vez e me reprogramar. Mas dessa vez não iriam cometer nenhum erro.

— Ela sabia, então? — perguntei, e ele soube que eu me referia a Allana.

— Não — Leonard respondeu, para meu alívio. A última coisa de que eu precisaria saber naquele momento era que minha melhor amiga naquela vida era uma traidora. — E fique tranquila. Nós demos um jeito para que ela não ousasse se meter de novo nos nossos planos.

— O que fizeram com ela?

— Vamos voltar a conversar em algumas semanas.

— Não! — falei, correndo até as grades e batendo contra elas enquanto Leonard me dava as costas. — NÃO!

Ele me ignorou completamente, entrando em um corredor aleatório e deixando que fechassem a grade atrás de si, me largando sozinha com aqueles seguranças que se escondiam nas sombras dos corredores e mantinham os olhares grudados no chão, como se eu não existisse.

— NÃO! — berrei, o mais alto que conseguia.

Eles viriam atrás de mim. Viriam me salvar, e quem estaria esperando por eles seriam os soldados do Instituto. E então cada um dos Guerrilheiros morreria por minha causa, numa armadilha que fora planejada havia tempos e nem mesmo Allana tinha conseguido prever.

Estávamos todos ferrados.

Você já se sentiu sozinho? Não apenas num cômodo, mas no mundo? Sem sons, sem pessoas, sem nada que fizesse o tempo passar? Quando tudo o que podia fazer era ficar sentado em uma cela encarando o céu enquanto o sol e as horas andavam devagar?

Eu já.

Você não dorme porque sente medo, mas não fica acordado por estar cansado. Transita entre a consciência e a inconsciência por não comer nada há dias, tendo que sobreviver apenas da água da chuva que vai e vem a cada três dias. Você não sabe mais o que é sonho ou realidade, e as únicas vozes que existem são aquelas em sua cabeça.

É tudo tão silencioso que os próprios sons criados em sua mente parecem ecoar para o lado de fora como se estivessem lá, e você percebe que está começando a enlouquecer.

Passam-se dias — ou seriam meses, anos? O tempo se perde. Mas você sabe que o dia da sua salvação passou e, quando o sol nasce, no dia seguinte, tem certeza de que todos aqueles que ama estão mortos. Não há mais nada que possa te manter vivo além de uma abstinência enorme de algo que nunca mais poderá ter.

Já não tem forças para se levantar, se mover ou mesmo piscar. Há quanto tempo está com os olhos vidrados, focados no chão? Dez minutos? Uma hora? Dias? Quantas pessoas aparecem e se vão só para checar se você ainda está vivo ou te provocar? Mais do que você pode contar? Ou todas eram fruto de sua mente? De sua insatisfação consigo mesmo por não ser capaz de perceber que nem todos eram idiotas como pensava?

Você é real? Essa é a pergunta que você se faz toda vez que vê algum vulto nas sombras, ou quando alguém se aproxima da sua cela. E a comida que insistem em te entregar, apenas quando sabem que seu corpo está no limite, te mandando comer apenas para que você não morra? Será que é mesmo uma salvação ou a morte? A salvação para a morte ou a morte da salvação? É mais fácil continuar vivo ou morrer de uma vez? Não sei. Eu não tinha forças nem para pensar nisso. Não mais.

Vi a cor do meu cabelo se esvair, e a minha pele ficar pálida. As roupas alargaram e encardiram. As unhas cresceram e ficaram amareladas. Era como ouvir e enxergar debaixo da água. Os sons eram longínquos, e as imagens, embaçadas.

Chegou um ponto em que alguém precisou entrar na minha cela e enfiar a comida goela abaixo na minha boca. Não lutei. Para quê? Se me queriam viva e inútil, então era o que teriam.

— Por que não funciona? — ouvi alguém falar.

— Ela precisa de um estímulo — outra pessoa respondeu. — Está tentando se manter sã. Se continuar assim, vai dar certo.

— Ela precisa de algo para... — Sua voz ficou abafada, como se eu estivesse flutuando entre a consciência e a inconsciência. — Vamos providenciar.

Alguém entrou na minha cela. Uma pessoa usando uniforme preto e máscara da mesma cor. Quanto tempo havia se passado? Um segundo ou alguns dias? Por que tudo parecia acontecer sem uma ordem cronológica? Eu lembrava de ter comido, mas foi antes ou depois de ter ouvido isso?

Um jato de água me atingiu em cheio, fazendo meu corpo inteiro despertar do transe que o havia tomado durante aquele tempo. Era tão forte que eu mal conseguia respirar. Estava prestes a perder a consciência quando desligaram a água, me deixando recuperar o fôlego.

Estava encolhida num dos cantos da cela. O mesmo canto de sempre.

A pessoa me pegou pelo casaco, me arrastando para o meio da cela. Estava tão sem ar que não conseguia nem me debater. Mais algumas pessoas entraram, e alguém me chutou nas costelas. Gritei, tanto de dor quanto de medo. Por que estavam fazendo aquilo comigo?! O que eu tinha feito de errado? Só estava sentada naquela cela. Não tinha tentado sair. Não tinha batido nas grades. Nem tentado fugir. Por que faziam aquilo?!

A partir daí, seguiu-se uma longa sessão de chutes, socos e jatos de água. A cada um desses, mais agoniada eu ficava. Sempre que tentava me levantar, alguém me empurrava de novo para baixo. Sempre que recuperava o fôlego, alguém jogava mais um jato em meu rosto. Era... era horrível. E era... irritante. Era muito irritante.

— PARA! — gritei, quando me chutaram para o chão mais uma vez. — PARA AGORA!

Um deles riu, e mais um jato de água foi lançado nas minhas costas. Bufei, sentindo algo revirar em meu estômago: ódio. Tentei me levantar, apoiando os cotovelos no chão e dando um impulso para cima, mas um pé enorme me segurou, impedindo que eu subisse um centímetro sequer. Berrei de raiva. Queria sair do chão! Queria me levantar! Pelo amor de Deus! Eu podia matar um daqueles idiotas com minhas próprias mãos.

— PARA! PARA! PARA! — gritei, e assim que pronunciei a mesma palavra pela quinquagésima vez, eles foram empurrados para trás por uma força invisível. O que era aquilo? Fui eu quem os empurrou? Ou era a minha imaginação?

Por algum motivo, aquilo me fez colocar para fora tudo o que havia em meu estômago. Então me pegaram pela gola do casaco, me arrastaram para o lado de fora e me colocaram em uma cadeira de rodas. Por que sempre havia cadeiras? Eu não gostava de cadeiras. Minhas costelas. Estavam doendo. Minhas costelas estavam doendo.

Fui amarrada e colocaram uma venda em meus olhos, me levando para algum lugar.

Ri, mesmo que minha garganta estivesse queimando por ter acabado de vomitar e o gosto em minha boca fosse horrível. Havia algo dentro de mim que achava graça naquilo. Graça na dor. Eu gostava da dor. Sempre gostei. Não, eu não... também gostava de surpresas! Para onde estavam me levando? Surpresas! Grandes surpresas!

Tiraram a venda depois de algum tempo e, antes que pudesse me localizar, me colocaram em um tipo de maca, prendendo minhas mãos e pés com tiras de couro nas barras que rodeavam o colchão. Havia várias pessoas ali. Muitas pessoas.

— Ela precisa secar. Deixem-na secar — alguém disse, e houve uma movimentação estranha.

Todos falavam ao mesmo tempo, e para mim nada fazia muito sentido. Só sei que me deixaram sozinha depois de alguns segundos, ainda amarrada na maca.

Não era uma sala bonita. Tinha paredes amareladas e azulejos feios. Parecia velha e nojenta. Eu não gostava daquilo.

Por que as sombras se moviam?

Os azulejos eram feios.

O que Evan pensaria disso?

Evan?

Minha garganta doía.

Havia tantos pensamentos passando pela minha cabeça que chegava a ser atordoante. Em vez da sala, enxergava flashes e imagens aleatórias. Era tanta coisa. Tanta coisa...

E eu só tinha certeza de que estava começando a enlouquecer. Droga. Será que iria demorar muito até eu morrer?

PORTÕES

EVAN

HAVIA CHEGADO NOSSA ÚLTIMA CHANCE DE TENTAR RESGATAR CELLESTIA.

Depois da captura dela no dia anterior à fuga, não consegui pensar em mais nada além de salvá-la das mãos daquele demônio em forma de Leonard Travis Goyle.

Não entendi como nos deixaram sair ilesos daquele ataque, nem o motivo de Leonard ter, pela primeira vez, cumprido sua palavra e nos deixado vivos. Como ele podia ainda estar vivo? Sua aparência havia mudado muito; ele se parecia com as imagens dos vampiros das histórias criadas pelos humanos centenas de anos atrás. Será que ele tinha descoberto um meio de usar minha doença para se manter vivo, e algo deu errado no processo?

Isso não importava agora. Eu só precisava salvar minha garota daquele lugar.

Não tínhamos notícias de Cellestia. Ben tentou contato com a amiga que sempre nos passava informações, a tal de Allana, mas algo havia acontecido com ela também. Segundo ele, fazia semanas que ela não aparecia no Lower Floor.

No auge do desespero, cheguei a pensar que Cellestia estava morta e que eu havia estragado tudo outra vez, mas quando anunciaram sua aparição na festa de Ano-Novo eu soube que nossa chance havia chegado.

Ben precisou usar toda a sua influência a fim de conseguir um convite para que um de nós fosse à festa.

Planejamos cada passo que seria dado. Um cara chamado Jon, que trabalhava como faxineiro no Instituto, e era um dos contatos remunerados de Ben, se dirigiria ao andar inferior, onde ficavam os controles de energia, e desligaria tudo às onze da noite em ponto. Enquanto isso, Peter, que tinha sido o escolhido para usar o convite, entraria nos bastidores com a ajuda de uma estilista conhecida da tal Allana que ainda trabalhava no bar, faria contato com Cellestia e, assim que as luzes do lugar se apagassem, eles seguiriam até uma passagem secreta que se localizava no fundo do backstage, onde outro de nossos aliados estaria esperando para que eles pudessem sair de lá, sem precisar que a quinta guerra mundial fosse armada ali naquele local. Um combate seria muito ruim para nós, que estávamos em menor número.

Depois nos dirigiríamos a um aeroporto fora de uso que ficava a leste da ilha, e lá Ben estaria nos esperando com seu jato particular para nos tirar daquele lugar maldito. A ideia era ir e voltar sem chamar atenção, para que não o descobrissem e não o fizessem pagar por ter nos ajudado. Por isso escolhemos um aeroporto distante e abandonado.

Seria fácil. A ideia era que tudo fosse rápido e sem mortes, para não chamar ainda mais atenção.

Pelo menos era isso o que eu queria, mas conhecia o Instituto. Sabia que eles tinham cartas na manga. E foi exatamente por isso que levei todos os meus Guerrilheiros comigo para esperá-los do lado de fora, prontos para um combate se fosse necessário.

— Você não está entendendo, Evan — Samuel disse, sentado atrás de mim enquanto eu dirigia na direção do Lower Floor. — Lá dentro é enorme e... ele vai estar sozinho. Eu que devia...

— Ele vai dar conta. Peter é um dos melhores Guerrilheiros que temos — Jéssica falou, sentada atrás dele, colocando a mão em seu ombro. — E você sabe que nenhum de nós poderia fazer isso, já que os caras do Instituto sabem quem somos.

Pude ouvir Samuel bufar, concordando a contragosto com o argumento de Jéssica. Nenhum de nós que estava na mansão no dia do ataque poderia entrar na Lower Floor. Nossa "sorte" era que Peter estava no porto organizando o carregamento dos suprimentos. Quando voltou para casa, todos os Eles já tinham partido.

— Chegamos! — Jullie gritou e quase conseguiu me fazer perder o controle do carro. Eu estava tenso e com todos os meus sentidos em alerta.

Olhei para Jéssica, sentada ao meu lado esquerdo. Ela roía as unhas, e eu conseguia ouvir que seu coração estava acelerado. Sua mente vagava entre possibilidades de morte e de tudo dar errado. Ela estava preocupada com o fato de todo o plano ter ficado nas costas de Peter, afinal ele não era um metacromo com uma habilidade de combate, e a vida de sua amiga dependia dele. Mas... bem, ele tinha superinteligência. Isso tinha que dar para o gasto, certo?

Não saímos quando estacionei na calçada do outro lado da rua do Lower Floor. Apenas nos entreolhamos dentro do carro enquanto os outros veículos que traziam Guerrilheiros se organizavam atrás de nós, imaginando qual seria a melhor coisa a dizer a Peter para encorajá-lo. Era nítido que, apesar de toda a experiência em luta, ele estava nervoso. Aquela seria a primeira vez que estaria em território inimigo, desarmado e sozinho. Até eu estaria em pânico se fosse ele.

Ficamos tanto tempo em silêncio que o garoto desistiu de esperar, simplesmente murmurando um "está na hora" antes de sair, visivelmente nervoso. Já nos conhecíamos havia tanto tempo que ele sabia exatamente o que queríamos dizer. Não precisávamos nos preocupar.

— Peter! — Jullie gritou, saindo do carro atrás dele.

Ela fechou a porta, abafando o som do lado de fora antes de correr até ele, alcançando-o no meio do caminho, na calçada entre as duas ruas. Eles trocaram algumas palavras. Não quis me intrometer nos pensamentos de nenhum dos dois para saber o que diziam.

Eles se abraçaram por longos segundos antes de ela ficar na ponta dos pés para beijar a testa dele sem ter que se inclinar, já que ela era alta pra caramba, deixando-o ir logo em seguida.

A vampira o observou por algum tempo antes de voltar para dentro do carro.

— Ele vai dar conta — falou, deixando escapar um sorrisinho.

— Como você pode ter tanta certeza? — Jazz perguntou.

— Eu falei que, se ele escapar dessa e conseguir trazer a Cellestia para o Evan, vai ganhar o melhor presente da vida dele — Jullie respondeu, com um sorriso malicioso que era bem típico.

— Grande incentivo! — Samuel sussurrou, seguido de um "ai" causado pelo soco que levou de Jéssica.

Ficamos em silêncio no carro. Tudo o que podíamos fazer era esperar e torcer para que nada saísse errado. Na verdade, era melhor rezar, porque só por um milagre aquele plano, que agora me parecia tão idiota, daria certo.

Olhei pelo retrovisor para a linha de carros que havia se formado atrás de nós, com nossos Guerrilheiros dentro. Eram apenas três veículos, o que os obrigava a se apertar bastante dentro de cada um. Quanto menos chamássemos atenção, melhor.

— Como vai ser? — Jéssica perguntou, apreensiva. — Vamos esperar para ouvir a energia ser desligada, ou...?

— Acho bom a gente sair do carro daqui a alguns minutos. Ficar aqui dentro só vai atrasar tudo caso precisemos entrar antes.

Ela assentiu, e longos minutos de silêncio se passaram enquanto ficávamos atentos olhando para a entrada do local onde ficava o bar, esperando qualquer sinal de que Peter precisava de ajuda.

Acabei saindo do carro com mais alguns Guerrilheiros pouco tempo depois, pedindo que Jéssica, Jullie e Sam coordenassem tudo na hora da fuga. Eu sabia que, assim que as luzes se apagassem e Cellestia sumisse, o Instituto pediria reforços. Se não fôssemos rápidos e fugíssemos antes de eles chegarem, estaríamos ferrados. Então, assim que Peter batesse no portão que dava acesso à rua de uma forma específica, precisávamos arrombá-lo.

Uma coisa que sabíamos sobre o Instituto era que todo o lugar era completamente trancado para, caso acontecesse uma queda de energia, a fuga de qualquer um dos funcionários do Lower Floor fosse impedida. Era uma trava de dois tempos, conforme nossos informantes tinham nos avisado: o primeiro acontecia imediatamente ao aviso de alerta, trancando todas as portas internas do local; a segunda trava era acionada exatos vinte segundos depois do primeiro e vedava por completo todas as janelas e portões externos. Esse seria o nosso tempo, vinte segundos, antes de perder a chance de salvar Cellestia daquele lugar.

Estava encostado contra a parede, tentando escutar de alguma forma a tudo o que acontecia dentro do Instituto, mesmo que só pudesse ouvir vozes ao longe, me mantendo num canto escuro bem escondido para não chamar atenção quando vi Sam se aproximar de mim. Ele me olhava como se quisesse perguntar ou dizer alguma coisa, então, levantei uma sobrancelha para ele como um sinal de dúvida:

— O que foi? — perguntei, não me dando muito o trabalho de ler seus pensamentos, já que grande parte da minha mente estava concentrada em tentar ouvir coisas de dentro do Instituto.

— Eu estive pensando... — começou, quase timidamente, com os braços cruzados, encarando os próprios sapatos.

— Não me diga. Não sabia que você fazia isso — murmurei, com um sorrisinho para encher o saco dele, que revirou os olhos.

Ele pensou por mais alguns instantes, trocando a perna de apoio, olhando para tudo que não fosse eu. Continuei observando-o enquanto esperava que falasse logo.

— Sabe, em alguns minutos nós vamos estar no meio de uma fuga, então acho melhor você... — comecei.

— Por que você disse o nome dela? — perguntou, finalmente, me interrompendo no meio da frase.

— Nome de quem? — questionei, um pouco confuso.

Sam revirou os olhos mais uma vez, provavelmente pensando que eu estava me fazendo de idiota, mas o que eu podia fazer? Talvez eu fosse mesmo! Só não tinha mesmo ideia do que estava falando.

— Da Celena. Você disse o nome dela antes de a Cellestia voltar pro Instituto. Parecia estar implorando por ela ou algo do tipo... — explicou, se encostando à parede ao meu lado.

— Eu não disse o nome dela — falei, franzindo o cenho enquanto olhava para o que quer que estivesse na minha frente.

— Disse sim — retrucou.

— Não disse, não — respondi.

— Você disse — repetiu.

— Eu disse "Lolli", você ouviu errado — eu o corrigi, passando os dedos pelo cabelo, um pouco desconfortável com Sam me pressionando assim justo naquele momento.

— Você disse "Lena" — insistiu, estreitando os olhos para mim. Eu me desencostei da parede, com um suspiro alto.

— Você tem superaudição agora? Não é mais fogo? Agora é o superouvido? — questionei. — Eu não sei se você reparou, a gente tá de tocaia aqui, prestes a fazer uma coisa bem arriscada. Você não tem outra coisa pra fazer além de me encher o saco? Olha! A Jéssica tá te chamando ali. Vai lá — falei, o empurrando pelos ombros em direção à sua namorada, o que o fez sorrir de um jeito debochado.

— Eu não ouvi — retrucou, rindo um pouco de mim.

— Mas ela chamou. Tchau — continuei, empurrando-o mais, não segurando meu próprio sorriso.

Era bom, de certa forma, nos distrair um pouco em um momento tão tenso. Sam sempre sabia como fazer isso. Como quebrar o gelo. Mesmo que às vezes fosse um pé no saco.

247

— Não está demorando demais? — Sam perguntou, sorrindo um pouco menos.

Eu não podia deixar de concordar. Já havia passado tempo suficiente para que tivéssemos pelo menos algum sinal do Guerrilheiro.

Por pura coincidência (ou não), ouvimos a energia caindo do lado de dentro. Eu me mexi em desconforto, sentindo toda a preocupação dentro de mim voltar em um golpe só. Tínhamos vinte segundos agora.

Olhei em direção aos carros, fazendo um sinal para que Jéssica e Jullie soubessem que o plano começava a ter andamento. Depois nos dirigimos para a frente do portão, sabendo que estávamos seguros com relação às câmeras.

Já nos preparávamos para arrombá-lo para que eles saíssem quando ouvimos gritos do lado de dentro. Isso não fazia parte do plano. Tentei controlar o impulso de invadir o lugar, tentando me convencer de que podia ser apenas os gritos dos clientes por causa da queda de energia. Mas precisavam berrar tanto?

Em seguida, ouvimos mais gritos e uma onda quase interminável de tiros. Puta que pariu, deu tudo errado.

Mais tiros, mais berros e o som de coisas sendo quebradas.

Imediatamente arrombamos o portão e corremos em direção à porta que dava acesso ao corredor que levava ao backstage. Assim que comecei a abrir, alguém a fechou do lado de dentro.

— Peter?! — berrei, batendo na porta, ainda tentando levantá-la. — PETER!

— *Evan? Evan, eu estou bem* — ele respondeu, muito perto da porta, do outro lado, em meio à gritaria. — *Você não vai acreditar nisso.*

— Peter, abra a porta, ok? Nós vamos te ajudar.

— *Ela... ela pediu para eu mandar você deixar a porta fechada.*

Mais uma onda de tiros, e eu ignorei completamente o que ele disse, tentando abri-la mais uma vez. Como aconteceu antes, a porta foi fechada sem que eu tivesse a chance de abri-la muito. Só que agora quem falou comigo não foi ele, mas sim *ela*.

— *Eu mandei você deixar a porta fechada, seu filho da...!*

Não pude ouvir o restante da frase, já que foi encoberta por um estrondo que parecia ser o mundo desabando, mas consegui imaginar qual seria a palavra seguinte. Mal tive tempo de me preocupar, pois a ouvi xingar mais uma vez assim que o som cessou.

Fiquei um pouco atônito ao ouvi-la falar assim comigo. Quase... Quase não se parecia com ela. Quer dizer, era a voz dela. Mas Cellestia não falava assim. Mesmo assim decidi obedecer.

Esperei por mais algum tempo, hesitante. Todos no grupo de Guerrilheiros que haviam entrado comigo começavam a murmurar coisas entre si, voltando ao silêncio sempre que mais alguém gritava do lado de dentro.

Cada vez parecia haver menos pessoas no Lower Floor, e eu me perguntava por que não saíam logo em vez de matar cada alma viva lá dentro. Esse não era o plano. A não ser que... a não ser que já esperassem que haveria uma tentativa de fuga.

O som finalmente cessou. Só nos entreolhamos, nos perguntando silenciosamente se deveríamos tentar abrir a porta mais uma vez.

Sem querer esperar chegar a uma conclusão, me abaixei mais uma vez para fazer menção de abri-la, mas mal tinha colocado as mãos no trinco a porta se abriu sozinha e pudemos ver o lado de dentro com nossos próprios olhos.

A primeira coisa na qual reparei enquanto andava devagar pelo backstage até o salão principal foram os corpos. Estavam por toda parte, completamente deformados, em posições que eu sabia que não eram humanamente possíveis. Havia sangue por todo lado, e o que devia ser um mezanino ao redor do bar tinha desabado pela metade, espalhando mesas de pôquer e sinuca destroçadas pela pista de dança.

Poucas pessoas restavam vivas no meio do salão. Algumas ajudavam as outras a se levantar, e havia uma em pé, olhando em minha direção como se já esperasse que eu entrasse.

Ninguém havia aberto a porta, e logo imaginei que o tivessem feito com a telecinese, o que apenas Cellestia seria capaz de fazer.

Passei a atenção para as pessoas espalhadas pelo salão. Peter estava caído a alguns metros, sendo ajudado por duas garotas. Algumas mulheres feridas vindo em nossa direção e...

E...

Cellestia. Ela estava abaixada, tampando os ouvidos e se balançando, parecendo com medo. Alguém a abraçava, tentando acalmá-la. Mas aquele não era o cabelo dela. Era preto, com mechas vermelhas e extremamente longo. Assim como o da pessoa que a abraçava e...elas tinham o mesmo rosto. Eu...

O quê?

Dei alguns passos em sua direção, com medo de não estar enxergando bem, quando vi mais uma garota parada perto das duas. E... ela também era... era igual.

Não precisei de muito tempo para saber de quem se tratava.

Eram Amélia, Lollipop e Destiny. Eu soube disso pelo olhar, pelo cabelo e pela simples forma de se portar.

— Mas o que...?! — comecei quando, como se estivesse em um looping eterno dentro de um pesadelo, uma última garota se colocou à frente das três, em pé, me encarando com um sorriso malicioso.

Ela vestia um casaco de verniz preto que ia até o chão, e apenas uma camisa branca por baixo. O cabelo, curto como o meu, era preto e tinha algumas mechas avermelhadas, como as das outras. Eu a reconhecia muito, muito bem.

Aquela garota tinha sido o meu maior pesadelo, e o meu melhor sonho, durante anos. Ela era o meu Céu e o meu Inferno. Era... era...

— Celena? — perguntei, em choque, recuando um passo enquanto passava o olhar de uma para a outra, tentando entender o que acontecia.

— Que bom que você ainda se lembra de mim — ela respondeu, fingindo estar surpresa.

Celena veio em minha direção. A cada passo, seu sorriso se abria mais. Parou bem à minha frente, me analisando dos pés à cabeça, antes de continuar, no tom mais irônico do mundo:

— Gostou da surpresa, benzinho?

Eu poderia responder a qualquer coisa naquele momento. *Qualquer coisa*. Mas a única palavra que saiu da minha boca quando finalmente consegui abri-la foi:

— Merda.

AGRADECIMENTOS

Sempre que sento na frente do computador para escrever os agradecimentos de um novo livro, sinto um aperto no coração por medo de esquecer alguém. Esse é o meu sexto texto de agradecimento. Já citei todas as pessoas importantes que me acompanharam nessa jornada: meus amigos, minha família, editores, a Verus Editora, minhas betas, meus pais. Sinto uma gratidão imensa por todo apoio que me dão.

Dessa vez, nesse livro especificamente, vou agradecer uma pessoa em especial. Ela me ajudou de uma forma que nunca poderei agradecer. Me ensinou coisas que vou levar por toda minha carreira de escritora e me ajudou a evoluir muito na escrita. Alessandra G. Ruiz, minha agente literária, obrigada por me ajudar a ser melhor, por ajudar Evan a descobrir seu destino e por ter tido paciência com meu atraso nos prazos. Você fez toda a diferença nessa minha jornada pelo mundo do *Entre a luz e a escuridão*.

E, por fim, obrigada, meus anjinhos, em especial aqueles que nunca tinham lido um romance pós-apocalíptico por não ser o gênero que gostavam, mas que, por ser um livro meu, leram e me apoiaram nessa nova jornada. Me desculpem pelo final do livro 1, e me desculpem pelo final desse também. Amo vocês. Dentro do meu coração dark trevoso, brilha uma luzinha que é toda só pra vocês!

Impresso no Brasil pelo Sistema Cameron da Divisão Gráfica da
DISTRIBUIDORA RECORD DE SERVIÇOS DE IMPRENSA S.A.